# LE GRAND MÉNAGE DU TUEUR À GAGES

DU MÊME AUTEUR
CHEZ LE MÊME ÉDITEUR

La Femme à 1 000°

Hallgrímur Helgason

# LE GRAND MÉNAGE DU TUEUR À GAGES

Roman

*Traduit de l'anglais*
*par Jean-Christophe Salaün*

PRESSES DE LA CITÉ

Titre original : *The Hitman's Guide to Housecleaning*


ISBN 978-2-258-10034-3

Presses de la Cité | un département **place des éditeurs**

place des éditeurs

*A Barbara Taylor*

# 1

# TOXIC

**15-05-2006**

Ma mère me baptisa Tomislav, mon père s'appelait Bokšić. Au bout d'une semaine passée aux States, j'étais devenu Tom Boksic. Ce qui me valut le surnom de Toxic.

Ce que je suis aujourd'hui.

Je me demande souvent si j'ai infecté mon nom, ou si c'est l'inverse. Dans tous les cas, j'inspire le danger. Du moins, c'est ce que Munita dit de moi. Ma bombe chérie est une accro du risque. Elle vivait au Pérou, jusqu'à ce que sa famille se fasse tuer dans un attentat à l'explosif. Elle emménagea alors à New York, et trouva du boulot à Wall Street. Par le plus grand des hasards, elle débuta le fameux 11 septembre. Lors de notre premier séjour en Croatie, elle assista à deux assassinats. Je dois bien admettre que je commis le premier, mais l'autre fut purement accidentel. J'y vis quelque chose d'assez romantique, pour être honnête. Nous dînions au restaurant de Mirko lorsque le type à la table voisine reçut une balle en pleine tête. Quelques gouttes de son sang atterrirent dans le verre de Munita. Je ne lui dis rien. Elle buvait du rouge, de toute façon.

Ce n'est pas une fana de la violence, selon ses dires, mais je crois quand même que c'est ma nature toxique qui l'a attirée. Son cœur a tout de suite fait boum ; quant au sexe, c'est de la dynamite. Ma Munita, elle a une plastique : elle ne passe pas inaperçue. Les hommes la reluquent constamment de la tête aux pieds. Comme bien d'autres originaires d'Amérique Lutine, elle est de petite taille, et certains l'ont qualifiée de grosse, mais ces gens-là l'ont ensuite fermée pour un bon bout de temps. Lorsqu'elle marche dans la rue, j'entends ses seins ballotter : *boing-boing, boing-boing.* Mon bruit favori de ce côté-ci de l'Atlantique. Si elle porte sa chemise orange amidonnée, d'autres peuvent également les entendre. Lorsque je l'ai vue pour la première fois, j'avais la sensation de l'avoir déjà croisée. Avant qu'on se marie, je lui demanderai si elle a jamais joué dans un film porno, ou si on peut la trouver en photo sur Internet.

Ce qui rend Munita Bonita parfaite pour moi, c'est que sa famille est morte. Pas de belle-mère, pas de beau-frère, pas de dîners de Thanksgiving, d'anniversaires pour les neveux, de mariages auxquels assister, ce qui serait synonyme de se tenir à découvert sur un carré de pelouse minable, en pleine lumière du jour, avec cinquante personnes dans le dos.

Eh oui, Munita Rosales est attirée par les hommes de la gâchette. Avant moi, elle fréquentait un Talien de Long Island. (Pour nous, « Italien » était devenu

« Talien » après que Niko eut accidentellement descendu le « I » du panneau au-dessus d'un de leurs restaurants.) Le CV de ce dernier est plus court que le mien, mais j'imagine que je peux tout de même le qualifier de collègue. Je suis ce qu'on appelle, dans notre langue, un *plačeni ubojica*. A New York, ils disent « tueur contractuel », ou « tueur à gages ». Depuis que je suis arrivé dans la Grosse Pomme, il y a de cela six ans, je fais le bonheur des entreprises de pompes funèbres. J'ai même songé à conclure un marché avec l'une d'elles, et suggéré à Dikan qu'il en rachète une en secret. Comme ça, on pourrait se faire deux fois plus de blé sur le dos de nos victimes. On tire et on court à la banque.

Laissez-moi vous raconter un peu mon boulot. Pendant la semaine, je bosse comme serveur au Zagreb Samovar, notre magnifique restaurant sur l'East 21st Street. En dehors de ça, je suis un patient, ou impatient, ça dépend du point de vue. Je passe mes journées à attendre la mission à venir ; c'est assez ennuyeux. La brute des Balkans qu'abrite mon âme est toujours en quête d'une nouvelle proie. Je piaffe d'impatience si trois mois s'écoulent sans que je tâte de la gâchette. C'est en 2002 que je fus le moins productif : deux tirs seulement, plus un raté. Je m'en veux encore pour ce dernier. Dans mon domaine, manquer sa cible peut être fatal. Vous n'avez pas vraiment envie de vous figurer qu'un taré amoché est là, quelque part, en train de planifier votre bye-bye par balle. Les gens ont tendance à s'offusquer quand ils comprennent que vous essayez de les flinguer. Mais laissez-moi vous dire que si je l'ai loupé en 2002, je me suis assuré une session de rattrapage en 2003. A présent, je ne tire plus une balle pour rien.

Voyez-vous, je suis ce qu'on appelle un triple *six-packer*. On m'a dit que c'était un record à Manhattan. Quelque Talien du nom de Perrosi était devenu un double *six-packer* dans les années 80, lorsque John Gotti était le roi du Queens, mais personne n'avait atteint le triple avant l'arrivée de Toxic. Pour être honnête, je pense que les Taliens ne sont plus ce qu'ils étaient. Quand on fait plus de films à votre sujet que vous ne descendez de gens, vous êtes de l'histoire ancienne. Dans vingt ans, on aura notre propre série télé, comme *Les Soprano* : *Les Sliško*. Mais alors, je serai devenu l'homme à la gâchette branlante, défoncé au Viagra et coiffé comme une gonzesse.

J'explique souvent à Munita qu'être un *six-packer*, c'est surtout une question d'environnement. Je suis un écolo. Je ne veux pas ajouter un tir inutile à une ville déjà turbulente. C'est ce que je lui ai répondu lors de notre troisième rendez-vous galant, après qu'elle m'eut demandé, pour la troisième fois, ce que je faisais dans la vie. Il me fallut quatre semaines de coups de fil et une petite intrusion par effraction dans son appartement pour enfin l'inviter à un quatrième.

Ah, pardon, j'oubliais. Faire un pack de six, ça veut dire que six balles consécutives produisent un enterrement chacune. Six balles, six enterrements, veuves éplorées, fleurs et tout le tralala.

Avec un record comme celui que je détiens, Dikan aurait dû me filer une promotion il y a bien longtemps, mais cet enfoiré est un véritable âne buté. Putain de Lèchedoigt. C'est le surnom qu'on lui a donné car, à la fin de chaque repas, il lèche ses doigts boudinés. Et tout ce qu'il sait dire, c'est : « Toxic est bon serveur. Il ne manque jamais une commande. »

Je serai ravi de prendre la commande de Bilič, le moment venu, et de mettre fin à Lèchedoigt.

On essaie toujours de garder notre PPB, le Profil le Plus Bas, lorsqu'on effectue un boulot. Ce qui veut dire que je tente en général de régler l'affaire dans l'intimité d'une chambre d'hôtel, d'une voiture, ou directement à domicile. Sans témoins, de préférence. Si ça ne marche pas, on invite les victimes à notre restaurant. La blague de la « Cène » est alors de mise. Après le dîner, j'apporte l'addition pour la tablée, une somme si élevée qu'elles préfèrent invariablement payer de leur vie. On a une pièce spéciale pour ça, au fond du restaurant. On l'appelle la Chambre Rouge, même si elle est verte.

Comme vous avez dû le deviner, il n'y a pas d'habitués au Zagreb Samovar.

Au fait, c'est un nom complètement stupide, puisqu'un samovar est une machine à thé russe qui n'a rien à voir avec la culture *hrvatska*, mais Dikan trouve que c'est follement intelligent. Il affirme que « jouer les crétins, c'est la meilleure des planques ».

Bien que je sois toujours dans l'attente de cette foutue promotion, je n'ai pas à me plaindre. Je gagne un bon pactole et la nourriture, bien sûr, est excellente. J'habite un superbe appartement sur Wooster and Spring, quartier pour lequel Munita est prête à baiser, et j'adore Nuit York, même si ma putain de terre paternelle me manque chaque putain de jour. Cette année, j'ai mis la main sur un trésor câblé et découvert que je pouvais regarder *HRT* et *Hajduk Split* sur mon écran plat, à la maison. Ma mère m'appelle une fois par an pour me demander quand je compte reprendre mes études. C'est du patois croate, ça veut dire « j'ai plus d'argent ». Sitôt raccroché, je lui envoie deux mille dollars via Internet. Ça lui fait l'année.

Elle vit seule avec ma petite sœur rondouillarde. Mon frère et mon père ont été tués pendant la guerre. Je viens d'une famille de chasseurs. Mon grand-père était le garde-chasse attitré de Tito. Tito, c'était le leader de mon ex-terre paternelle, la Yougoslavie. Ma patrie décéda peu de temps après lui, comme une vieille veuve éplorée. Tito adorait les ours. Surtout les morts. Je n'ai jamais eu la chance d'en fusiller un, mais, lorsque j'étais petit garçon, mon père m'emmenait souvent chasser le sanglier.

« Le sanglier sauvage, c'est comme une femme, disait-il. Tu dois prétendre ne pas avoir l'intention de tirer un coup. Alors, on attend. »

Lui aussi était un patient, tout comme moi.

Je me vois comme un chasseur. Mon gagne-pain, c'est de fusiller des porcs.

# 2

# LE MERDIER

**15-05-2006**

A présent, je suis dans la merde. Pour la première fois au cours d'une carrière exemplaire. Je suis passager à bord de la voiture de fonction qui traverse le Williamsburg Bridge, Manhattan dans mon dos, Munita à mon oreille, son corps dans mon esprit et mes yeux sur la nuque porcine du chauffeur, Radovan. Une balle aurait bien des difficultés à traverser ce crâne-là. Le soleil de fin de journée allonge les ombres des gratte-ciel à la surface du fleuve.

— *Oh,* baby. *Tu vas me manquer,* murmure Munita de son bureau au vingt-sixième étage de la Trump Tower.

Il y a deux ans, elle faisait ses débuts au rez-de-chaussée. Et pourtant, elle n'a jamais participé à *The Apprentice,* l'émission de téléréalité de son patron. C'est bien ma Munita, ça. On ne peut pas ne pas l'aimer. Sa voix est un rien hindoue, mais son accent, c'est tout le Pérou. Sa mère, originaire de Bombay, possède un teint huile d'olive typiquement indien, le genre de petite douceur qui vous emmènerait jusqu'au pôle Nord à bord d'une voiturette de golf, avec le président Bush au volant.

— Moi aussi.

C'est la réponse que je lui donne, pas sûr à cent pour cent que mon anglais soit correct. Mais j'imagine que c'est vrai : je vais me manquer. Ma vie géniale dans une ville géniale va me manquer.

Je m'exile. Je dois disparaître un bon moment, au moins six mois. Mon billet d'avion affiche : New York – Francfort – Zagreb. Signé par Dikan. Je vais revenir à quatre pattes sous la table de cuisine de ma mère, un flingue dans la bouche. J'ai merdé. Ou je me suis fait baiser. Le tir n° 66 a raté. Entendons-nous bien : la balle a bel et bien atteint la tête du type, mais ça n'a pas été sans conséquence. Le Polonais moustachu s'est avéré être un moustachu du FBI. C'était supposé être un bel assassinat bien propre en pleine journée ; c'est devenu un véritable cauchemar. Je l'ai transporté jusqu'à une benne à ordures dans le Queens avant de le recouvrir d'une pile de Levi's de contrefaçon et de dissimuler son visage hideux sous un vieux parasol Pepsi Max. Retournant vers ma voiture, j'ai remarqué quelques-uns de ses amis, arrivés un poil trop tard pour l'enterrement sans cercueil. Mon bon vieux cœur de Croate est passé du tempo de la valse à celui du *death metal* et j'ai fait demi-tour fissa. Durant les dix minutes qui ont suivi, j'ai foncé comme un coureur de haies aux jeux Obésiques à travers les déchets de quelque six mille familles new-yorkaises, prenant la direction du fleuve, avant de trouver refuge dans un vieux conteneur rouillé rempli de vieux nounours qui, étrangement, sentaient le fromage grillé. Ces connards de fédéraux avaient bouclé le quartier, aussi passai-je la nuit avec eux. Une nuit blanche dans un conteneur froid, avec vue sur Manhattan et des nounours qui schlinguent. L'odeur de nourriture est à l'estomac vide ce que le parfum est à une érection.

Au petit matin, il y avait quelque chose de magique à contempler les fenêtres du siège des Nations unies qui s'allumaient une à une – leur reflet sur l'East River brouillé par le courant. C'était bien avant l'aube. J'imagine que chaque nation sur notre planète possède son bureau dans le bâtiment, et les lumières de chaque pièce sont programmées pour s'allumer à l'heure où le soleil se lève dans le pays qu'elles représentent. J'ai assisté à cent cinquante-six levers de soleil cette nuit-là. Avant que le cent cinquante-septième ne pointe le bout de son nez, je me suis jeté à l'eau. Le courant glacial m'a mené à une autre décharge. Une vraie toile d'araignée : parcourue de câbles et de fils en tous genres.

A la bouche du Midtown Tunnel, j'ai enfin trouvé un taxi. Le chauffeur n'était pas très enthousiaste en voyant mes vêtements trempés, alors j'ai sorti mon flingue et je les ai séchés en un instant.

Toxic part en voyage sous le nom d'Igor Illitch. Me voilà né à Smolensk, en 1971. Je suis né un peu partout. Une fois, j'avais en ma possession un passeport allemand qui m'offrait une enfance plutôt heureuse à Bonn, la capitale de l'époque. Traversant la vallée du Rhin, j'avais même fait l'effort de me concocter quelques souvenirs idylliques. Papa Dieter travaillait comme concierge à l'ambassade russe, et maman Ilse était chef cuistot à l'ambassade américaine. Chaque soir, c'était la guerre froide, et moi j'étais Berlin, avec un mur entre les yeux. Bien que je sois loin d'être un acteur, je ne suis pas contre recevoir une nouvelle vie de temps en temps. A vrai dire, j'ai toujours aimé cette partie-là de mon boulot. C'est comme faire une pause d'avec soi-même. Sauf mon week-end en tant que Serbe, en 99. A l'époque, je n'avais qu'une envie : flinguer le type que j'étais devenu.

Quand bien même ils me font naître dans différentes villes, ils utilisent en général la même année, la bonne : 1971. Je suis né la veille de la victoire du Hajduk en championnat, après quelque vingt ans d'attente. Mon père, fana de foot, y a vu un bon présage et m'a surnommé Champion.

L'autoroute serpente à travers Brooklyn. Je regarde les affiches publicitaires avec presque les larmes aux yeux. Je ne veux pas quitter cette ville. Nous passons devant un énorme panneau bleu : *Infos et témoignages à dix-neuf heures – WABC-TV à New York.* Pendant trois jours consécutifs, mon visage s'est trouvé là : «... connu dans les cercles mafieux sous le nom de Toxic. » Mais ce n'était jamais qu'un flash info, pas le genre de gros sujets qu'on fait sur les tueurs en série. Ces mecs-là deviennent des célébrités du jour au lendemain, tandis que les honnêtes travailleurs et travailleuses de l'industrie du meurtre ne sont mentionnés qu'en passant. La nation qui m[illegible]e tout en dollars préfère cirer les pompes de [illegible]amateurs plutôt que celles des pros comme n[illegible] Je crois que je ne comprendrai jamais vraiment ce pays. J'adore New York, mais je ne pige pas le reste.

La banlieue s'amenuise rapidement et nous arrivons en terre de décollages et d'atterrissages. Le passeport d'Igor repose dans ma poche contre mon torse, l'équivalent d'un sac Gucci *made in China*. Dessous, mon cœur tape le rythme du doute.

— *Doviđenja*, me dit Radovan devant le terminal des départs internationaux.

Je lui interdis de me suivre à l'intérieur. Ses lunettes de soleil appellent le FBI comme l'homo sur un toit brûlant. La stupidité n'est pas une couverture pour les stupides. Je me suis rasé le crâne ce matin et j'ai fait mon possible pour m'habiller à la russe : une veste de cuir noir, ma paire de jeans la plus mal coupée et des baskets Puma-Poutine.

Je me suis retourné dans l'embrasure de la porte et j'ai envoyé un baiser de la main à mon écran plat. Munita m'a demandé si elle pouvait s'occuper de mon appart durant mon absence, mais j'ai refusé. On n'en est pas encore à la confiance-inconscience. La *sex bomb* ne tiendra pas six mois sans exploser et je ne veux pas qu'un connard de Péruvien sèche sa sueur post-coïtale sur mes serviettes éponge Prada.

L'enregistrement se fait sans encombre. Une nunuche blondinette aux fossettes profondes me dit de ne pas m'en faire pour mes valises. Je les retrouverai à Zagreb. Il semblerait qu'ils n'aient de vols directs New York – Zagreb que pour les bagages. L'émigration requiert une bonne dose de *self-control*. J'habille mon visage d'une expression igoresque tandis que l'agent admire l'artisanat chinois. Les deux gars ultra-fiers de la sécurité me font déposer téléphone, portefeuille et pièces de monnaie. Veste, ceinture et chaussures. Au beau milieu de la ferraille, ils remarquent la présence d'un objet qui fait passer mon rythme cardiaque de la samba au rock. Il s'avère que ma paire de jeans la plus mal coupée contenait une balle perdue, une jolie 9 mm dorée, tirée du semi-automatique Browning Hi-Power que Davor m'avait présenté lors de mon arrivée à New York.

— Qu'est-ce que c'est que ça ? C'est une balle, non ? m'interroge une petite Latina de Long Island, avec un horrible accent de supermarché.

— Oh... euh... oui. C'est un... c'est un souvenir.

— Un souvenir ?

— Euh... Oui. Elle... elle a été retirée de mon cerveau, dis-je sur un ton suggérant que l'objet y a occasionné des dégâts irréversibles.

Elle gobe mon mensonge et me laisse passer, non sans avoir pratiqué sur moi un massage intégral.

Je ne comprendrai jamais ce truc de voyager sans pistolet. Ce n'est pas dans la nature de l'homme de traverser pays ou océans désarmé. Ce foutu 11 septembre me donne vraiment envie de flinguer Ben Laden. Mais je ne peux pas, vu qu'on m'interdit d'embarquer avec mon arme.

Je commence à avoir hâte de rejoindre Zagreb lorsque deux fédéraux apparaissent soudain, se frayant un chemin vers l'attroupement au niveau de la porte d'embarquement, billets en main. Je suis le dernier de la file d'attente. Il n'y a pas de doute, c'est bien *eux*. Je peux sentir des Feds infiltrés tout du long depuis l'Etat du New Jersey, comme un chien en rut. Ils exhibent toujours les mêmes vestes et lunettes de soleil H & M et, sur la tête, la classique coupe de cheveux FBI sortie tout droit de Washington, D. C. Un look un peu « détendu officiel », brillant et légèrement ondulé, à la Michael Keaton dans *Mes doubles, ma femme et moi*.

Je ramasse mon sac et m'éloigne doucement de la porte d'embarquement, dans la direction opposée aux agents en civil. *Doviđenja, Zagreb.* Mon cœur bat la chamade, mais je ne m'autorise pas à regarder en arrière. Ma mère disait toujours : « Ne te retourne jamais sur le danger ! » Je marche pendant quelque six foutues minutes, mon crâne rasé se transformant en fontaine. Les couloirs d'aéroport sont interminables. Les gens me regardent comme si je transportais les couilles de Saddam dans mon sac. Je tombe enfin sur le logo « pour hommes » et tourne rapidement à gauche. Aux toilettes, je reprends mon souffle et essuie ma tête. Tout en se séchant les mains, trois businessmen me regardent comme si j'étais un trafiquant d'armes russe qui attend son client. Je m'apprête à replonger en pleine mer. La voie n'est pas libre. Je retourne précipitamment à l'intérieur des chiottes après avoir aperçu un des Michael Keaton. Je sais qu'il ne m'a pas vu. Il ne faisait que marcher.

Je m'enferme dans une des cabines et prétends y faire ce que je pense. Qu'est-ce que je peux bien foutre, maintenant ? Je ne peux en aucun cas retourner à ma porte d'embarquement. Trop risqué. Les Keaton m'y attendent sûrement, le même sourire stupide aux lèvres, comme sur une photo de famille. Alors, quoi ?

La réponse me vient sous la forme d'une ceinture, l'extrémité d'une ceinture qui se présente de dessous la cloison qui me sépare des toilettes voisines. Je patiente quelques instants et prie Dieu. Le propriétaire de la ceinture finit enfin son affaire et quitte la cabine. Alors que j'ouvre la porte bon marché, nos yeux se croisent dans le miroir par-dessus la rangée de lavabos. Dieu semble m'avoir entendu : tout comme Igor, l'homme à la ceinture est un crâne d'œuf. Deux voyageurs chauves et joufflus, ils se ressemblent à s'y tromper, bien que l'homme à la ceinture porte des lunettes quasi invisibles et soit un peu plus âgé qu'Igor. Il ne vieillira plus. Igor l'achève d'un coup silencieux sur sa nuque, pile sur le point G. Ses lunettes tombent dans le lavabo lorsque sa tête frappe le miroir. Il n'y a pas de sang. Le type a une forte ossature, plus que moi, mais je parviens tout de même à le glisser dans la cabine où il a coulé son dernier bronze sur terre et referme la porte derrière moi.

Je prends son pouls. Pas un battement.

Lorsque l'adrénaline redescend, je me rends compte avec horreur que le n° 67 est un saint homme. Il porte un col romain autour du cou, une chemise noire, une veste noire, un manteau noir. La peau blanche. Je cherche son billet, son passeport, son portefeuille et ta-da ! Toxic Igor a un nouveau nom : révérend David Friendly. Né à Vienne en Virginie le 8 novembre 1965. Ça me paraît pas mal. Je n'ai jamais été américain, auparavant. Où s'en va-t-il donc ? « Reykjavik », me dit le billet. Ça a une sonorité européenne. Non sans difficulté, je réussis à défaire le manteau et la veste du torse rondelet de l'homme de foi, puis commence à déboutonner sa chemise, soufflant comme un bœuf, la sueur dégoulinant à nouveau de mon visage. Je fais une courte pause lorsque j'entends quelqu'un pénétrer dans les toilettes, et tente de dissimuler ma respiration haletante sous le son de son urine. S'ensuivent les bruits d'une chasse d'eau et d'un sèche-mains.

Dès que la voie est libre, je m'échappe des toilettes de l'aéroport JFK en chrétien ressuscité, une auréole autour du cou et une nouvelle mission en tête : la porte n° 2.

# 3
# ICELANDAIR
## 15-05-2006

Putain, c'est pas croyable. Je traverse le ciel nord-atlantique à la vitesse du son, et son âme a quand même réussi à me rattraper. Je suis agité, enfoncé dans un siège taille XS côté hublot, dans un avion rempli de femmes blondes et d'hommes blêmes. Je ne sais pas ce qui se passe, mais mes jambes me font diablement mal. M. Friendly doit avoir des contacts au paradis : un régiment d'anges me pincent avec leurs ongles acérés et m'étranglent avec le col romain.

Les hommes de foi sont les pires.

Durant la guerre, on m'avait un jour ordonné de garder l'entrée d'une église dans un petit village près de la ville de Knin. Les Serbes l'utilisaient pour entreposer leurs bombes, mais nous contrôlions désormais la région. Un dimanche matin brumeux, le putain de prêtre du village fit son apparition, sorti de nulle part, et annonça vouloir célébrer une messe. Je lui répondis d'aller se faire voir, que personne n'était autorisé à pénétrer dans l'église. C'était un vieillard à la barbe couleur neige avec des cheveux blancs autour des oreilles. Il avait plus l'air d'un moine que d'un prêtre. Son visage était empli de lassitude apaisée. Le regarder dans les yeux, c'était avoir un avant-goût de l'au-delà : deux étangs paisibles au cœur d'une forêt enchantée. Comme s'il était déjà mort. Comme s'il n'en avait plus rien à faire. Sans dire un mot, il me contourna et se dirigea vers la porte de l'église. Je lui courus après et répétai dans un croate clair comme de l'eau de roche que *personne* n'était autorisé à pénétrer dans le bâtiment. Je suivais les ordres.

« ABSOLUMENT PERSONNE, PUTAIN DE MERDE ! » m'écriai-je dans son oreille poilue.

Il ferma simplement les yeux un moment, puis avança encore. Je tentai de le repousser à l'aide de ma mitrailleuse, mais cela me fut pour ainsi dire impossible. Je ne pouvais me permettre un contact physique avec ce vieillard qui était, en quelque sorte, l'Esprit de l'Humanité incarné ou une autre connerie haut perchée de ce genre. Dans un parfait silence dominical, il tira une grosse clé de sa poche et commença à ouvrir la porte en bois. J'avais déjà passé quatre ans en guerre et flingué plus de gens qu'il n'y en a dans mon arbre généalogique, mais je tremblais comme une feuille des cigarettes mal roulées que je fumerais plus tard ce jour-là. Que se passait-il ? Voilà que je me faisais battre à plate couture par un prêtre octogénaire désarmé ! Comment était-ce possible ? Alors que je le regardais disparaître dans l'église, je finis par craquer et lui tirai une balle dans le dos. Il s'effondra sur le sol de pierre, les bras en croix, à l'instar du gars accroché au mur en face.

Je refermai la porte et m'assis tout contre. J'aurais pleuré si la guerre n'avait pas changé mes larmes en pierre. Alors je demeurai là, pétrifié, jurant contre tout ça : mon pays, son pays, notre pays, toute cette putain de guerre. Je demeurai assis là pendant quelque vingt cigarettes. Mon dimanche en enfer. J'avais tué un homme de foi et j'étais mort de trouille face à l'effet que cela avait sur moi. J'avais déjà tué des vieux, dont un qui pouvait tout à fait s'avérer être une dame, sans subir ce genre de gueule de bois morale. Mais d'une certaine manière, celui-là était trois tonnes plus dramatique – probablement le poids de la chapelle. Je sentais des cornes fissurer mon cuir chevelu, et la queue à pousse rapide dans ma raie des fesses rendait la position assise douloureuse.

C'est là que je commençai à perdre la raison. Un sentiment étrange s'empara de moi. J'avais l'impression que la détonation de ma mitrailleuse vibrait encore à l'intérieur de la petite église, que ce son effroyable l'emplissait peu à peu, grimpant jusqu'au clocher. J'entendis même la foutue cloche de bronze résonner avec rage et envahir mon crâne de son bourdonnement métallique. Et en un rien de temps, voilà que je mitraillais cette putain de cloche comme un gamin taré tirant sur des poulets. Je hurlais dans le brouillard à l'instar d'une femme en plein accouchement.

Après qu'une quinzaine de balles eurent frappé la cloche, une fusillade d'un autre type éclata. Je me jetai dans l'herbe humide, échappant de justesse à une tornade de goupilles qui jaillissaient des enfers. En une seconde, les vitraux de l'église éclatèrent en mille morceaux. Un instant plus tard, la chose sainte flamboyait dans une gigantesque explosion jaune. Les gravats fouettèrent mon dos comme une masseuse aux doigts de fer et une pierre angulaire cabossa mon casque. Je tombai dans les vapes.

Qui tue un homme d'église sera tué par une église.

Je n'ai jamais remis les pieds dans un édifice religieux. Pendant des semaines, des mois, même, mon âme jeune et malade fut torturée par l'image d'un Jésus octogénaire, face contre un sol de pierre. Chaque nuit, je martelais un énorme clou en fer dans son dos jusqu'à son cœur qui explosait, peignant tout mon univers en rouge.

Ils proposent *Sideways* sur la petite télé de l'avion, ainsi que de bons vieux trucs du genre *Seinfeld*, rediffs poussiéreuses de coupes de cheveux malheureuses. Seinfeld était assez typiquement américain dans cette série : un mec plutôt drôle mais sans le moindre sens du style. Kitsch comme un smoking texan. Des nippes dégoûtantes et des blagues goûteuses. Voilà Seinfeld, selon moi. J'aurais préféré l'inverse.

Mon voisin lit un pavé de poche qui a l'apparence d'un polar mafieux (combien de tomes au juste peuton écrire au sujet de ces crétins siciliens ?). De temps en temps, il murmure un « oui » ou un « non » au gentleman plus âgé, assis côté couloir, qui ne cesse d'avaler des pilules. Ce doit être des amphètes, car le type ne semble pas accorder à son pauvre comparse le loisir de lire son bouquin, l'accablant de questions avec un accent bizarroïde. Il s'avère que le bavard est islandais et que le lecteur est un basketteur, né et élevé à Boise, dans l'Idaho, actuellement en cours de transfert chez les Schniefel Stickholmers, ou quelque chose comme ça – une petite équipe de la fédération islandaise.

Ah, oui. J'oublie de mentionner que je me trouve à bord d'un vol Icelandair non-fumeurs New York – Reykjavik. Voilà la surprise qui m'attendait à la porte n° 2. Mon exil a pris un virage nordique. D'une caresse de mon index, l'écran abandonne les soucis capillaires de Seinfeld au profit d'une carte géographique : un avion rouge, aussi grand que la Grande-Bretagne, file lentement au-dessus de l'océan Atlantique, frôlant une tache blanche que le bavard dit être le Groenland. L'Islande, elle, a l'air plutôt verte. Le jacasseur passe les dix minutes suivantes à expliquer sa théorie sur la confusion entre les noms : lorsque les Vikings norvégiens découvrirent l'Islande, un peu avant l'an 1000, ils y trouvèrent des moines irlandais qui avaient déjà nommé le pays *Island*, ou le Pays du Christ, car Jésus se disait *Isu* dans leur langue. Les Vikings, eux, disaient *is* pour la glace. J'en suis heureux. Sinon, je serais en partance pour la Christlande.

— OK. Cool. Mais le Groenland, alors ? demande le basketteur. J'ai entendu dire que ça signifiait la « terre verte ». C'est curieux, non ?

— Les premiers colons voulaient l'Islande rien que pour eux, alors ils nommèrent l'autre Groenland, la « terre verte », pour que la prochaine vague d'émigrants se rende plutôt là-bas. Beaucoup disent qu'il s'agit de la première publicité mensongère de l'Histoire. Ça devrait être l'inverse, pour être honnête. Le Groenland devrait s'appeler Islande, et l'Islande Groenland.

Cool. Je voyage sous un pseudonyme vers un pays avec un pseudonyme. Pas mal du tout. J'ai déjà entendu parler de l'Islande. Un ami de Dikan y est allé un jour, pour un deal d'armes. Les nuits sont claires et les filles sont longues, avait-il dit. Ou bien était-ce l'inverse ? C'est une petite île (bon, c'est quand même deux fois la Croatie) au milieu de l'Atlantique Nord. Le magazine de la compagnie aérienne exhibe des paysages lunaires et des visages solaires. Des rochers moussus et des pull-overs touffus. Il affirme que l'Islande est un pays jeune et hot, très actif, secoué par des éruptions et des tremblements de terre quasi quotidiennement, eau bouillonnante et lave en fusion craquelant le sol. Je me demande ce qui amène le révérend David Friendly sur cette terre isolée. Enfin, ce qui m'amène, moi. Je dois commencer à penser comme un prêtre.

Bénie soit mon âme.

Une fois de plus, je tente de trouver une position confortable pour mes jambes douloureuses. Les hôtesses de l'air ont toutes un joli corps et parlent anglais avec assurance. Filles claires, nuits longues. Oui, c'était bien dans ce sens-là. Le look islandais semble être un mélange entre Julia Stiles et Virginia Madsen. Visage large, joues creuses. Yeux froids, lèvres fraîches. L'une d'elles me tend un plateau-repas en m'offrant un sourire innocent à la *oh-qu'il-est-mignon-le-gentil-toutou*. Ce doit être le col romain autour de mon cou. Je ne suis plus un homme. Je suis un prêtre.

De ce point de vue, le foutu col marche du tonnerre. Il maintient le péché à distance. Ou bien le garde enfermé tout à l'intérieur. Mon esprit donne du mou à la laisse qui m'attache à Munita tandis que j'essaie de m'imaginer au lit avec une de ces nymphes nordiques. Je n'y parviens pas. Munita a le dessus. Sa peau douce me manque déjà.

Ils vous font payer pour la bouffe. Je trouve quelques billets bénis dans le portefeuille de Friendly et je lui envoie, là où il se trouve, mes plus chaleureux remerciements. Puis je découvre que la nourriture d'avion n'a pas meilleur goût quand on la paye. Peut-être les papilles gustatives cessent-elles de fonctionner à cinq mille pieds d'altitude. Soudain, M. Je-sais-tout élève la voix, ainsi que son verre de rouge, et nous lance, à moi et au basketteur, un « *Scalpe !* » accompagné d'un sourire. Je me dis d'abord qu'il porte un toast à ma super coiffure, mais il m'explique qu'il s'agit de la version islandaise de « Santé ! ». Les Vikings avaient pour habitude de célébrer leurs victoires en remplissant d'alcool le crâne de leurs victimes.

J'adore déjà ce pays.

Après le dîner, je tente de m'endormir. Il me faut ma petite sieste post-tuerie. Mais je semble être le seul déterminé à fermer les yeux. Les Vikings réclament en hurlant un nouveau crâne de cognac. Puis le capitaine entame son discours en voix off, trafiquée à mort dans les écouteurs réglés à fond au-dessus de moi. Comme tous ses collègues de par le monde, il parle aérien, cet incompréhensible langage des cieux. Les monologues de cockpit me font toujours penser à une prière en latin, où l'on demanderait à Dieu un droit de passage à travers son jardin. Celle-là dure quatorze minutes.

Je garde les yeux fermés. Etre Friendly, c'est comme porter un col de fer autour du cou.

Derrière moi, j'entends les hôtesses prendre les commandes de deux Vikings heureux et assoiffés.

Plus loin dans l'allée, un groupe de femmes enrobées semblent être, par le pouvoir de la boisson, retournées à leurs années lycée. Les Islandais doivent être apparentés aux Russes, qui ne peuvent jamais quitter leur terre natale sans être complètement torchés et ne pourraient y retourner sobres. Ça me rappelle le vieil Ivica, qui habitait dans notre rue à Split. Il avait si peur de sa femme qu'il s'enfilait deux-trois bouteilles de courage chaque fois qu'il voulait quitter la maison et n'osait y retourner à moins d'être bourré comme un coing.

— *Scalpe !*

— *Scalpe !*

Je les entends s'extasier derrière moi, partout autour de moi. J'abandonne l'idée de dormir et ouvre mes yeux sacerdotaux.

C'est l'heure du shopping. Ils ont transformé l'avion en centre commercial volant, les hôtesses occupées à faire chauffer les cartes de crédit et à distribuer des lunettes de soleil et cravates de soie. Je n'ai jamais vu ça, pas même chez Aeroflot. Cela me semble être une combinaison efficace quoique mortelle : boire et acheter. Je songe que Macy's et Bloomingdale's devraient ouvrir trois cent mille bars dans leurs rayons hommes et femmes. Ou peut-être n'y a-t-il pas de magasins en Islande ?

Malgré la prière du capitaine, les anges continuent de pincer mes jambes et de pilonner cette conscience que je croyais avoir perdue. Normalement, ma profession ne donne aucun effet secondaire, en dehors de la fatigue. La sieste post mortem est parente du petit somme postcoïtal : bien que l'effort physique soit moindre (elle a toujours préféré être au-dessus), l'exploit interne requiert un peu de repos.

Je finis par réussir à ignorer le shopping alcoolisé de mes compagnons de voyage et m'endors avec Munita au-dessus de moi – ses nichons magiques rebondissant et ses cheveux noirs et longs chatouillant mon torse enrobé, comme la pointe de la longue barbe blanche de Dieu effleurant mon âme damnée.

# 4
# « FATHER FRIENDLY »

**16-05-2006**

L'atterrissage me réveille. Il est du genre costaud : l'avion continue à trembler de la tête à la queue, longtemps après avoir touché terre. Une voix limpide et sexy résonne à travers les haut-parleurs, d'abord dans la langue lunaire, ensuite en anglais, pour nous souhaiter la bienvenue : la température locale est de trois degrés Celsius

Finalement, je me dis que l'Islande est bien une lande de glace.

Les photos n'ont pas menti. Cela ressemble vraiment à la Lune. Au loin, des petits monts bleus ; au premier plan, rien que des champs de roche grise recouverte de mousse. De la lave, j'imagine. Des champs de lave. Je viens d'atterrir sur l'Ile aux Volcans.

L'hôtesse m'offre un nouveau sourire platonique alors que je quitte l'appareil par un couloir en verre. A vrai dire, le paysage me fait penser à un décor grandeur nature de *Star Wars*. Je tente de pénétrer dans cet étrange pays en honnête homme, faisant mon possible pour marcher à la manière de l'individu que j'ai tué la nuit dernière : je balance sa mallette noire à bout de bras, comme un pasteur guilleret, et porte ses noires chaussures, sa chemise, sa veste et son manteau de la même couleur, sans oublier le col romain blanc. J'ai toutefois conservé mon jean. Homme d'église, mais homme moderne.

J'emboîte le pas du basketteur en direction du terminal. Il est bien trop petit pour son métier, plus petit encore que mon mètre quatre-vingts. Peut-être expédie-t-on les mini-joueurs aux mini-nations. M. Je-sais-tout affirme que l'Islande ne comptabilise que trois cent mille habitants. Est-ce bien légal, d'ailleurs ? Comme si Little Italy, à New York, était un pays, avec son propre drapeau, son équipe olympique miniature, et tout le tintouin. Ils décrocheraient forcément l'or en Tir au Restaurant.

Le basketteur m'entraîne dans son sillage jusqu'au contrôle des passeports où, devant une cage transparente qui abrite deux agents, deux files se sont formées. L'une est pour les citoyens de l'Union européenne, l'autre pour le reste du monde. Je suis en train de me demander si la Russie est membre de l'UE lorsque je me souviens que je suis désormais américain. Je suis Friendly ! La file avance rapidement. Ce sera un vrai jeu d'enfant. Je sors le passeport du saint homme de la poche intérieure de son manteau noir, m'approche de la cabine en verre et tends le livret à l'agent, un homme aux sourcils bruns et à la barbe grisonnante. Il l'ouvre et m'interroge dans sa langue natale. Je le regarde, déconcerté. Alors qu'il se répète, je me rends compte qu'il parle russe. Cet enfoiré est en train de me parler en russe, bordel de merde.

— Pardon ? dis-je.

— Vous ne parlez pas russe ? demande-t-il en anglais.

— Non, je suis né aux Etats-Unis.

Il jette un œil à mon passeport.

— Il est indiqué ici que vous êtes né à Smolensk...

Soudain, les veines de mon cou deviennent aussi épaisses que les cordes d'une basse électrique Fender. Bordel. Je lui ai donné le mauvais passeport ! Je lui ai refilé celui d'Igor. Je suis Igor, je ne suis plus Friendly. Putain de bordel de merde.

— Euh... Oui. C'est le cas, en fait, mais on a déménagé... Mes parents ont émigré en Amérique quand... quand j'avais six mois, alors... alors, dans ma tête...

— Donc, vous avez vécu en Amérique depuis tout ce temps ?

— Euh, oui. Oui. Tout à fait.

Je suis soulagé.

— Mais vous parlez avec un accent slave ? insiste l'enfoiré.

Bordel de merde, qu'est-ce qui se passe ? Ce type est surqualifié pour son boulot. On engage des profs de physique russes comme contrôleurs de passeports, maintenant ?

— Euh... oui, c'est une histoire amusante. Mes... mes parents... J'ai vécu seul, avec mes parents, durant toute mon enfance, au fin fond d'une forêt, et j'ai appris à parler avec eux. Or, ils parlaient anglais avec un très, très fort... très fort accent russe.

Le fonctionnaire me regarde pendant deux longues secondes. Puis ses yeux glissent vers mon col.

— Vous êtes prêtre ?

Son accent est dur à décrypter.

— Oui, oui. Je suis le révérend... le révérend Illitch.

Ça vire au ridicule.

— Ce n'est pas ce que dit votre passeport.

Bordel. Ce mec est têtu comme une putain d'enflure serbe de mes deux.

Il me demande de patienter et quitte sa cabine. J'entends des soupirs impatients derrière moi. Je ne me retourne pas.

Une minute plus tard, il revient avec un agent plus âgé vêtu d'une chemise bleue. Ils m'examinent comme un couple gay qui auditionnerait pour un plan à trois. Finalement, le plus vieux des deux demande, avec un accent identique à celui de M. Je-sais-tout et de l'hôtesse :

— Vous êtes prêtre ?

— Oui.

— Que venez-vous faire en Islande ? Vous êtes ici pour affaires, ou bien... ?

Je trouve enfin la voix d'Igor Son âme véritable d'orthodoxe.

— La mission d'un pasteur n'est que plaisir, mais vous pouvez appeler ça des « affaires », si vous préférez.

Chemise Bleue semble impressionné. Il m'inspecte une dernière fois puis me tend le passeport avant de me dire :

— Très bien. Passez un agréable séjour.

Merde. Comment ai-je pu être aussi imprudent ? Comment ai-je pu... Ou bien peut-être était-ce la chose à faire. Les Feds ont probablement retrouvé le corps du révérend Friendly, à l'heure qu'il est. Combien de temps leur faudra-t-il pour l'identifier ? Lorsque ce sera fait, il vaut mieux qu'ils ne s'aperçoivent pas qu'un individu navigue sur les eaux arctiques avec son passeport. Ouais, c'était un coup de bol.

Je suis le flot de passagers dans les profondeurs du terminal. Le sol du couloir est recouvert de moquette et le revêtement silencieux amplifie le couinement des chaussures de M. Friendly. Les baskets d'Igor se trouvent dans la mallette, avec sa veste en cuir. J'atteins le hall principal et me demande où aller. Je me dirige vers un comptoir et réclame un billet pour Francfort, Berlin, Londres, n'importe où sauf ici. Il y a bien des vols, me répond la cougar blonde, mais ils sont tous complets. Le prochain départ est dans trois jours : direction Copenhague puis Zagreb. Je songe à ce que diront mes bagages quand personne ne viendra les récupérer. Je trouve la Visa d'Igor et lui achète un billet pour la patrie de Tomislav. M. Friendly regarde Toxic signer du nom de M. Illitch. Ma vie si simple est soudain devenue bien compliquée. Un millefeuille d'identités.

La blonde d'âge mûr me recommande de rejoindre la capitale et me donne l'adresse d'un hôtel.

— Il n'y en a que pour quarante minutes en bus, dit-elle en souriant.

Trois jours en terre viking ne peuvent pas faire de mal. Mais trois jours sans flingue seront éprouvants pour Toxic.

Un escalator me mène à l'étage inférieur et je traverse la salle animée de la réception des bagages. La sortie est divisée en deux : une porte pour ceux qui ont quelque chose à déclarer, la seconde pour les autres. Ma dernière identité me demande si je ne profiterais pas de cette opportunité pour me déclarer coupable de soixante-sept homicides, mais je chasse tous ces anges d'un geste de la main, comme une nuée de moustiques.

Une surprise m'attend, une fois la douane passée. Plantés au beau milieu du hall d'arrivée, un homme aux cheveux clairsemés et une femme au brushing généreux tiennent une pancarte qui annonce : *FATHER FRIENDLY*. Je dois être déphasé (trop d'identités pour un seul homme, j'imagine), car je commets l'erreur irréparable de m'arrêter pile devant le foutu écriteau. Et je porte ce putain de col ! Ils font le lien – évidemment.

— Monsieur Friendly ? demande la femme, souriante, avec un accent qui m'est de plus en plus familier.

Je m'apprête à répondre par la négative, lorsque je remarque soudain deux policiers un peu plus loin, près de la sortie. Alors, avant de franchir mes lèvres, mon non se transforme en oui. Voilà qui est fait. Je suis consigné pour les prochaines heures. Forcé d'être *friendly*, bordel de merde.

Le tueur devient la victime.

— Ravi de vous voir, monsieur Friendly. Vous faites bon vol ? s'enquiert l'homme, avec un accent islandais prononcé.

Je remarque sa mauvaise dentition alors qu'il parle.

— Ouais, ouais, ça a été.

Soudain, je me mets à détester mon propre accent. Pas très virginien, tout ça.

— Je vous ai à peine reconnu ! Vous avez l'air encore plus jeune que sur votre site web ! s'exclame sa compagne.

Toujours ce sourire éclatant.

J'ai un site web ? Je balbutie :

— Ah ? Vous... vous avez vu ma photo ?

Et puis, merde. Je suis tueur à gages, pas espion.

— Oui, bien sûr ! poursuit la femme. Mais nous n'avons pas encore regardé votre émission de télévision.

Dieu du ciel ! J'ai une émission de télé, maintenant ? J'aimerais bien voir ça.

— Vous n'aimeriez pas voir ça, dis-je.

— Oh ? Bien sûr que si ! s'écrient-ils en stéréo, comme deux gamins shootés au sucre d'orge.

Y a de la joie. L'œuvre de Dieu, j'imagine. Ils se présentent, et leurs prénoms sont indescriptibles. Lui s'appelle God-mon-dur (ce doit être un nom de scène) et elle quelque chose comme Chic-ridule. Je me demande quels seraient leurs surnoms américains. God et Chi ? Même « Tomo » était trop long pour les Yankees. Plus il y a de monde, plus les noms sont courts. Moins il y en a, plus ils sont à rallonge.

Soudain, Chic-ridule me regarde de haut en bas et demande :

— Vous n'avez pas de valise, mon père ?

J'hésite un instant.

— Non. La Parole est mon seul bagage.

Ils gloussent, on dirait deux hamsters enjoués dans un dessin animé. Je me sens comme un acteur qui aurait franchi une étape importante dans la construction de son nouveau personnage. Alléluia !

M'encadrant, ils passent devant les deux policiers (à qui j'offre un regard bénissant) pour arriver sur le parking, où il fait aussi froid que dans un frigo. Et dire que j'étais en route vers un printemps adriatique, pour me la couler douce sur la Riva, siroter du *pivo* et contempler les petits culs en jeans moulants se déhancher sous mes yeux, au son des sandales à talons qui claquent contre la roche calcaire étincelante. Ah, les filles de Split...

Mais non. Au lieu de cela, je me tiens au beau milieu d'un parking polaire, à amasser de la chair de poule en regardant le reflet de mon nouveau moi tout chauve (à vrai dire, je pourrais bel et bien passer pour un prêtre) sur la vitre d'un Land Cruiser gris métallisé, dans lequel deux inconnus m'invitent à prendre place. Le véhicule a déjà, selon leurs dires, été béni par la présence du grand Benny Hinn. Il semblerait que God-mon-dur et Chic-ridule soient des pros du télévangélisme. Ils dirigent une petite chaîne de télé locale chrétienne baptisée Amen. Quelques minutes plus tard, nous sommes au cœur du parc lunaire, God-mon-dur au volant.

— Nous avons beaucoup émissions télé chrétiennes de l'Amérique. Benny Hinn, bien sûr. Mais aussi Joyce Meyers, Jimmy Swaggart, et David Cho. Nous avons spectacle à nous, en islandais et en anglais. Nous sommes dans la télé toutes les nuits, ma femme et moi. Parfois ensemble, parfois séparément. Vous voyez ce soir.

C'est God-mon-dur qui parle, dans un anglais primitif. Sa jolie épouse, assise à côté, tourne régulièrement la tête pour m'adresser un sourire. Le mari poursuit :

— Alors, vous allez parler quoi à propos, ce soir ? Quel texte pour votre commentaire ?

— Euh... ce soir ?

— Oui. Vous allez être invité spécial honorable de mon émission.

— A la télé ?

— Oui ! s'exclame-t-il avec un rire qui montre ses dents biscornues et son air imbécile.

— Euh... Je vois. Je pensais que...

Je suis sauvé par le gong de mon portable. L'écran affiche Niko et, sans réfléchir, je le salue d'un « *bok* » croate. Niko est le secrétaire particulier de Dikan. Son numéro deux. Il me demande où je me trouve et je lui raconte l'inconcevable vérité, lui épargnant toutefois ma présence dans le véhicule de vedettes chrétiennes en route vers ma première messe cathodique. Il m'explique que mon atterrissage ici n'est peut-être pas une si mauvaise chose (sait-il seulement que l'Islande est un pays ?), car la situation est en train de tourner au vinaigre.

— T'as vraiment merdé, Toxic.

Les « fédérats », comme il les surnomme, ont déjà inspecté le restaurant et fouillé mon appartement. Ils ont rendu visite à ma mère ce matin, dans sa petite quincaillerie au cœur de Split, et lui ont cassé un bras. Dikan a les boules qui bouillonnent, me signale Niko.

— Si t'es en putain d'Islande restes-y ! s'exclame-t-il. Ne va pas à Zagreb ni à Split, et ne reviens surtout pas ici ! Reste où tu es, et fais le PPB !

Comme je l'ai déjà mentionné, ça veut dire Profil le Plus Bas. Je me demande si l'émission télé de God-mon-dur entre dans cette catégorie.

Tandis que je raccroche, Chic-ridule se tourne vers moi et me demande en quelle langue j'étais en train de parler.

— En croate.

— Ah, vous parlez croate ?

— Oui, nous avons des gens de Croatie dans notre paroisse.

— Et d'où venez-vous, à l'origine ? demande mon bon God.

— A l'origine, nous sommes tous les enfants de Dieu.

Qu'est-ce que je suis bon !

— Mais si vous voulez parler de mon accent, il s'agit d'un acquis, si on peut dire. J'ai été missionnaire pendant des années en ex-Yougoslavie.

— Ah, vraiment ? s'exclament-ils en chœur.

— Oui. Pour répandre la parole de Dieu en terre communiste. Je peux vous dire que j'en ai chié. Enfin, je veux dire, c'était une sacrée mer... mission. Etre Américain là-bas, mec, c'est un pur suicide. J'ai dû changer de nom et me débarrasser complètement de mon accent. Ils m'appelaient Tomislav. Tomislav Bokšić. Désormais, tout le monde croit que je viens de là-bas. Mais non. Je suis cent pour cent américain. J'ai même des disques de Clay Aiken à la maison. Pour tout vous dire, la famille Friendly réside en Virginie depuis le douzième siècle...

Il se pourrait que j'en fasse un peu trop, là.

— Euh... depuis le dix-huitième siècle.

Ils gobent tout avec un sourire. S'ensuit alors un battement – qui coïncide avec celui de mon cœur, comme dans la bande originale d'un film à suspense – avant que la femme ne demande :

— Quel âge avez-vous, Father Friendly ?

— Je... je suis né en 65. J'ai donc... euh... quarante ans.

— Vous étiez très jeune, alors, quand vous êtes allé en...

— En Yougoslavie ? Oh, oui. J'en suis resté profondément marqué. J'ai vécu des moments très éprouvants, là-bas.

C'est un début de matinée de mai clair et limpide. En gros : un début de matinée, au début du mois de mai, et le soleil pointe le bout de son nez derrière les montagnes face à moi. Aucun nuage dans le ciel et, sur la gauche, l'océan dissimule des vagues sous sa surface gris-vert. La vue est tout aussi glaciale que la température qu'elle offre. Le mai arctique ressemble à un mars du Midwest. Quelques maisons qui semblent inhabitées ornent la côte.

— Résidences d'été, me précisent mes hôtes.

OK. Donc, l'été, ça existe, ici.

Le vol a duré cinq heures, et le décalage horaire est à peu près équivalent : une nuit entière a passé depuis l'altercation aux toilettes de l'aéroport JFK. Friendly a été mon premier homicide manuel depuis le gamin moustachu de Knin. J'ai utilisé mes mains, un truc que j'ai appris du camarade Prizmić, le plus âgé de notre division, un vétéran de la Seconde Guerre mondiale aux grosses narines et aux joues creuses.

« C'est comme si tu soufflais sur une bougie, disait-il. Tout dépend de la position et de la vitesse. L'homme, c'est la cire. La vie, c'est la flamme. Souffle sur la flamme et il meurt. »

Ce bon vieux Prizmić. Ils ont tranché les seins de sa femme et les lui ont fait bouffer.

Il y a un petit autocollant au dos du siège du conducteur qui dit, en anglais : *Malheur à vous qui nommez le mal bien et le bien mal, vous qui changez la lumière en ténèbres, les ténèbres en lumière. vous qui changez l'amertume en douceur et la douceur en amertume ! (Isaïe 5,20).*

Pauvre de moi.

Le soleil de 6 heures s'échappe enfin des flancs affûtés de la montagne. Comme un poussin tout pâle sorti d'un œuf tout bleu. La route s'éclaircit.

— Nous roulons la voie de la lumière ! s'exclame God-mon-dur avant de se tourner vers moi, un bon gros sourire aux lèvres. La voie de la lumière !

# 5

# GUN-ILE-DURE

**16-05-2006**

Ils veulent que je loge chez eux.

— On envoie jamais nos invités à l'hôtel, assure God-mon-dur. Chez nous, c'est chez vous.

Je le remercie. Ils habitent un petit pavillon de banlieue à deux étages bien astiqués, dans un quartier situé entre le centre-ville et l'aéroport qui s'appelle Garde-Bière, ou quelque chose dans ce goût-là. Je n'ai donc toujours pas aperçu la célèbre Reykjavik, sur laquelle je me suis renseigné dans l'avion : « La ville la plus hot d'Europe, la capitale du cool. » Apparemment, c'est ici que Tarantino vient quand il veut jouer les starlettes. Dommage qu'il ne se soit pas trouvé à côté de moi aux toilettes. J'aurais pénétré en ville à bord d'une limo blanche, une chaîne en or autour du cou et un passeport VIP en poche, à faire coucou par la fenêtre aux gamines agglutinées sur le bord de la route, exhibant leurs vieilles affiches de

*Pulp Fiction*. Au lieu de cela, on m'invite à m'asseoir dans une cuisine de banlieue silencieuse, sans la moindre gonzesse en vue.

Chic-ridule dresse une table alléchante pour le petit déjeuner : café, pain grillé, et deux œufs à la coque qui me font immédiatement penser aux couilles de Dikan. Comment ça, j'ai vraiment merdé ? Comment ça, c'est *mon* merdier ? J'ai tué le bon mec. Il s'est avéré qu'il était du FBI. C'est quand même pas de ma faute ! C'est moi qui devrais être furieux contre eux, oui !

— Si vous voulez bien être très agréable, mon père ? Nous demandons toujours notre invité nous réciter le bénédicité, m'annonce God-mon-dur une fois tout le monde installé.

— Oui, bien sûr.

Une fois encore, je regrette de ne pas avoir tué Tarantino au lieu de ce fichu pasteur. En même temps, il n'aurait pas été aisé d'aller chercher des noises à l'auteur de *Kill Bill*. Ouais, en un sens, j'ai eu de la chance. Au moins, l'homme du clergé me ressemblait un peu. Au moins, ils croient que c'est moi. C'est ce qu'on appelle faire profil bas, j'imagine.

Bon. Voyons voir. Bénédicité. Je baisse la tête et ferme les yeux.

— Cher Dieu, cher Dieu adoré. Merci pour ce... pour ces œufs. Merci de... merci d'avoir ami... merci d'avoir envoyé ces gens très... *friendly* à ma rencontre. Merci de m'avoir fait découvrir cette île splendide, et ces personnes si belles... si bonnes et si gentilles. Merci de m'avoir mené à bon port dans une mer d'embûches. Et pour le petit déjeuner, aussi. Amen.

J'assure, non ? Ils murmurent leur amen, et c'est à nouveau le quart d'heure sourires.

— Vous avez des gens beaucoup dans votre organisation, mon père ?

Je perds alors le contrôle. C'est Toxic qui prend la parole par mégarde :

— Environ quarante.

— Quarante mille ?!

— Quarante mille ? Euh, oui, environ quarante mille. Quarante mille membres inscrits. Mais nous avons des millions de téléspectateurs chaque semaine.

Je me rappelle de penser à demander les dernières audiences à mon producteur, la prochaine fois que je le verrai.

Après le petit déjeuner, ils me montrent ma chambre à l'étage. Me voilà de retour à l'école catholique. Un crucifix pend au-dessus du lit, et deux clichés en studio de Jésus-Christ sont fièrement exhibés sur le mur opposé. Draps blancs, rideaux blancs, tapis blanc.

Ils disent que je dois être fatigué après un si long vol. Je réponds « un peu, mon neveu », et profite de cette opportunité pour dire à God-mon-dur que je ne pourrai pas participer à son émission de télé ce soir.

— Je suis désolé, mais je dois être complètement détendu pour passer à l'écran. Si Dieu doit s'exprimer à travers moi, je dois être aussi vide qu'une coquille de noix.

Je fais une brève pause, regrettant l'usage de mots inappropriés. Il me regarde avec une tête de lama tout juste cocufié. Des yeux ronds, des dents longues et une nuque poilue. Sa femme murmure quelque chose à propos de décalage horaire avant que je ne corrige le tir :

— Je veux dire que rien ne doit se mettre sur le chemin de sa Parole, lorsqu'elle voyage à travers moi. Pas de fatigue, rien de rien du tout... Je dois toujours être en superforme pour passer à la télé.

— Mais... balbutie-t-il enfin, j'ai dit mes téléspectateurs sur mon plateau télé que vous venez ce soir pour parler les gens.

— Oh ? Vraiment ?

— Oui. Je ne peux pas trahir promesse envers eux. Ils sont des gens très fidèles.

Pauvre petit père. Il a le cœur brisé. Mais moi, je dois songer à mon PPB.

— Combien de gens regardent votre émission ?

J'imagine que, pour un présentateur de troisième ordre, cette question est un rien embarrassante. Il habille son visage d'une expression gênée, comme un politicien au cours d'une interview difficile, et finit par rire nerveusement.

— Nous avons beaucoup téléspectateurs.

Je vois. Il en a dix.

— Très bien. On en reparle. Appelez-moi dans l'après-midi.

Je n'ai pas la moindre idée de ce que je suis en train de faire : je lui donne mon numéro new-yorkais. Le pasteur transmet à un collègue en religion le numéro d'un tueur à gages !

— D'accord, très bien, répond le bon God.

Le sourire fait son retour, quoiqu'un peu amoché par le choc que je viens de lui faire subir.

— Vous pouvez rester ici journée et prendre le repos. Faites commc dans la maison à vous. Nous allons aller à le travail à présent. Dans la station de la télévision.

Depuis ma fenêtre, je les regarde s'installer à bord du 4x4 haut de gamme. Les croyants possèdent toujours les meilleures voitures. Dieu sait comment récompenser ses ouailles ; il n'ignore pas qu'un 4x4 n'est pas de trop pour se rendre au paradis. L'épouse du pasteur porte une jupe qui révèle de bien jolies gambettes. Si elle était la seule femme de notre escadron, et si nous étions coincés en montagne pendant un mois, je fantasmerais sur elle à partir du douzième jour.

Je reste donc seul à la maison. Malgré le printemps glacial dehors, les pièces sont chauffées comme une nuit de juillet à Memphis. C'est d'ailleurs là-bas, sous un pont délabré, que j'ai exécuté une opération un rien maladroite. Pour ce qui est de tuer, je ne suis pas raciste, mais flinguer des Noirs n'a jamais été mon dada : ça n'a rien d'original.

Je me déshabille et me sens de nouveau moi-même, heureux d'être défait du col de Dieu, de la chemise de Friendly et du jean d'Igor ; puis je me glisse sous les draps. Comme c'est doux, comme c'est confortable. Comme c'est incroyablement calme. C'est presque trop. Le silence le plus bruyant que j'aie jamais entendu. Je me rends compte que j'ai vécu pendant une bonne décennie dans une discothèque et que je viens enfin de mettre un pied à l'extérieur. Je ne plaisante pas. On n'entend pas le moindre son. Les environs sont aussi muets que le crâne serbe que ma mère garde sur l'étagère au-dessus de son lit.

Tout à coup, la pièce est baignée de lumière. Chambre blanche, soleil éclatant. Si je me réveillais ici, dans ce radieux silence, allongé sur ce doux lit de plumes recouvert de draps impeccables, avec une photo dédicacée du Seigneur sur le mur opposé, je me croirais arrivé au paradis. Mais bien entendu, je n'irai jamais là-bas. Je suis bloqué dans un embouteillage, sur l'autoroute pour l'enfer.

Fait chier. Ce putain de silence m'empêche de dormir. C'est dur à vivre pour un homme qui a vécu toute son existence dans le bruit, bercé par les bombes des Tchetniks et les bouches d'égouts de SoHo.

J'abandonne et descends au rez-de-chaussée faire les cent pas, avec ma petite bedaine qui pointe au-dessus de mon boxer noir Calvin Klein. La belle aurore montagneuse submerge chaque fenêtre ; la lumière est dure, froide et vive. Soleil de glace. Je me sens envahi par l'émotion typique du touriste lambda : la surprise stupide dont on fait l'expérience quand on se rend compte que le même soleil se lève sur ces terres depuis un million d'années. Ici, dans cette ville plus-au-nord-tu-meurs, pendant des siècles, des gens se sont levés et couchés. Lorsque je suis revenu à Split pour la première fois après quatre ans passés à New York, je me souviens combien j'ai été choqué de constater que ma mère avait vieilli. J'étais presque furieux, comme si elle m'avait trahi ; du coup, je lui ai inculqué quelques techniques d'hydratation et de masturbation. Je crois que je ne suis tout simplement pas fait pour voyager. Je suis l'homme d'un seul lieu.

Je n'aurais jamais dû quitter Split. Mais quand on s'est battu avec tant d'ardeur pour quelque chose, on ne peut pas vraiment l'apprécier. Je crois que j'habiterais encore en Croatie si elle ne s'appelait pas la Croatie.

La maison est pleine de babioles tape-à-l'œil et de meubles vitrines-de-magasin. Un imposant canapé noir jonché de coussins occupe le coin télé, la table et les chaises de la salle à manger brillent comme un service de porcelaine, et chaque rebord de fenêtre est orné d'une ribambelle de vases et de statuettes. Un petit saint-bernard me regarde dans les yeux, un tonneau de vin pendu au cou – à briser en cas d'urgence, si Dieu vous abandonne. Les murs arborent des toiles authentiques (des paysages lunaires dans des cadres dorés) et plein d'autres bidules faits pour être suspendus par des clous – un Jésus miniature, des roses séchées, et ce machin coloré japonais dont j'ignore le nom mais qu'on utilise pour s'éventer quand il n'y a pas la moindre brise. Malgré tout, le salon a l'air inhabité. Cela pourrait être une exposition au Musée islandais de la vie moderne. Qui plus est, je trouve l'ensemble un peu trop luxueux pour des disciples dévots du Christ. Je doute qu'aucun des apôtres ait possédé un écran plat de cette taille. Enfin, au moins, tout est aussi immaculé que la conscience du Sauveur.

Je me fais couler un bain pour contrer le décalage horaire et allume la télé en bruit de fond. L'écran montre dix mille fidèles chantant chrétiennement à l'unisson dans un gigantesque gymnase, quelque part au sud des States. « Notre Dieu est génial ! » Sacrément, en effet, je dois bien l'admettre. Les chrétiens régénérés ont de l'énergie à revendre. Ils hurlent comme des nouveau-nés. Je zappe, tombe sur *Amour, Gloire et Beauté* et tente de déchiffrer les sous-titres. On dirait du hongrois.

Dans la cuisine, je jette un œil à des lettres adressées à *Guðmundur Engilbertsson* et *Sigríður Ingibjörg Sigurhjartardóttir.* Il me faut à peu près deux minutes pour lire chaque nom. De retour au salon, je trouve des photos de famille encadrées sur un imposant buffet. Il semblerait qu'ils aient deux enfants. Une fille et un garçon. La fillette, aux cheveux de neige, ressemble à sa mère. La maison a pourtant l'air dépourvue de gosses. Peut-être les conservent-ils dans quelque école papale privée. Ou bien, ils en ont fait don pour un voyage de missionnaire au Mozambique. Une jolie photo montre la famille en Amérique : quatre saints sourires lors d'une messe rodéo en extérieur. Cela me rappelle mon contrat 43. Le rondouillard devant l'église, à Atlanta. La balle de mon flingue avait parcouru l'incroyable distance de deux pâtés de maisons avant de pénétrer son crâne. L'un de mes plus beaux cartons. Il portait un chapeau de cow-boy blanc en feutre – le genre de matériau qui absorbe les liquides. Un moment plus tard, lorsque je passai devant lui en voiture, la scène dégageait quelque chose de merveilleux, calme et innocent : un gros bonhomme s'était écroulé sur le trottoir, rien de plus. Un gros bonhomme avec un superbe chapeau rouge.

L'eau du bain est terriblement chaude. De l'eau volcanique. Je dois la refroidir avant d'y plonger. Je barbote pendant une heure tandis que mon esprit parcourt la brousse de la bonne vieille république de Munita. La forêt noire empeste l'extrait de clito, des gouttes gonflées de luxure coulent au ralenti le long de l'épais feuillage. J'aperçois alors ma mère devant son petit magasin, à deux pas du port ; elle porte son hideuse jupe communiste et son chemisier Marilyn Monroe. Un plâtre blanc entoure son bras droit et son poing gauche est levé en l'air tandis qu'elle me gueule dessus :

— Cette bouffeuse de tandoori n'est là que pour s'amuser, pas de quoi faire une compagne ! Quand on choisit sa femme, il faut qu'il y ait une réunion au sommet entre le cœur et le cerveau. Mais toi, tu ne demandes leur avis ni à l'un ni à l'autre : c'est ta queue qui décide ! Ton père, je l'ai aimé pendant quarante-deux ans. Lui, pendant quarante. Les deux premières années, il était trop occupé à sauter Gordana, cette salope serbe. Mais il a fini par s'ennuyer et, après ça, il a gardé sa bite à la maison. Tu as de la chance d'être né après qu'il a mis un point final à sa vie sexuelle ! Sinon, tu aurais été serbe et ton frère t'aurait tué en ex-Yougoslavie. Crois-moi, le désir n'est que délire ! C'est l'amour qui dure. Tu me brises le cœur, tu me brises le bras, après avoir brisé toutes tes promesses. Dis-moi, Tomo, quand vas-tu reprendre tes études ?

J'ai suivi des cours d'architecte paysagiste pendant un an et demi à Hanovre, merveilleuse ville allemande. C'est là-bas que j'ai rencontré Niko Nevolja (Niko la Canaille) qui m'a fait découvrir la science des escrocs. Tout a commencé avec deux ou trois petits deals de cocaïne. Puis, on s'est mis au trafic de drogues et d'armes et, enfin, on nous a enseigné l'art des matchs truqués. Chaque vendredi, nous dînions avec un arbitre différent des ligues inférieures de la Bundesliga. Ce n'étaient pas les invités les plus divertissants (« Je repasse toujours mon maillot la veille d'un match ») mais les voir jouer le lendemain était hautement addictif. Penaltys imaginaires accordés à gogo et excellents buts refusés. Joueurs en furie et foule hystérique. Tout ça, c'était notre œuvre. L'architecture du paysage avait cédé la place à l'architecture sociale. Le fait que nous soyons croates ajoutait un peu de piment à la chose. Ces enfoirés d'Allemands pouvaient bien gagner tous les matchs internationaux contre nous, nous étions les véritables vainqueurs de leurs compétitions nationales. Et on amassait le pactole du *Fußball-Lotto*. On faisait ça pour notre père patrie : ces salauds de mangeurs de choucroute avaient décimé la moitié de la génération de mon grand-père.

Je suis assis sur le canapé, en compagnie des coussins, une serviette de toilette blanche chrétiennement enroulée à la taille, zappant d'une chaîne locale à l'autre, lorsque, soudain, la porte d'entrée s'ouvre à la volée et une super-blonde d'une vingtaine d'années se précipite à l'intérieur. Sans remarquer le tueur à gages de ses rêves, elle file direct à la cuisine et se met à ouvrir tous les tiroirs. Elle a l'air pressée, balançant des injures à l'intérieur de chacun d'entre eux avant de les refermer avec fracas. « Merde ! » Enfin, le silence. Elle a dû entendre la télé, car quelques secondes plus tard, la voilà qui se tient dans l'encadrement de la porte et me demande quelque chose comme :

— Caire erre tout ?

— Pardon ?

Elle s'exprime alors dans un anglais d'un très bon niveau :

— Qui êtes-vous ? Qu'est-ce que vous faites là ?

— Je m'appelle To... Je suis le père Friendly. Je viens d'arriver ce matin. De New York. God-mon-dur et Chic-ridule m'ont dit...

— Ah, soupire-t-elle avec un manque d'intérêt évident, avant de retourner dans la cuisine.

Sur l'écran, un type chauve du genre charpentier est en train de lire dans un ouvrage qui doit être la Bible. Il semblerait qu'il ait construit le décor de ses mains. Ce doit être leur chaîne. Oui, tiens : la lettre A brille dans le coin supérieur gauche. Ce serait plus drôle s'ils l'appelaient « Hymen » plutôt que « Amen ». C'est de la télé à un seul objectif – littéralement. Une esthétique de nature morte, une plante artificielle au fond, le charpentier en costume polonais, la façon qu'a ce dernier de ne lever les yeux de son bouquin que toutes les trois pages (comme pour s'assurer que le voyant rouge de la caméra clignote toujours). A côté, la télé d'Etat nord-coréenne ressemble à MTV. Les pauvres. Le grand chef Dikan ne risque pas de perdre son poste, même si j'apparais sur Plouc TV. A en juger par l'expression du charpentier, celui-ci sait qu'il ne s'adresse qu'à une dizaine de téléspectateurs.

Je me lève, vérifie que la serviette est bien nouée autour de ma taille et me dirige vers la cuisine. Je réconforte ma timide bedaine – elle se cache toujours à la vue des filles sérieuses – avant d'apparaître dans l'embrasure de la porte : une version mise à jour et légèrement ballonnée d'Adonis. La fille continue à fouiller la cuisine de fond en comble comme un cambrioleur sous speed.

— Vous cherchez quelque chose ?

Le ton est un hymne, la voix fait de la gym.

— Ouais. Mes clés, murmure-t-elle, la tête dans un placard.

Son corps est mince, avec de petits nichons et un cul joliment moulé, ferme comme un airbag gonflé à bloc. Si elle était la seule femme de notre escadron, et si nous étions coincés en montagne pendant un mois, je fantasmerais sur elle dès le premier jour.

— Vos clés ? Vous vivez ici ?

Le pasteur se transforme en crétin, ou en chrétien, ou en quelque chose comme ça.

Elle tourne la tête et me regarde un instant. La bedaine se carapate immédiatement, rampant sous ma cage thoracique. Pauvre petite chose. La fille prend pitié de mon ventre et ne peut s'empêcher de partir à sa recherche, laissant ses yeux parcourir le milieu de mon corps, se demandant probablement si son système d'exploitation permet le téléchargement d'Adonis 2.0. Lorsqu'elle en a fini, je suis à bout de souffle.

Mais cela me laisse un peu de temps pour l'examiner, elle.

Ses cheveux sont plus que blonds. Ils ont la couleur du beurre à peine sorti du frigo, avant qu'il ne devienne tout mou et jaune. Sa peau est incroyablement lisse, blanche comme du fromage frais Philadelphia intact dans son emballage. Elle a le nez petit, à la pointe légèrement retroussée, comme le sommet d'une glace à l'italienne – la dernière virgule qui sort de la machine, la première que l'on enfourne dans sa bouche. Ses yeux sont de la même couleur qu'une bouteille de Gatorade Cool Blue, et ses lèvres scintillent comme un sorbet à la fraise.

Oh-oh. Mon ventre sort de sa cachette et se met à brailler tel un gosse devant un stand de bonbons. Merde, alors. Ce n'est pas seulement une fille du premier jour, c'est une fille du point du jour.

— Non, je ne vis pas ici, dit-elle dans un long soupir exaspéré. Je suis leur fille. J'ai perdu mes clés et je ne peux pas rentrer chez moi. Argh ! Je dois me rendre au boulot à 10 heures et je ne peux pas y aller comme ça !

Fille de pasteurs, elle parle pourtant comme une païenne, une reine du bal de promo, une reine du porno, même. Son anglais sort tout droit de MTV, et elle remue la tête au rythme de ses mots, *ghetto style*. Elle appartient à cette génération tatouée d'accros à la cire, en string hiver comme été, déterminée à faire du ventre « les nouveaux nichons ». Ce spécimen-là est couronné d'un piercing au nombril, exhibé fièrement entre un chemisier fin et moulant et une paire de jeans d'un goût très sûr. La pointe de ses chaussures noires a la même forme que ses talons hauts, et elle tranche le vide de ses longs ongles pâles tandis qu'elle parle.

— Vos clés sont supposées se trouver là ? dis-je, paternel.

— Oui. Maman m'a dit qu'elle avait un double et je n'arrive pas à remettre la main dessus, putain.

Elle a déjà dit « merde », et voilà qu'elle nous sort un « putain ». Le saint couple a donné naissance à une traînée.

— Pourquoi ne l'appelez-vous pas ?

— Elle est en train d'enregistrer son émission. Son téléphone est en mode silencieux.

Elle a l'air peinée par la célébrité télévisuelle de sa mère. Je me sens empreint de pitié pour la pauvre jeune fille et réplique :

— Je peux peut-être vous aider à rentrer chez vous.

— Vous voulez dire, sans clé ? Vous allez utiliser la croix ?

— Peut-être. Une croix et une petite prière, dis-je d'un ton parfaitement amical.

J'ai désormais le pasteur dans la peau. L'habit ne fait pas le moine : même nu, je peux passer pour pieux. Surprise, elle m'observe de ses yeux de Gatorade, tandis que je pénètre dans la cuisine et me mets à fouiller les tiroirs à la recherche d'un couteau qui puisse ressembler à la petite merveille suisse que je possédais. Un cadeau du camarade Prizmić, offert sur son lit de mort – une table de cuisine branlante dans une maison en ruine au Village Des Morts, le VDM –, que j'avais gardé en poche depuis lors. A cause de Ben Laden, j'ai dû le laisser à New York.

Ah ! Voilà un substitut satisfaisant.

Ce n'est qu'une fois hors de la maison, assis dans sa Skoda Fabia qui a connu des jours meilleurs, fraîchement vêtu de mes vertueux oripeaux, que je lui demande son nom.

— Gun-île-dure, me répond-elle avant de démarrer en trombe.

# 6

# LILLIPUT

**16-05-2006**

Gun-île-dure franchit deux collines parsemées d'immeubles bas et laids avant d'atteindre Reykjavik. Le nom sonne un peu comme Dubrovnik, mais j'ai plutôt l'impression de pénétrer dans Split, avec toutes ces autoroutes, ces affiches publicitaires, et le stade de circonstance. (Je note que les gradins sont à peine plus hauts que le banc de touche.) Comme ma ville natale, celle-ci paraît avoir une double personnalité : un centre historique et une banlieue hystérique.

Les Islandais aussi semblent avoir eu leur dose de communisme. Des cités bétonnées bordent la route et saluent mon passé titolitaire. Nous habitions un de ces vieux monstres gris, à deux pas du stade, avant d'emménager en centre-ville, dans un bâtiment plus ancien que New York. Je me rappelle que nous avions dû abandonner notre voiture, car les rues étroites ne permettaient pas le moindre trafic à essence ; mais, tous les dimanches, mon père nous emmenait, mon frère aîné Dario et moi, rendre visite à notre bonne vieille Yugo, gardienne d'une place de parking au cœur de notre quartier délabré.

Gun-île-dure habite près de l'Etang, un petit lac des cygnes non loin du port. Là-bas, c'est le retour à la bourgeoisie : des maisons à portes-fenêtres et aux toits à pignons peuplent les berges, les contemplent, comme les convives hautains d'un bal de la Saint-Sylvestre autour d'une piste de danse vide. Mais nous ne sommes pas encore arrivés. La fille poursuit sa route sur une avenue du nom de Griller Mes Rares Brutes, ou quelque chose dans le genre. Les Islandais semblent avoir les mêmes goûts que les Indiens d'Amérique quand il s'agit de baptiser les gens et les lieux. Gun-île-dure me dit que nous venons de traverser une ville qui s'appelle Coupe-Gore.

— Mais ici, c'est bien Reykjavik ? lui demande le révérend Friendly, ajustant le col raide d'une main et pointant le pare-brise avec l'autre.

— Oui, maintenant, on est à Reykjavik.

— On dit que c'est le QG de Tarantino.

Oups. Cette phrase est un peu trop cool pour l'homme d'église.

— Je veux dire, la ville préférée de Tarantino.

Elle me zieute un instant, se demandant si elle est assise à côté de quelque pasteur ultra-célèbre de l'Eglise de scientologie, qui passe ses vacances à golfer avec Tom Cruise et John Travolta, avant d'acquiescer.

— Ouais. Il était là pour le Nouvel An. Ma copine le connaît. Il est sympa.

Je suis content de ne pas l'avoir tué.

De l'autre côté de la baie parsemée d'îles, au nord, une montagne tout en longueur protège la ville. Elle a la forme d'une baleine échouée. Au nord-est, un peu plus loin, d'autres montagnes entourent la capitale, ponctuant l'horizon comme des léopards bleus mouchetés de congères blanches. Elles ont beau être aussi loin que le sont les Hamptons de Harlem, je les vois aussi nettement que la pointe de mes chaussures, car l'air est propre comme une fenêtre de la Trump Tower. L'océan est d'un bleu vif, et je distingue des vagues naître et se briser aussi loin que mon œil peut voler. Ici, tout est clair comme de l'eau de roche. A l'instar de l'esprit d'un tueur sans pitié.

L'autoradio nous offre le dernier Justin Timberlake. Les rues sont bondées de voitures et les trottoirs complètement vides. Cela me rappelle Sarajevo durant le couvre-feu. Les conditions idéales pour un tir « du-toit-au-trottoir ». Les véhicules sont majoritairement japonais ou européens et tous flambant neufs. Ces gens ont du fric. Une voiture sur deux est un 4x4 et nombre d'entre eux sont conduits par des reines de glace aux cheveux blond beurre comme Gun-île-dure. Où sont leurs maris ?

— Vous avez été en guerre, récemment ?

— En guerre ? Non. On n'a même pas d'armée.

Allez, à d'autres !

— Pourquoi cette question ? ajoute mon chauffeur.

— Je me demandais juste où sont passés tous les hommes. Je ne vois que des femmes au volant

— La plupart des couples ont deux voitures. Une pour lui, une pour elle.

J'observe la Range Rover dans la file voisine, avec une Virginia Madsen au volant.

— Je vois. On ne peut pourtant pas dire que ce soit une voiture de femme.

Gun-île-dure me jette un regard féroce.

— En Islande, la femme est l'égale de l'homme.

Je l'observe un moment ; à en juger par l'inclinaison déterminée de son nez en glace à l'italienne, je devrais au moins faire l'effort de la croire. L'égale de l'homme. Sans déconner.

De toute évidence, elle m'en veut, et répond le plus laconiquement possible aux questions suivantes. Oui, cinq degrés, c'est un peu froid pour la saison. La moyenne, c'est dix degrés (!). Oui, elle a fait la fête la nuit dernière Et oui, Justin Timberlake est assez populaire en Islande. (Il semble que j'aie décidé de faire du révérend Friendly un type plutôt barbant.)

Gun-île-dure pénètre dans la vieille ville. Ici, les arbres sont plus hauts et les rues plus étroites. Elle gare sa Skoda sur un petit chemin pentu, juste devant une maisonnette verte au toit couleur de rouille. Comme les autres habitations du coin, elle est recouverte de tôle ondulée, prête à faire des ravages dans sa tenue blindée. A vrai dire, cela aurait pu être utile au pays : des gilets pare-balles pour les bâtiments.

Gun-île-dure vit au premier étage. Le révérend Friendly fait le signe de croix devant la porte avant de la forcer à l'aide d'un petit couteau de cuisine issu de la ménagère de la maman. La fille le regarde comme si elle venait d'assister à un miracle.

— Et voilà, dis-je d'une voix qui contient toute la bénédiction du monde avant d'ouvrir la porte en grand.

Elle m'ordonne de patienter et disparaît à l'intérieur. Son appartement est l'exact opposé de son visage : un véritable bordel. Je remarque une tour de cartons à pizza vides sur le plan de travail ; des sous-vêtements, des jeans, des pulls jonchent le sol, ainsi qu'un rouge à lèvres à demi élimé et un sandwich à demi mangé. L'odeur est celle d'une bière ouverte depuis une semaine. Et pourtant, d'une étrange manière, cet appartement me paraît bien plus proche du Christ que la baraque de ses parents. Il est carrément plus crédible dans le rôle d'une tanière d'apôtre.

Gun-île-dure travaille dans un café. C'est une serveuse, comme moi. Elle propose de reconduire l'homme aux miracles à sa sainte demeure, mais je ne supporte pas l'idée de retourner impasse du Silence. Et puis, elle est déjà en retard. Je l'accompagne au boulot. Le prêtre et la fille du prédicateur. Elle marche à la vitesse d'une New-Yorkaise détraquée, et le révérend Friendly a besoin de toute son énergie pour ne pas perdre le rythme. Je me rends à peine compte que nous passons devant l'ambassade américaine : une bâtisse aussi longue que le sourire de Laura Bush et aussi éclatante que ses dents. La devanture est ornée de six caméras de surveillance. Un imbécile en uniforme et à l'œil vitreux garde l'entrée. Je baisse la tête et change de côté, utilisant Gun-île-dure comme bouclier humain, faisant mon PPB. Elle exprime sa surprise face à mon mouvement soudain et son joli putain de minois fait ressortir mon vrai putain de moi : je murmure un « putain » accidentel. Elle l'entend.

— Un prêtre qui dit « putain » ?

— Bien sûr. On a le droit de le dire. On n'a juste pas le droit de s'en payer une.

Elle ralentit un peu.

— Oh, je vois. Donc, vous n'avez jamais... Vous êtes puceau ?

— C'est à moi de le savoir et à vous de le découvrir.

Son café se révèle être un petit bistrot plutôt cool du nom de Café Paris, au cœur de la ville. Un genre de Starbucks trois étoiles avec une zone fumeurs. Je suis cependant bien content d'être à l'intérieur, frottant mes mains l'une contre l'autre comme en plein mois de janvier. Ils ne plaisantaient pas au sujet du printemps arctique. Gun-île-dure enfile son tablier et m'apporte un café *latte* à l'islandaise, avec une double dose d'exaspération. Malgré l'exploit miraculeux, elle semble toujours détester le révérend Friendly et sa bedaine dégonflable. Il lui adresse un sourire plein de sainteté et de stupidité.

— Votre père garde-t-il un pistolet à la maison ?

— Un pistolet ? Quelle étrange question !

— Aux Etats-Unis, on a tous un flingue chez nous. On ne sait jamais. Surtout quand on est prêtre.

Elle roule ses grands yeux.

— Personne ne possède de pistolet en Islande. C'est un pays sûr.

Pays sûr, mon cul. Après quelques coups de fil et une petite semaine, je t'en fais une colonie croate.

Il est 10 h 30, nous sommes mercredi matin et trois clients sont attablés. Je comptabilise deux personnes dans la rue. Si ça, c'est le centre-ville, pas étonnant que la banlieue soit silencieuse. Quelques voitures passent, au ralenti. Je ne me remets toujours pas de ces conductrices qui ont l'air d'épouses ou de filles de millionnaires, avec leurs lunettes de soleil Prada, leurs cheveux de Barbie et leurs lèvres gonflées comme des airbags. Selon mon barème, elles oscillent entre le deuxième et le quatrième jour.

Ça me rappelle ma semaine en Suisse, lorsque mes études d'architecte du paysage m'amenèrent dans un petit village au cœur des Alpes, pour faire des recherches sur un tout nouveau domaine skiable. J'eus l'impression d'y rester un mois. C'était encore plus calme qu'en foutue Biélorussie. Les seules personnes à traîner dehors étaient des femmes au foyer mal baisées, avec des coupes de cheveux Gucci, qui se payaient des lunchs à cent dollars au resto du coin. Leurs maris passaient la journée en ville, enfermés à double tour dans leurs coffres-forts. Ces dames en fourrure et sur talons aiguilles me faisaient penser à la reine d'Espagne, passant lentement devant les bijouteries (les riches marchent toujours à petits pas, à cause de leurs poches trop lourdes, j'imagine). Elles étaient toutes des « vingt-sixième jour », mais au cinquième j'étais à deux doigts du viol en masse. J'imaginais déjà la une de l'*International Herald Tribune* : « Un étudiant baise quinze femmes, puis lui-même. »

Je finis mon café et le paie avec la carte d'Igor. Gun-île-dure ne semble rien remarquer. Je lui demande quelles sont les choses à voir pour un *Friendly* touriste. Elle pointe la fenêtre du doigt.

— Tout est là : la cathédrale, le Parlement, la statue de Jean Secretson, notre héros national...

Elle doit plaisanter. La cathédrale a la taille de la niche du chien de Dieu (je l'imagine avec un chihuahua tricolore) et le Parlement n'est pas plus grand que la maison de campagne de mon grand-père à Gorski Kotar. Je suis chez les Lilliputiens.

J'essaie d'explorer le centre-ville, mais celui-ci s'étend sur trois rues. Il est plus facile de le perdre que de s'y perdre. Comment suis-je supposé garder mon PPB dans ce trou ?

J'atterris devant le paradis du chasseur et la vue d'un fusil m'attire à l'intérieur. Le vendeur est un gentleman tout gentil au regard doux de gibier. Je lui réclame un pistolet, un fusil, n'importe quoi. Juste un petit quelque chose qui puisse envoyer une salve de balles. Il m'observe un instant avant de me dire, avec un accent qui se veut britannique, qu'il ne vend que des fusils de chasse, pas des pistolets.

— D'accord. Pouvez-vous me dire où je peux acheter un flingue ici ?

— Je suis désolé, c'est impossible. Dans un magasin, du moins.

C'est quoi, leur problème, à ces Islandais ? Pas d'armée. Pas de flingues. Rien. Juste des femmes superbes qui conduisent de luxueuses jeeps et vagabondent au cœur de la Ville du Grand Froid dans leurs tacots-clitos, espérant attraper au vol un tueur professionnel qui joue au prêtre.

Puisque je ne peux pas me procurer de pistolet, je me contente d'un couteau suisse, similaire à celui que je possédais.

Je me demande si le révérend Friendly est catholique, ou bien s'il a une femme, des enfants. A vrai dire, je ne sais pas pourquoi diable je me pose cette question. En général, je ne veux rien savoir au sujet de mes victimes. Comme quand j'étais soldat. Je tue des inconnus. Je ne ressens rien pour eux. Ils ne sont qu'une tête de plus dans laquelle planter une balle. Je ne veux même pas savoir *pourquoi* ils méritent de mourir. La plupart du temps, ils ont refusé de payer leur dîme, n'ont pas livré la marchandise à Dikan, ou se sont pointés avec la même cravate que lui aux

Oscars de la mafia. Je dois néanmoins admettre que tuer le révérend Friendly fut différent. Ce n'était pas professionnel, c'était émotionnel. J'ai dû le tuer pour sauver mes fesses. C'était *fessémotionnel.*

Tandis que je me balade, je remarque que les habitants de Reykjavik se déplacent à vitesse grand V, comme s'ils se croyaient à New York et non dans la capitale la plus microscopique de toute l'histoire de l'humanité. A croire qu'ils sont tous en retard pour un entretien d'embauche chez Merrill Lynch. Ce doit être le froid. Les seuls gars occupés à réchauffer les bancs sont trop bourrés pour sentir sa morsure.

Tout autour de moi, le visage national de l'Islande : rond avec un petit nez, comme une boule de neige avec un galet au milieu. J'imagine que chaque pays a son trait facial caractéristique. Chez nous, les Slaves, c'est le pif : un bon gros museau de chien qui nous permet de flairer les problèmes à dix années-lumière à la ronde. Les Africains ont les lèvres, les Arabes les sourcils, les Américains la mâchoire, les Allemands la moustache, les Anglais les dents et les Taliens les cheveux. Les Islandais semblent avoir choisi les joues. Certains de ces visages sont juste deux joues avec un trou et un œil percé de chaque côté.

Mais la plupart parlent anglais mieux que moi. Je discute avec trois d'entre eux avant de trouver la bibliothèque municipale. Ici, il y a quatre cent soixante-dix mille ouvrages à votre disposition, tous en islandais. (Le type de l'avion disait que l'écriture était une des industries principales de l'Islande.) Ainsi qu'un accès à Internet. Un barbu livresque me donne un code. J'entre les numéros sur le clavier et le monde s'ouvre à moi. Le révérend David Friendly est le pasteur de l'Eglise baptiste de Westmoro à Richmond en Virginie. Pardon, il *était* le pasteur. De plus, il possédait sa propre émission de télé, *The Friendly Hour*, sur CBN, le Christian Broadcasting Network, réseau chrétien de télédiffusion, que possède le fou furieux Pat Robertson, ex-candidat à la présidence et éternel opposant à l'avortement et aux droits des homosexuels. Le révérend Friendly apparaît sur une photo, dans toute sa bonne grosse splendeur : une tête toute ronde et toute chauve, avec un grand sourire et des petites lunettes. Il est entouré d'enfants joyeux, tous blancs, plus un noir, comme de coutume. Sur un site web, il prend position contre les « unions entre deux personnes de même sexe ». Le révérend Friendly était homophobe. Il méritait bien de mourir, j'imagine.

Je recherche son nom sur Google, accompagné de différents mots-clés, « assassiné », « tué » et « mort », sans résultat. Il n'a pas encore fait la une des journaux. Ils n'ont toujours pas identifié son corps, quand bien même j'ai laissé le gros lard tabasseur d'homos dans ses chaussettes puantes, son pantalon et ses sous-vêtements, à faire dodo dans les chiottes pour hommes. Le résultat de ma dernière recherche comporte une interview de Friendly où il expose son « soutien pour les gens comme le sénateur Coburn, défenseur de la peine de mort pour les avorteurs et autres individus qui prennent la vie ».

Le révérend Friendly veut ma mort.

# 7

# FRÈRE FURIE

**16-05-2006**

Je suis assis au Café Bahreïn. Ouais. Je crois qu'il s'appelle le Café Bahreïn. Il n'a cependant rien d'arabe. Juste un troquet à l'ancienne aux chaises grinçantes et aux filles du troisième jour. Certains clients sont en train de cloper. Ça fait des années que je ne me suis pas trouvé dans un bar enfumé et mes yeux en pâtissent un peu. D'après ce que j'ai compris, l'interdiction du tabac dans les lieux publics ne tardera plus, elle est en chemin sur un joyeux voilier nommé *Al Gore*. La Croatie, elle, a plus de chances de voir une nouvelle guerre que d'arrêter la cigarette. Ce n'est que lorsqu'on a connu cinquante ans de paix qu'on commence à se préoccuper de la qualité de l'air dans les bars.

Je célèbre ma première journée d'exil. Avec la bière n° 5. Il est presque 20 heures et, dehors, c'est toujours le matin. Ils disent que le soleil refuse de se coucher ici.

— Il reste debout la nuit entière, alors nous aussi.

« Nous », c'est Ziggy et Aile-Gui, deux piliers de comptoir débraillés, à la charpente en ruine.

— En gros, la vie nocturne à Reykjavik comporte deux nuits. L'une est lumineuse et dure d'avril à septembre. L'autre est ténébreuse et dure d'octobre à mars, m'expliquent-ils.

— Et laquelle est la plus folle ?

— La lumineuse, bien sûr. Les Islandaises n'aiment pas faire ça dans le noir, répliquent-ils dans un éclat de rire.

Ils sont plus jeunes, plus minces et plus poilus que moi, fument comme des sapeurs et trouvent « trop dingue, mec » de boire un coup avec un prêtre. L'homme d'église leur demande ce qu'il en est des homos par ici, et de l'avortement, et si la peine de mort est honorée en Islande. Non. Apparemment, l'Islande est un paradis gay fou d'avortement, dépourvu de flingues et sans peine de mort. Le révérend Friendly est bien tombé.

— Le festival de la Gay Pride est plus populaire que le 17 juin, notre fête nationale.

Friendly avale tout cela à grands traits. Je tente de m'asseoir sur son moi homophobe et annonciateur de la mort. Il se contente de secouer la tête et d'ajuster son col romain.

A vrai dire, je me demande ce que je fous encore avec ce stupide col. Je pourrais oublier Father Friendly une bonne fois pour toutes, revenir à mon vrai moi toxique et m'installer à l'hôtel. Mais non, ce ne serait pas judicieux. Il vaut probablement mieux garder ce sombre crétin en vie. Autrement, mes amis prédicateurs contacteraient la police, et la police contacterait sa famille, et ce serait le début de la fin.

— Et en ce qui concerne les meurtres ? Combien d'homocides y a-t-il par an ?

— *Homocides* ? répètent-ils, les yeux écarquillés.

— Ouais. Combien d'homos se font tuer chaque année dans ce pays ?

— D'homos ? Aucun, je crois, répond Aile-Gui, un peu choqué par la dureté des propos du pasteur.

— Combien d'homicides, dans ce cas ? Combien de gens normaux se font tuer ? poursuit Friendly.

— Parfois une personne, parfois zéro, répond Ziggy.

Mon intuition de ce matin était la bonne. Me voilà au paradis. Pas d'armée, pas d'armes, pas de meurtres... Ils ne possèdent même pas un quartier chaud. Des rues sans filles de rues, me disent-ils.

— Il n'y a pas de prostituées en Islande, mais on sera bien obligés d'en accueillir quelques-unes quand on rejoindra l'Union européenne, m'affirment-ils dans un nouvel éclat de rire.

Le sexe est encore gratuit, mais la bière coûte un bras. La carte d'Igor saigne à chaque nouvelle tournée. J'ai bu l'équivalent en alcool du prix d'un iPod depuis que j'ai pénétré dans ce lieu il y a quelques heures, suite à la recommandation d'une libraire atrocement charmante, du genre cinquième jour. Deux bières plus tard, je découvrais que le Café Bahreïn était le bar le plus célèbre du pays et le décor récurrent d'un film branché il y a quelques années. Tant pis pour mon PPB. Comment se faire discret sur Lilliput ?

— Qu'est-ce que vous foutez, alors, si vous ne pouvez pas vous payer une partie de jambes en l'air et si vous n'avez aucun meurtrier ? Vous avez de la drogue ?

Ils font une pause. Ce pasteur, c'est quelque chose… quelque chose d'autre, semblent-ils songer.

— Ouais. Carrément, répond Ziggy à l'étranger, avec une fierté bien plus étrange encore. On… on a beaucoup de drogues.

Et son pote ajoute :

— On a aussi beaucoup de meurtres dans les livres. Ces dernières années, on a eu pas mal de bons auteurs de polars ici, en Islande, comme Arnaldur Indridason, par exemple. Ou encore Aevar Orn Jósepsson, Viktor Arnar Ingólfsson, Yrsa Sigurdardóttir et Arni Thorarinsson.

Les noms islandais sont comme des Scud. Ils laissent une traînée dans les airs longtemps après avoir atteint leur cible. Et pourtant, j'éprouve un profond respect pour ces mecs-là. Etre auteur de polar au pays du non-crime ne doit pas être chose aisée. Il faut avoir le pouvoir créatif d'un génie rien que pour procurer un pistolet à son criminel. Je ferme les yeux, en gardant un sourire très Friendly, tandis que les deux piliers de bar poursuivent leur logorrhée au sujet de leur pays, tentant de convaincre l'homme d'église que tout n'est pas béni-oui-oui.

Je suis pas mal défoncé. Je sens l'alcool pister mon décalage horaire et l'amplifier. Doux Jésus. Je me demande ce que mes saints hôtes peuvent bien faire. Ils doivent être en train de passer à la télé. God-mondur ne m'a pas appelé. J'espère que ces enfoirés de l'ambassade n'ont pas chopé ma trogne sur leurs caméras de surveillance. Il doit y avoir une affiche avec ma photo sur chacun des murs de leurs chambres. Après tout, j'ai tué l'un des leurs. A vrai dire, j'ai exactement soixante-sept croix à mon actif dans les cimetières américains ; ils auraient donc de bonnes raisons de placarder mon visage même sur leurs trottoirs. Mais tous n'étaient pas d'heureux et insouciants porteurs de carte verte. Il y avait des Taliens, des Russes, un bon petit paquet de Serbes, et un Suédois ou Norvégien, si je me souviens bien. Ce fut l'accent le plus étrange que je fis taire. Enfin, la plupart étaient quand même de bons marshmallows au visage carré et à la graisse de hamburger. Avec autant d'Américains morts sur mon compte, je pourrais probablement obtenir un statut de membre honoraire chez Al-Qaïda.

Oui. Je suis sur la liste des plus recherchés. Oui. Je dois me souvenir que ceci est un exil. Oui. Je dois maintenir mon PPB. Et oui. Mon nom est David Friendly.

Soudain, j'entends une voix familière.

— Ah, vous voilà enfin !

Gun-île-dure apparaît en fringues de fête, vêtue pour emballer.

— Qu'est-ce que vous fichez là ? Mon père vous a cherché partout ! Il m'a appelée genre deux fois. Vous êtes supposé passer à la télé !

— Il ne m'a jamais appelé, dis-je d'une voix alcoolisée.

— Vraiment ? Et vous avez votre téléphone sur vous ?

Je fouille mon manteau et ma veste. Pas de portable. La blonde beurre me zieute d'un air supérieur, comme une mère regarderait son enfant qui a perdu son cartable. Ziggy et Aile-Guy l'observent en silence, deux macareux maigrichons en arrêt sur image.

— OK, lance-t-elle. Je vais le rappeler.

Une demi-bière plus tard, le bon God pénètre dans le bar, l'air d'un renne entrant dans Macy's un soir de réveillon, avec les cornes qui clignotent et les yeux qui brillent. Pourtant, il se pare de son plus beau sourire lorsqu'il aperçoit son ami prédicateur à demi tombé dans les limbes de l'enfer. Il avance sa main. Je l'attrape.

— Bonjour, mon père. Je suis heureux j'ai trouvé vous.

Toujours la joie de vivre.

— Gun-île-dure me dit vous l'avez aidée, ce matin.

— Oui. Notre foi peut ouvrir toutes les portes, dis-je avec un sourire éthylique.

— Mais vous avez oublié le téléphone. Il était dans la maison. Je l'ai appelé et je l'ai entendu en haut sonner.

Il s'esclaffe comme un enfant joyeux. Je ne peux m'empêcher de l'imiter. Sérieux, ce type, on lui donnerait le bon Dieu sans confession. Ne demeurent que deux solutions : soit lui tirer une balle en pleine tête, soit entrer dans son délire. Or, je n'ai pas de pistolet.

— Nous devons être rapides. Nous commençons après vingt minutes.

— OK. Je suis vraiment désolé.

Je me demande s'il se rend compte que je suis ivre mort. Il veut vraiment que je participe à son émission ? Je l'observe tandis qu'il salue sa jolie blonde de fille, qui a rejoint une amie (une brunette du deuxième jour qui a probablement inscrit le nom de Tarantino à son palmarès) à une table proche. Il s'arrête un instant, la regarde pomper sur une cigarette de sa main gauche, son verre de vin blanc à la droite. Je remarque un bref tremblement sur les lèvres de God-mon-dur, un minuscule signal qui trahit son envie d'abattre sur la tête de sa progéniture une jolie édition reliée grand format de la Bible du roi Jacques. Il range sa langue dans sa poche et la salue en islandais. Elle lève enfin les yeux, lui crache sa fumée au visage avec un regard froid, et lui dit d'une voix glaciale :

— *Bless, Papy.*

De toute évidence, cela ne peut que signifier « Au revoir, papa », mais l'expression haineuse brise le cœur du tueur.

On sort. La soirée polaire est aussi lumineuse qu'un frigo ouvert. Si c'est ça, la ville la plus hot d'Europe, on peut garder la tête froide concernant cette histoire de réchauffement climatique. Le bon God quitte le vieux centre via une autoroute fraîchement construite qui nous mène à travers de vieilles cités cocos dépoussiérées. Les léopards à pois blancs qui cernent la ville sont baignés de soleil, et les mouettes volettent de réverbère en réverbère. De légers nuages gris dérivent contre un ciel bleu clair. La plupart m'évoquent des spermatozoïdes humains, d'autres de petites baleines qui nagent lentement à travers la capitale. Je tente de donner de sobres réponses aux questions de l'homme d'église.

— J'étais complètement perdu car je n'avais pas votre adresse et j'ai oublié de demander à votre fille son numéro de téléphone. Alors, j'ai atterri dans ce café. Discuté avec des Islandais. C'était pas si mal, à vrai dire.

— Oui, mais les cafés Reykjavik peuvent être dangereux, dit-il avec un sourire avant d'éclater de rire.

Son rire semble indiquer qu'il a lui-même eu un problème avec la boisson, avant que Dieu l'assèche et lui offre une émission de télé ; mais plus il s'éternise, plus il devient clair qu'il tente de dissimuler la souffrance de voir sa fille assise dans l'antre du diable, à fumer et à boire, vêtue pour chasser. Je suis probablement sous le charme bénéfique de Father Friendly, car je dois bien admettre que c'était une vision assez terrible. L'espace d'un instant, elle ressemblait véritablement à la fille du diable, avec ses yeux enflammés et sa bouche enfumée. J'essaie de rire avec lui.

— Comme dit Luc, chapitre 21, le jour viendra sur vous comme un filet, si vous le passez dans les excès du boire et du manger, ajoute le prédicateur en tournant à gauche, quittant le périphérique pour un boulevard à la Brooklyn cerné de bâtisses à trois étages.

Parle-t-il de moi ? Alors qu'il se gare derrière l'un des bâtiments, je sens le col romain se transformer en filet autour de mon cou.

— Vous connaissez Frère Branham ? me demande God-mon-dur tandis que nous cheminons vers l'immeuble.

— Oui, bien sûr, répond le révérend Friendly avec une détermination alcoolisée.

Son collègue islandais stoppe net et s'agite soudain :

— Vous connaissez sa théorie ?

— Oui, je crois bien que oui.

— Vous vous souvenez quand il dit que Los Angeles va couler sous les eaux et que les requins vont nager dans les rues ?

— Euh... oui.

— C'est très intéressant, parce que j'ai fait ce rêve la nuit passée. J'ai rêvé que je conduisais la voiture. Cette voiture, ajoute-t-il en pointant du doigt son Land Cruiser argenté. Je conduisais ici dans Reykjavik et, soudain, une énorme baleine nageait à côté de moi.

Elle nageait vite, elle me dépassait, même. Elle était dans la rue. Comme une voiture. Et quand elle est arrivée à ma hauteur, elle m'a regardé et a dit quelque chose. Mais je ne pouvais pas entendre, car la fenêtre de mon véhicule était fermée.

God-mon-dur regarde le révérend Friendly, espérant que son frère d'Amérique interprète le rêve comme un événement majeur de l'histoire de la chrétienté.

— Waouh, dis-je, levant les yeux au ciel à la recherche d'un conseil.

Les nuages, comme des requins, passent au-dessus de ma tête. J'ai soudain la sensation d'être coincé dans un dessin animé sous-marin pour gamins, à prendre la voix de « Luc la Lotte ».

— C'est top délire, mec. Vous devriez peut-être l'appeler et lui dire, non ? Peut-être qu'il vous donnera la signification de tout ça.

— Vous savez que frère Branham est mort en 1965 ?

Merde.

— Bien sûr. Je ne parle pas d'un appel téléphonique, mais d'un appel *spirituel.*

— Un appel spirituel ?

— Oui. On le fait tout le temps, dans ma congrégation à Richmond. Tous les mardis soir, les gens viennent parler à leurs défunts. C'est très populaire. Les gens adorent ça. Je me transforme en standard téléphonique humain et je fais la liaison jusqu'à Dieu.

Il se met à rire. Je panique.

— Je ne connais pas l'Eglise baptiste très bien, mais dans mon église, on ne parle jamais aux morts. On dit que celui qui le fait, c'est un *air éthique.*

Un *air éthique* ?

— Ouais, je sais. Mais c'est genre, tu vois, c'est pas qu'on les appelle. C'est eux qui nous appellent.

La température avoisine le zéro degré Celsius, et nous sommes là, un soir de printemps ensoleillé, sur un parking au beau milieu de l'Atlantique Nord, lui et moi, Father Friendly et Frère Furie, deux parfaits étrangers bourrés à la bière et à Dieu, à raconter n'importe quoi. L'exilé a un air éthique.

— On vit nos derniers jours. Je l'ai dit à la télé pendant quatorze ans. On vit nos derniers jours. Mais maintenant, j'ai l'impression qu'il ne reste pas beaucoup de jours, dit God-mon-dur, brûlant mon visage avec ses yeux, à la manière d'un prédicateur fou, son regard ne lâchant pas prise avant d'être à cent pour cent sûr que le message est bien reçu.

Je me détourne comme je le ferais d'un bûcher.

# 8
# LES DIEUX FONT LA PAIRE

**16-05-2006**

— Bonsoir, chers amis, et bienvenue dans notre émission. Je suis très heureux d'annoncer à vous qu'aujourd'hui, nous avons spécial invité, c'est pourquoi nous parlons anglais ce soir. Voici Father Friendly, qui nous vient de notre chaîne amie CBN en Amérique. C'est un très bon camarade de Pat Robertson, que vous avez vu ici sur Amen et sur la chaîne Sermon TV. Il a émission très populaire en Amérique. Il est un des prêtres les plus connus dans plein d'Etats. Un vrai frère chrétien dans la foi du Dieu vivant, le révérend David Friendly de Richmond en Virginie. Father Friendly, bienvenue.

— Merci, frère God-mon-dur. C'est un plaisir d'être avec vous.

— Je dois vous dire que révérend Friendly a un Yougoslavie... comment ça s'appelle ?

— Un accent.

— Ah, oui. Il a un Yougoslavie accent parce qu'il a enseigné la Parole de Jésus là-bas à l'époque où ils étaient communistes. Alléluia !

Il manque de me frapper à la tête en lançant ses mains en l'air, mais je parviens in extremis à faire un pas de côté. Nous nous tenons debout derrière un lutrin blanc, un rideau bleu dans le dos et un studio télé bordélique face à nous. Je comptabilise cinq personnes dans la pièce. Un homme derrière la caméra, une Chic-ridule tout sourire appuyée contre le cadre d'une porte et un public de trois pieux paroissiens, qui attendent patiemment que je sauve leurs âmes.

— Les communistes ne croient pas en Dieu, révérend Friendly ?

— Non. Vous avez tout à fait raison, frère Godmon-dur. C'est pourquoi ils n'existent plus.

— Eh bien, on peut toujours en trouver de nos jours, rétorque mon ami prédicateur avec le plus drôle des sourires.

C'est le sourire d'un homme pas très intelligent qui veut afficher son intelligence. Assez hilarant. Je dois réunir toutes mes forces pour ne pas rire lorsque je reprends la parole :

— En effet. Mais ils se cachent ! Ils se cachent dans les ténèbres de leur existence sans Dieu !

J'essaie de m'exprimer avec la foi du prédicateur aveuglé.

— Car ils n'osent pas sortir à la lumière ! La lumière de Dieu. La lumière du Pieux. La lumière du Mieux ! Le Bien de la lumière ! Nous sommes ici en Islande, l'île de la lumière, où Dieu la laisse briller toute la nuit. Il illumine la nuit. Il rend la nuit brillante. Je dois dire que vous êtes des gens bien,

bien chanceux. Vous vivez sur la terre de Dieu. Le pays du Dieu vivant. Alléluia !

Que diable suis-je en train de raconter ?

— Oui, révérend Friendly. Peut-être vous pouvez nous raconter votre travail en Yougoslavie. C'était avant la guerre ?

— C'était bien avant la guerre, lorsque le camarade Tito était le président de toute la Yougoslavie, de tous ces pays que nous connaissons désormais sous les noms de Croatie, Slovénie, Bosnie, Herzégovine et autres.

Mais putain, qu'est-ce que je dis ? Friendly devait avoir quoi... quinze ans quand Tito est mort !

— C'était l'époque de l'oppression et des emprisonnements. Mon père... Mon Père, le Seigneur, m'a guidé à travers les rues ténébreuses de la dictature, à la recherche des âmes qui voudraient bien ouvrir leur cœur à la lumière de Dieu. Nous devions être très prudents avec notre croyance, et parfois, nous devions trahir, avec notre propre langue, la foi qui nous était sacrée, simplement dans le but de survivre. En un sens, nous étions un peu des agents secrets, comme James Bond ou... Ray Liotta dans le film *Les Affranchis*...

Je ne suis plus le scénario, là.

— Ou comme les premiers disciples de Jésus-Christ, ajoute le présentateur, venant à mon secours.

— Oui ! Tout à fait. Merci, frère God-mon-dur. Nous étions comme les apôtres. Nous devions nous cacher. Nous devions être prudents. Mais nous ne doutions jamais. Dieu nous montrait le chemin. Il était... Il était la lampe torche dont nous avions besoin afin de pouvoir parcourir les rues ténébreuses de la dictature...

— Et à l'époque, vous étiez un jeune Américain...

— Oui, oui, tout à fait. J'étais le jeune David, un... un jeune homme de Vienne, en Virginie. Que diable faisais-je là-bas, dans la bonne vieille Europe ? J'étais envoyé en tant que missionnaire. Je... j'avais été... A la maison, j'étais ce qu'ils appelaient... un... une petite racaille, un mauvais garçon. Un très mauvais garçon. Au lieu de faire mes devoirs, je passais mon temps à voler et à baiser des filles.

Je sens le sourire se glacer sur le visage de God-mondur. Je ferais mieux de prendre garde à ce que je dis.

— Mais je le faisais dans la position du missionnaire !

Et puis, merde. Je suis toujours bourré. Je m'autorise même un sourire discret. La vieille dame au premier rang ferme les yeux un instant.

— Désolé. Voici l'histoire : j'étais en train de cambrioler une église locale avec deux de mes amis. Nous nous enfuyions avec des bougeoirs, des calices et d'autres trucs ; je fus le dernier dehors, parce qu'à l'époque, tout comme maintenant, j'avais... disons... un peu d'embonpoint.

Je vois Chic-ridule rire à sa manière si douce et discrète.

— Donc, mes amis étaient déjà dehors lorsque soudain, la lumière s'alluma et j'entendis une voix puissante. « Tu peux emporter toute l'argenterie du monde, frère Judas, cela ne sauvera jamais ton âme ! » Je n'osai même pas regarder en arrière. Je m'arrêtai juste une seconde avant de courir vers la porte et de me jeter dans la nuit. Je parvins à m'échapper, mais je ne parvins pas à échapper à ces paroles. Elles me revenaient sans cesse. Peut-être parce que j'ignorais qui les avait prononcées. La voix était profonde, grave, une voix masculine ; et dans mon esprit, c'était la voix de Dieu lui-même. « Cela ne sauvera jamais ton âme ! » Des jours entiers, mon âme fut torturée par ces mots. Pour finir, je retournai à l'église avec l'ensemble des trucs que j'avais volés. Je déposai le tout sur un banc à l'intérieur et m'apprêtais à m'enfuir lorsque j'entendis de nouveau la voix. C'était le pasteur. Nous eûmes une longue conversation. Et six mois plus tard, je me retrouvai dans les rues de Sarajevo à répandre la parole de Dieu. Avec une lampe torche.

Je souris. En plein dans le mille. Le révérend Friendly serait fier de cette démonstration.

— Alléluia ! Mon frère béni ! Alléluia ! s'écrie mon collègue islandais. Vous êtes comme Paul le *postuli*, Paul l'apôtre, saint Paul. Vous avez eu même expérience que lui. Vous aussi étiez aveugle ?

— Quoi ?

— Vous aussi étiez aveugle quand la lumière est venue ?

— Vous voulez dire dans l'église ? Oui, absolument. Absolument. J'ai été aveuglé par la lumière. C'est pourquoi j'ai dû m'arrêter.

God-mon-dur me ressort son expression de renne. Il me regarde comme si j'avais séparé l'océan Atlantique jusqu'aux îles Canaries pour que ses pairs se payent de jolies vacances. Il pose sa main sur mon crâne comme s'il s'apprêtait à me baptiser, et son anglais s'améliore d'un coup :

— Bénie soit ton âme, mon frère. Alléluia ! Amen. La force du Dieu vivant est avec nous. Alléluia ! Bénie soit ton âme, révérend Friendly. Car te voilà consacré. Ton âme est sauvée.

Il retire sa main de mon crâne chauve et fait face à la caméra.

— Car écoutez-moi bien : l'histoire du *Postuli*, chapitre neuf, c'est-à-dire *Acts Nine* dans la Bible anglaise... c'est l'histoire de Saul, Saul le lévite, cet homme ordinaire de Tarse, cet homme simple qui travaillait comme bourreau pour le gouvernement romain. Ils l'envoyèrent à Damas, afin qu'il puisse gigoter les chrétiens...

— Ligoter les chrétiens.

Je le corrige rapidement, ayant soudain l'air d'un expert biblique.

— Afin qu'il puisse les ligoter et les emmener à Jérusalem. Mais sur le chemin, avant d'arriver à Damas, il vit une énorme lumière, et une voix s'adressa à lui : « Saul, Saul, pourquoi tu persécutes moi ? » Et Saul répondit : « Qui êtes-vous ? » Et la voix dit : « Je suis le Seigneur. » Et le Seigneur lui dit d'arrêter d'aller contre les chrétiens, et Saul fut aveugle pendant des jours, jusqu'à ce que le Seigneur lui envoie Ananias. Et Ananias vint à lui et lui rendit la vue. Et Saul devint Paul. Le bourreau devint le numéro deux dans l'Eglise de Dieu sur Terre. Jésus était le numéro un, et Paul le numéro deux. Alléluia ! Et il écrivit une partie importante de ce livre !

God-mon-dur agite la bible noire en l'air.

— Il écrivit une partie importante du saint livre, du livre de tous les livres, de la Parole de Dieu. Son âme fut sauvée. Il fut fait saint. Saint ! Alléluia !

Je répète :

— Alléluia !

Oui, vraiment. Je répète ce mot-là. Ce doit être la bière.

# 9
# TORTURE

**19-05-2006**

Ce que je préférais durant la guerre, c'était dormir à la belle étoile. Dans les Alpes dinariques. Le coucou était notre réveille-matin. Je ne le voyais jamais, mais il nous faisait nous lever avant l'aube, car la terre elle-même nous soutenait. Les Serbes étaient toujours endormis, de l'autre côté de la colline et de la suivante. Putains de feignasses. Ils ne se battaient jamais avant 8 heures. J'imagine qu'on peut les remercier pour ces beaux matins. Des matins silencieux et ensoleillés avec le meilleur petit déj au monde : un café bûcheron et une tranche de *povitica*. On mangeait en silence, observant les premiers rayons de soleil qui s'attaquaient au beurre encore dur après la froideur de la nuit.

Au cours d'une de ces aubes, Andro, le fou furieux de Pula, commença soudain à parler de la rosée matinale. Un moment plus tard, il était carrément en train de crier :

— On se bat pour la rosée ! On ne peut pas laisser les Serbes nous prendre la rosée ! On veut plus de rosée ! Stupide guerre ! On se bat pour la rosée !

Puis il se leva d'un bond et se mit à courir sur la colline, pointant du doigt différents emplacements au sol.

— Rosée croate ! Rosée serbe ! Rosée sans propriétaire !

Javor, notre commandant, s'empara de son pistolet et lui tira une balle derrière la tête. Andro tomba dans l'herbe comme une masse.

— Tu peux la boire, maintenant, fils de la plus laide pute de Pula ! cracha Javor de sa gueule de lave.

*Piti rosu*, boire la rosée, devint notre expression pour dire « mourir ». Je me sentis un peu triste pour Andro. Parmi tous les membres de notre escouade, j'étais probablement celui qui tolérait le plus sa folie. Je lui devais bien ça.

Andro était un grand fan de Madonna et avait baptisé son fusil du même nom que la pop star américaine. De temps à autre, il se mettait à brailler « *like a virgin* » avec sa voix à la Morrissey. Il portait toujours un petit crucifix contre son torse, dans la poche de son uniforme. Le mini-Jésus était blanc et sa croix à moitié marron se mêlait au vert sombre de la veste. On avait alors l'impression que le petit messie sortait de la poche comme pour attirer notre attention : « Eh ! Les gars ! Ecoutez-moi ! » Et peut-être Andro l'écoutait-il, car parfois il commençait à philosopher sur la futilité de la guerre, pas vraiment le genre de trucs qu'un soldat a besoin d'entendre. Régulièrement, il se mettait à faire quelque chose de fou, par exemple traverser la ligne de démarcation ennemie en courant et à poil, ou comme à ce moment-là, hurler à la rosée. Il était instable, et Javor eut absolument raison de le flinguer.

Andro et moi avions passé une fois une nuit entière ensemble, à boire et à chanter à tue-tête. Nous avions perdu notre groupe et vidé toutes nos cartouches quand nous croisâmes un char tchetnik pulvérisé. A l'intérieur, nous trouvâmes une bouteille de *rakjia* qui eut tôt fait de libérer nos âmes de chanteurs. C'était ce qu'il y avait de plus stupide à faire : gueuler des chants croates au cœur d'une nuit serbe. Une balle aurait pu nous réduire au silence à tout moment. Mais vous devez bien comprendre qu'être à la guerre, c'est comme jouer à la roulette russe vingt-quatre heures sur vingt-quatre, sept jours sur sept. Chaque respiration pourrait être la dernière. C'est une pensée terrible, qui devient petit à petit excitante : on a vite fait d'y être accro. On s'amuse même avec les limites. Nous étions jeunes et téméraires, fatigués de tuer, on se foutait de tout.

Heureusement, nous étions en train de chanter la chanson du gagnant yougoslave de l'Eurovision en 1989 lorsqu'un soldat serbe ivre mort fit soudain son apparition devant nous, armé jusqu'aux dents.

— Je peux me joindre à vous ? demanda-t-il. Vous avez à boire ?

Il semblait croire que nous étions ses compatriotes, assis là sur un char serbe à chanter une chanson yougoslave. Ce n'est qu'après la première gorgée qu'il se rendit compte que nous étions l'ennemi, lorsqu'il remarqua l'emblème *Hrvatska* sur mon uniforme. Il y eut un long moment de suspense alors qu'il le scrutait et que nous fixions son fusil. Les nôtres gisaient au sol derrière nous, démunis de munitions. Andro rattrapa le coup en reprenant la chanson et le Serbe se joignit à nous. Ensemble, tous les trois, nous hurlâmes comme un trio de chats de gouttière : « *Rock me baby ! Nije vazno šta je. Rock me baby ! Samo neka traje.* »

L'Eurovision m'a sauvé la vie. Andro m'a sauvé la vie.

Une fois notre bouteille réduite à l'état de cadavre, Andro nous avoua la vérité. Il était gay. Il voulait m'embrasser. Il était beau garçon. Des cheveux noirs, la peau pâle, des lèvres épaisses. C'était un type du cent cinquante-sixième jour, or le conflit avait déjà duré plus de six mois et… OK, j'avais *presque* envie de l'embrasser. (La guerre vous rend soit facho soit homo.) Mais je ne pouvais pas, pas même en l'honneur de mon père le baiseur de Serbes. On s'était quand même retrouvés bien excités, et nos pantalons furent baissés. Andro nous branla, le Serbe et moi. C'est l'image la plus étrange qu'il me reste de cette putain de guerre. L'homo taré de Pula en train de nous astiquer au plus profond de la nuit dalmatienne, un manche dans chaque main : l'un serbe, l'autre croate.

Si les nations étaient gays, il y aurait moins de guerres.

Je me réveille tandis que des ombres du conflit flottent dans la chambre blanche et lumineuse. Mon passé ténébreux tente de s'équilibrer avec ma vie ici, sur cette île silencieuse et éclatante, où l'on s'endort à la lumière du jour et où l'on se réveille sous un soleil irradiant à 6 heures du matin. Difficile de dormir. Je me sens comme à l'hôpital. Un hôpital éclairé au néon, d'un silence morbide, où on ne porte pas de chaussures à l'intérieur. God-mon-dur va et vient dans sa maison uniquement en chaussettes. C'est dégueulasse.

Et ce pays pacifique n'a jamais connu la guerre. En un millénaire ! Ça doit être cette histoire d'île. Pas de rab de rosée à défendre.

Etait-il nécessaire de voir tous ces gens mourir juste pour qu'on puisse qualifier Knin de ville croate ? Je me le demande encore. Peu après la guerre, je le traversai en bagnole, ce bourg insignifiant de quinze mille âmes. La vue de notre drapeau flottant par-dessus ces toits en ruine me donna la nausée. Pour vrai, je dus arrêter la voiture et vomir. Je rendis sur la terre que nous avions déclarée nôtre, sur la terre pour laquelle j'avais été prêt à donner ma vie. Et pourtant, il fallait le faire. Il le fallait. Ne me demandez pas pourquoi. Il le fallait, c'est tout, putain.

Chaque homme appartient à une nation, à quelque chose de plus grand que lui. Une nation est la somme de toutes nos forces, ainsi que de notre stupidité collective. Et la guerre fait obéir lesdites forces à ladite stupidité.

Je me lève et je vais aux toilettes. C'est affreusement propre. C'est ici que chient les anges. J'ai une sacro-sainte gueule de bois. Pas seulement à cause de la bière, mais aussi de tous ces alléluias que j'ai prononcés à la télé. God-mon-dur était très heureux de ma performance. Son collègue américain ne l'a pas déçu.

Je me demande s'ils ont un gardien télé à l'ambassade des Etats-Unis, un taré boutonneux dont le boulot consisterait à regarder les émissions locales pour vérifier si elles contiennent des messages du genre « faites péter Bush » ou « fuck le FBI ». Et là, au milieu de la nuit, il la verrait sur son écran, cette tête toute ronde, toute chauve, ressemblant à s'y méprendre au poster *America's Most Wanted* sur le mur, à côté de la télé. Ce suceur de clitos croate qui a tué un agent du FBI dans le Queens la semaine dernière, et qui se fait passer pour le prêtre qu'ils ont retrouvé mort dans les chiottes de l'aéroport JFK mardi dernier. Cette nuit, je me suis réveillé toutes les demi-heures, m'attendant à voir débarquer la SWAT, ou une unité d'assaut quelconque. A 4 heures, j'ai appelé mon amour de Munita. Pas de réponse.

Le pieux couple se lève à 7 heures. La prière du matin commence à 7 heures et demie. Le révérend Friendly doit être présent. « Dieu, libère-moi de mes péchés. »

Après le petit déjeuner, ils m'emmènent visiter la ville. Ici, le président a sa résidence, là, il y a le centre commercial, là-bas, on stocke l'eau volcanique. Ici, on fabrique le produit laitier à la renommée planétaire que l'on appelle Ski, et la piscine qui se trouve là-bas est une des meilleures au monde. A vrai dire, ils font de leur mieux pour me convaincre que leur pays tout entier est « le meilleur au monde ». Ils radotent sur l'espérance de vie la plus longue, les habitants les plus heureux, l'air le plus pur, etc. J'ai très envie de leur rétorquer qu'un pays dépourvu de bordels et d'armureries ne peut en aucun cas prétendre à ce titre, mais au lieu de cela Friendly acquiesce, lentement mais continuellement, comme une foreuse à pétrole texane.

God-mon-dur conduit son épouse à la chaîne de télévision où elle va enregistrer son émission et nous poursuivons notre route. Il ressent cependant le besoin de s'expliquer :

— Je ne pense pas que les femmes doivent travailler hors de la maison, mais ma femme travaille pour Dieu, alors c'est différent, à mon avis.

— Elle travaille à la maison. La maison de Dieu, fais-je dire à M. Friendly.

God-mon-dur est satisfait de la réponse et a un rire discret avant de poser une nouvelle question piège :

— Et votre femme ? Elle travaille à l'extérieur ?

Oups. J'ai une femme.

— Elle ? Non, elle préfère les tâches domestiques. Et j'en suis très heureux.

— J'ai été triste quand j'ai entendu parler de son accident.

Ah ? Ma femme a eu un accident de voiture ? J'espère qu'elle va bien.

— Ouais. Merci, dis-je, les yeux pleins de tristesse, comme un mauvais acteur dans une pub débile.

— Elle doit vous manquer beaucoup.

Oups, bye-bye ma femme. J'ai l'impression de regarder un thriller en partant de la fin.

— Ouais, carrément. C'est dur d'être seul.

— Et vous n'avez pas encore enfants avec elle ?

Putain. Celle-là est difficile.

— Euh... Non, je ne crois pas.

Merde. Quelle réponse épouvantable !

— Je veux dire, non. Techniquement, non.

Ne me demandez pas ce que je veux dire par là. Je n'en ai aucune idée.

Il continue de conduire sans un mot. Il ne me pose aucune autre question. C'est un peu gênant. Soupçonnerait-il quelque chose ? Je brise le silence en revenant au début de la conversation : les femmes et le travail.

— Mais Gun-île-dure, elle bosse dans un café ?

— Oui. Je lui laisse du temps. Le temps de réfléchir. Quand j'avais trente ans, j'étais à la rue. Je buvais beaucoup. Je ne voyais pas la lumière. Quand le vin rentre, le cerveau sort.

Je le mate un moment. Pas si saint, après tout.

Nous allons visiter l'église de son ami dans la bourgade voisine de Coupe-Gore. Elle ressemble davantage à une salle d'aérobic qu'à une église et l'air est chargé d'une odeur de sueur. Le nom de son ami est plus court que celui de mes hôtes, mais bien plus dur à dire. Orthographié *Þórður*, il sonne comme « Torture ». Torture a un visage rond, des lunettes rondes et une barbe drue et biblique. Le seul élément moderne de son apparence est sa chevelure longue et nappée d'eau coiffante bénite. A vrai dire, il me rappelle un peu mon père, avec son visage large, bénie soit son âme. God-mon-dur m'informe que Torture apparaît sur sa chaîne de télé tous les jours. Et ça se voit : il parle fort en articulant chaque mot, comme s'il était face à une caméra. Pendant toute la durée de notre visite, il ne lâche pas sa bible et la tient contre lui comme s'il s'agissait d'un marteau sacré. A une ou deux reprises, il la propulse dans les airs, comme pour en clouer les thèses sur la porte d'entrée de son église. Ses opinions sont originales et extrêmes et sa façon de parler des plus colorées.

— On me demande parfois s'il faut être circoncis pour aller au paradis. Je réponds que non. Ce n'est pas une question de parties génitales, mais de cœur. La question est : êtes-vous prêt à ouvrir le prépuce de votre cœur et à y laisser pénétrer la lumière du Dieu vivant ?

Le feu de l'homophobie fait rage dans ses yeux. En scrutant ses pupilles, j'y vois, à travers les flammes, un petit homo maigrichon crucifié chantant à tue-tête « I Will Survive ». Le révérend Friendly jette de l'huile sur le feu, tandis que Toxic se rappelle sa nuit avec Andro.

— On avait un homo dans notre congrégation en Virginie, dis-je. Mais après que j'ai arraché l'anneau de son oreille avec des tenailles, il est passé de GAY à OK.

God-mon-dur observe son ami barbu comme un petit garçon, et Torture éclate d'un rire diabolique, avant de répondre dans un anglais raffiné :

— Hé, hé. C'est comme ça qu'il faut procéder. Les marquer par les couilles !

Friendly ne se tient plus.

— Ou les utiliser comme extincteurs. J'avais à une époque un enfant de chœur qui paraissait un peu trop féminin. Il fallait lui donner une leçon. Alors je l'ai utilisé pour éteindre les bougies. Avec sa bouche. Je lui disais : « Mieux vaut lécher la lumière du Seigneur que la bite des ténèbres ! »

Ils m'observent un instant avant de se mettre à rire comme deux membres vieillissants d'une fraternité d'étudiants qui se retrouvent par hasard dans le hall d'un hôtel quarante ans plus tard.

— La bite des ténèbres ! Ha, ha !

— Le révérend Friendly a été très bon à la télé hier soir. Tu l'as regardé ? demande God-mon-dur à son ami.

— Oui. C'est un excellent fantassin dans l'armée de Dieu ! répond Torture en posant sa main droite sur mon épaule : un bras de feu.

# 10
# MOJA ŠTIKLA

**20.05.2006**

Les jours se suivent. Je m'adapte peu à peu à une existence d'exilé. Ça ne se passe pas trop mal. Je m'habitue au silence et à la clarté, ainsi qu'à la stérilité de la maison ; le froid, lui, est plus dur à gérer. C'est le mois de mai le plus glacial de ma vie. Et pourtant, tout le monde dit qu'il s'agit du plus délicieux des printemps.

— En Islande, on est heureux lorsqu'on atteint les dix degrés, m'explique Chic-ridule.

Les pauvres. Je serais heureux s'il ne me restait plus que dix minutes à passer ici.

Le matin, le révérend Friendly visite diverses églises et autres organisations bénévoles où on le traite comme le pape en tournée, le remplit de café et de biscuits et le charge de dépliants et de brochures qui vantent leurs mérites : une crèche en construction au Kenya, une école primaire en Inde. Les prêtres sont tous des hommes, les bénévoles toutes des femmes. Je fais part de ma désapprobation à Godmon-dur une fois dans la voiture.

— Je suis inquiet de voir toutes ces femmes travailler hors de la maison, dis-je.

— C'est pas grave, car elles ne sont pas payées, répond-il en m'adressant un étrange clin d'œil.

En général, je suis libre de mes mouvements l'après-midi. J'erre alors dans la ville en faisant mon PPB, je déambule le long de Liqueur Vicaire, la rue principale, je m'occupe en lèche-vitrines et mateminettes, toujours à la recherche du *gun* de mes rêves. Je traîne mon poids sur les flancs de la colline, en direction de la place centrale, qui ressemble davantage à un parking vide qu'à une esplanade urbaine. Dans une librairie bien chauffée, à deux pas, on peut se procurer le *Handgun Magazine*, la référence du tueur à gages. Smith & Wesson semble avoir sorti un nouveau modèle. « Un tireur satisfait pour une cible aux anges. » A deux doigts du « flingue sans remords » dont nous autres bourreaux avons rêvé pendant six cents ans. J'enroule mon écharpe autour du col romain avant de payer le magazine à la caisse. Une autre merveille locale, genre troisième jour, me tend un reçu. Il est bien connu que la Croatie possède les plus belles femmes au monde, mais l'Islande n'est sûrement pas loin derrière. Elles sont cependant bien différentes, ces blondes beurre, de nos *ljepotice* aux cheveux noirs. Assis sur un banc au bord de l'étang derrière la cathédrale, j'observe les canards et les cygnes qui naviguent paisiblement. C'est un décor magnifique, vraiment ; idéal pour une cigarette. Je ne mettrai toutefois pas fin à mes cinq années d'abstinence tabagique, même si j'ai de bonnes excuses pour. Je dois prendre soin de ma santé. Au lieu de cela, je lis un article sur l'innovation TSF (Tuer Sans Fuite) rendue possible par la nouvelle balle révolutionnaire de chez Eagle Eye, « assez grosse pour refroidir votre victime instantanément, mais si petite qu'elle ne versera pas une goutte de sang ». Il n'y a qu'au pays le plus chrétien, le plus apeuré par Dieu, qu'on autorise une telle publication. Qui peut bien acheter ça ici, sur l'Ile sans Flingue ? Je la jette dans une poubelle avant de pénétrer dans le Café Paris. La blonde beurre est à la tâche. Je ravale ma bedaine et m'assieds à l'une de ses tables.

Le pasteur s'inquiète de sa relation avec son père et lui demande si elle le déteste.

— Je pense que mon père porte plus d'intérêt à Dieu qu'à ses enfants, me balance-t-elle, avec une hostilité inhabituelle, tandis qu'elle essuie la table avec un torchon humide.

Elle balance sa tête en se la jouant ghetto.

— Allons, nous sommes tous les enfants de Dieu. Fils et filles du saint-père, répond le bon Friendly.

— Saint-père, sainte merde, crache-t-elle. Qui est la sainte mère, dans ce cas ? C'est une vierge. Waouh. Super. L'église est seulement bonne pour ces crétins d'hommes blancs.

Gun-île-dure s'en va, torchon et plateau à la main. Je dois admettre que je suis impressionné, mais le révérend Friendly n'est pas de cet avis. Tandis qu'elle revient avec son *latte*, il lui rétorque :

— Vos parents sont des saints et je pense qu'ils méritent votre respect.

— Ce ne sont pas des saints. Ne pas commettre de péchés pendant quelques années ne fait pas de vous un saint. Un alcoolique inactif est tout aussi alcoolo que celui qui boit.

Putain, ça, c'est profond, trop profond pour moi. Je préfère me focaliser sur ses lèvres. Derrière les lourdes portes de ma soutanesque prestance se tient un féroce chien de guerre croate. Tôt ou tard, il se libérera de son foutu collier et ira lécher les scintillantes lèvres à la fraise.

Je suis supposé rentrer à la sainte demeure à 6 heures. En général, je voyage en taxi, même si je peux prendre un vol Boston – New York pour le même prix. Igor a les moyens. L'argent n'est jamais un problème dans notre domaine, bien que la Gold American Express de Friendly ait probablement un plus haut plafond. Mais utiliser son pieux plastique équivaudrait à envoyer une invitation aux Feds.

A 18 h 30, nous dégustons un modeste mets préparé par Chic-ridule. Sa nourriture me rappelle Jerry Seinfeld : la décoration de la table est du meilleur goût, mais la bouffe, elle, n'en a pas le moindre. A 20 heures, nous revoilà au studio. Chic-ridule prête sa trousse de maquillage à deux hommes qui prennent l'antenne à 20 h 30. Le plus drôle, c'est que je m'habitue. Ça commence même à me plaire. J'ai presque hâte. Je suis allé jusqu'à acheter un exemplaire de la Bible du roi Jacques. Le prêche donne du pouvoir.

— Car je suis sa Parole ! Sa Parole est moi ! Croyez-moi sur parole !

J'en viens presque à regretter que samedi soit un jour de congé.

— C'est à cause de l'Eurovision, m'explique Godmon-dur.

L'Eurovision de la Chanson aura lieu ce soir, l'Islande y prenant part pour la vingtième fois, la Croatie pour la onzième. Apparemment, il s'agit de l'événement télévisuel de l'année.

— Ça ne sert à rien de prêcher ce soir. Quatre-vingt-dix *prósent* de tous les gens regardent l'Eurovision. Les rues sont vides quand ça passe. Nous diffusons juste vieille émission à l'antenne ce soir.

L'heure est également à la réunion de famille : Gun-île-dure et son frère Tristeur viennent dîner. On se croirait à Thanksgiving.

Tristeur est assez différent de sa sœur. Si elle est un cygne, lui est un moineau : un gars petit à l'œil timide et au torse bombé, fort plutôt que gros. Il a des mains de travailleur et entre ses doigts puissants le couteau ressemble à une aiguille à coudre. Son visage est imberbe, en dehors d'un fin duvet blanc au-dessus de sa lèvre supérieure. Pourtant, il doit bien avoir vingt-six ou vingt-sept ans. Il ne dit mot et ne lève jamais la tête de son assiette, mais sa simple présence m'est étrangement apaisante. Je me dis que j'aurais bien du mal à obéir aux ordres si on me demandait de l'éliminer.

— Tristeur est le nom d'un très joli oiseau islandais. Il amène le printemps, dit la maîtresse de maison comme elle me passe la sauce blanche à l'allure sacrée.

— Il n'est pas islandais, proteste sa fille, les paupières lourdes.

— Qu'est-ce que tu racontes ? Le *tristeur* ? rétorque Chic-ridule, éminemment surprise. C'est un des oiseaux les plus islandais. On a même un poème à son sujet.

— Ouais, maman, mais ça ne veut pas dire qu'il est islandais. L'oiseau ne reste là que l'été. La majeure partie de l'année, il vit en France ou en Espagne. Cela ne fait-il pas de lui un oiseau espagnol plutôt qu'islandais ?

— Espagnol ? Comment peux-tu dire une chose pareille ? Le *tristeur* est l'oiseau le plus islandais que nous ayons !

— Il passe le plus clair de son temps en Espagne.

— Mais ses... ses enfants sont nés en Islande. Ce sont des citoyens islandais, et lui aussi doit l'être. Il est né en Islande !

— Des citoyens islandais ? C'est ce que dirait une personne raciste, maman... réplique Gun-île-dure.

J'ai du mal à dire si ses parents comprennent le sens du mot, mais sa mère ferme les yeux et pince les lèvres. God-mon-dur se lève de table et se dirige vers une étagère d'où il tire un bouquin. Chic-ridule essaie d'apaiser le débat en se tournant vers le révérend Friendly :

— Je ne sais pas comment s'appelle cet oiseau en anglais, mais...

— *Redwing*, la grive mauvis ! s'exclame son bon époux, levant les yeux d'un dictionnaire tout fin.

Elle le remercie et m'explique que le mauvis est un « oiseau voyageur ». Gun-île-dure lève les yeux au ciel ; Tristeur, lui, demeure impassible, comme un marin sourd que la famille aurait recueilli sur la plage ce matin. Ses joues virginales se tachent d'une légère rougeur, comme pour m'aider à visualiser une grive mauvis.

— Ou bien, serait-ce *oiseau voyageant* ? poursuit Chic-ridule. Qu'est-ce qu'on dit ? Comment appelle-t-on un oiseau qui vit dans deux...

— Je ne sais pas. Oiseau de migration ? est ma suggestion.

Gun-île-dure se jette là-dessus avec un sarcasme aux yeux diaboliques :

— Oiseau d'immigration.

Nous dînons en silence. Tristeur a terminé son assiette et nos yeux se croisent. Le pauvre. Lorsque ses parents me l'ont présenté, ils m'ont précisé de manière curieuse qu'il était beau.

« Ah, il a de qui tenir, ai-je dit en hochant la tête.

— Oui, on y tient beaucoup, fut la réponse. »

Je dois admettre que j'ai passé la journée à attendre avec impatience ce concours crétin de l'Eurovision. Cela fait six ans que je n'ai pas pu regarder l'émission qui a sauvé ma vie. Nous nous regroupons sur le grand canapé d'angle, et God-mon-dur allume son écran plat. C'est en direct d'Athènes et l'atmosphère est finalement assez proche d'une mégamesse télévangéliste : dix mille spectateurs hurlant joyeusement à la fin de chaque chanson. Sauf après l'islandaise. Une fille vulgaire en costume de pute ne reçoit rien d'autre que des sifflets et des huées à la pelle. La chanson était correcte, mais son arrogance n'a pour sûr pas plu aux Grecs. A vrai dire, elle me rappelle un peu Gun-île-dure. Je jette un œil à mes hôtes. De toutes les prestations séculaires, c'était probablement la moins pieuse, la chanteuse arborant un sourire diabolique, comme si elle venait de se taper le producteur du show. God-mon-dur me regarde avec un sourire embarrassé, à l'instar d'un délégué des Nations unies dont le Premier ministre viendrait d'uriner sur l'estrade.

— C'est juste une blague, explique Gun-île-dure. Cette chanteuse... elle est juste en train de se foutre de la gueule de ce putain de truc.

Le « putain » explose doucement dans la pièce, comme un pet silencieux mais sérieusement puant. Son père lui rappelle gentiment qu'un tel mot n'est pas toléré dans cette maison, et même Toxic est déstabilisé, se souvenant du moment où « ce putain de truc » lui a sauvé la vie.

Nous écoutons une dizaine de chansons supplémentaires – la plupart d'entre elles tombant dans la catégorie « techno slave » – jusqu'à ce que ma chère Croatie apparaisse. Ma bonne vieille *Hravtska.* Tomo manque de faire dans son calbut en regardant la déesse nationale rejoindre la scène. C'est Severina. La bonne vieille Severina. Severina Vučkovič. Pour les garçons de Split, c'était la plus belle fille au monde. Elle avait quatre ans de plus que moi, et je n'osais même pas ne serait-ce que rêver d'elle. Je l'ai aperçue un jour déambulant rue Marmontova avec sa mère, et j'ai senti cet insupportable hoquet du cœur. Bien que je ne l'aie pas vue depuis des années – pas depuis que sa *sex tape* a fait le tour du web, et fait pisser des larmes à chaque Croate pendant une semaine –, elle demeure la plus belle femme de la planète. Elle porte une longue robe rouge échancrée, exhibant ses jambes parfaites. Elle est accompagnée par des danseurs folkloriques funky. « *Jer još trava nija nikla.* » J'ai le mal du pays, je le sens jusque dans mon estomac. Oh, c'est terrible. « *Tamo gdje je stala moja štikla.* » Mec, c'est trop pour moi. Je ne peux pas m'en empêcher, la regarder danser sur l'écran provoque un sentiment profond en moi. Comme assister aux préliminaires de vos parents, le prélude de votre conception, la raison même de votre existence.

J'ai une trique de mal du pays.

Et quelque part, tout au fond de moi, j'ai envie de pleurer. Mais mes larmes pétrifiées ne veulent pas retrouver leur état liquide. Ils devraient créer un Viagra pour les larmes. J'espère que mes hôtes ne remarquent pas mes yeux brumeux, ma bouche triste, et ma copieuse érection saluant ma terre natale. C'est ma langue. La fille de mes rêves d'enfant... L'exilé est frappé de plein fouet, comme un homme qui se fait écraser à New York par un camion rempli de magazines people (avec ce putain de Tony Danza à la une). Oh. *Moja voljena domovina...*

Ils me regardent. Je dois avoir l'air d'un chiot abandonné pleurant sa maman. Il faut que je dise quelque chose. Je bafouille alors :

— C'est les souvenirs... Les souvenirs de Yougoslavie.

Ils se retournent vers l'écran, ignorant le pasteur au cœur brisé assis sur leur canapé. Severina continue de crier : « *Moja štikla ! Moja štikla !* » C'est-à-dire : « Mon talon haut ! Mon talon haut ! » Soudain, la sonnette retentit. C'est un son de cloche d'église. God-mon-dur se rend à la porte et j'entends deux hommes lui parler.

C'est à moi de jouer.

Je m'excuse et me lève, prétendant me rendre aux toilettes, mais continue à travers la salle à manger jusqu'à l'arrière de la maison. J'ouvre la porte menant à la véranda, hésite un bref instant. L'air glacial du printemps me fouette le visage et je me rends compte que je ne porte pas de chaussures, juste mes chaussettes marquées *NYC*. En fond sonore, Severina poursuit sa complainte au sujet de ses talons aiguilles. Ce seront mes chaussures alors que je pose le pied dans la froide véranda, refermant rapidement la porte derrière moi. Puis je cours comme un dératé dans le jardin et saute par-dessus la barrière dans le suivant.

# 11

# TADEUSZ

**20-05-2006**

Courir sur l'asphalte islandais en fines chaussettes d'été américaines met les pieds croates à rude épreuve. Mais bon, je ne vais pas me mettre à chialer. Je suis un tueur à gages, pas un prêtre.

Je fais du froid mon fouet tandis que je remonte le long de la rue, plongeant plus en profondeur dans la banlieue aux mini-manoirs. Par chance, personne ne me repère. Tout le monde regarde la danse *štikla* de Severina. Les talons aiguilles sont le piédestal de la femme. Il y a de quoi vénérer qui les porte. A vrai dire, on peut mesurer une femme à ses chaussures. Plus elle est féminine, plus hauts sont ses talons. Ceux de Severina ont en général la longueur du canon d'un 9 mm. Un de nos amis nous avait raconté qu'il avait passé une nuit avec elle sur le bateau de son père, au beau milieu du port. « A faire des vagues jusqu'au petit matin. » Nous ne l'avions pas cru, mais bien sûr nous ne pouvions le prouver. Vrai ou faux, il basa toute sa réputation sur cette anecdote et finit au putain de Parlement. A chaque fois que sa face apparaît sur *HRT*, c'est un automatisme, j'attrape mon flingue.

Je ne vois aucune voiture de police aux environs. Pas de SWAT ou d'agents secrets en bonnet de laine sautant par-dessus les haies. Je crois que les deux hommes ont parlé à God-mon-dur en islandais. Le département de la police locale travaille pour les fédéraux. Les petites nations font toujours du gringue aux Etats-Unis. Tout le monde veut son quart d'heure hollywoodien. Je me demande si la police islandaise ferait la même chose pour l'équivalent iranien du FBI.

Je tourne à droite au carrefour suivant et j'aperçois une camionnette de chez Domino's. Le moteur tourne. Je me faufile derrière le véhicule. Le livreur est sous le porche d'une maison à deux pas d'ici, me tournant le dos, occupé à servir ses pizzas brûlantes à une poulette chaude aux épaules dénudées, genre sixième jour. Je saute sur le siège conducteur et fonce. Le garçon me poursuit à pied tandis que je m'éloigne. Je le vois me faire au revoir dans le rétro. Les Islandais sont bien polis.

Je cogite aussi vite qu'une rafale de mitraillette en parcourant les rues désertes. Je ne dois pas trop m'éloigner. La camionnette à pizzas est comme une cloche au cou d'une vache. Javor nous disait toujours :

« Quand tu dois te cacher, fais-le au cœur des lignes ennemies. C'est le seul endroit où on n'ira pas te chercher. »

Toutes les résidences sont assorties d'un double garage. Certains sont d'ailleurs aussi grands que la maison elle-même. Et devant chacun d'entre eux, on trouve un énorme 4x4 garé à côté d'un plus petit : pour lui et pour elle. Un Ford Super Duty à côté d'un Porsche Cayenne. Ces gens collectionnent les bagnoles comme les Bédouins les chameaux. Elles ont l'air flambant neuves, avec leurs toits qui brillent dans la nuit blanche du printemps. Pourtant, ces véhicules ne sont jamais rangés au garage, comme me l'expliquait le saint couple l'autre jour. Les abris ne sont là que pour servir d'autels à la gloire des veaux d'or qui reposent devant eux. God-mon-dur m'a raconté que son voisin lustrait son Lexus une semaine sur deux. Il lui fait sûrement l'amour l'autre semaine. Nombre de ces 4x4 ont été trafiqués, rehaussés sur des pneus géants, plaçant leur pot d'échappement à hauteur idéale pour une telle opération.

L'une de ces demeures n'exhibe aucune voiture devant son double garage. Je poursuis mon chemin pendant cinq autres pâtés de maisons. Puis je m'arrête, gare le tas de ferraille, en descends, le verrouille et jette les clés dans le jardin d'à côté, avant de courir enfin vers la maison d'apparence inhabitée. (Je sais que vous aimeriez voir la scène au ralenti : le prêtre dodu détalant en chaussettes sur le trottoir, comme un accro du Loto à la bourre pour acheter son billet.) Il n'y a pas de lumière aux fenêtres. C'est assez dur d'en être certain, vu que la nuit est aussi lumineuse qu'un bal de promo en enfer. J'emprunte l'allée et grimpe les trois marches qui mènent à la porte d'entrée. Je sonne. Un chien aboie au loin. Je sonne de nouveau. J'attends un certain temps dans le froid glacial, reprenant mon souffle. La sonnette a l'air branchée à un cabot à deux maisons de distance. En dehors de ça, il règne un silence de mort. Le quartier tout entier est collé à son écran de télé. Même les arbres sont pétrifiés d'excitation. Je me demande si Severina va gagner.

On entend une voiture dans une rue adjacente. Le FB-aïe doit être en chemin. Je sors mon couteau et ouvre la porte, découvrant que le chien bavard était en fait à l'intérieur de la maison. Je trouve des chaussons dans le vestibule et je fais le tour de mon nouveau chez-moi. Deux cents mètres carrés de gens bien carrés. Un âtre inutilisé, et encore quelques-unes de ces toiles lunaires, du lourd dans de lourds cadres dorés. Des canapés obèses et un tapis roulant. Le chien a l'air d'être au sous-sol. Je trouve l'escalier et laisse mes oreilles me guider vers la buanderie. Une fois à l'intérieur, je remarque une petite bête poilue, le genre qu'on appelait des « perruques sur pattes » à Split. La petite machine à aboyer me fait alors une crise, jusqu'à ce que je la débranche d'un rapide tour de cervicales. C'est aussi facile que de briser une patte de poulet à la jointure.

Sur la corde à linge, je trouve un pantalon loufoque, une chemise kitsch et des sous-vêtements masculins tout propres. L'homme de foi se défroque, fait don de son collier romain à son ami le chien – son ami *feu* le chien – et dit adieu au révérend Friendly. J'enfile le pantalon et la chemise bizarroïdes et trouve rapidement le chemin vers le garage aux voitures-non-autorisées où je me mets à la recherche d'un pot de peinture ou de quelque chose dans le genre. C'est dans un coin bordélique que je mets la main dessus. J'ouvre le pot à l'aide de mon couteau suisse et tartine mes vêtements et mon visage de peinture blanche. C'est du pur génie ! Je saute de joie. Mon rythme cardiaque passe du boléro à la bossa-nova. J'emporte le pot ouvert avec moi à l'intérieur de la maison et trouve de vieux journaux dans la cuisine. Je les étale sur le sol dans le couloir – quelque seize photos de la pétasse qui chante pour l'Islande – et y dépose le pot de peinture. Dans la cuisine, je trouve une radio et l'allume. Phil Collins hurle qu'il a attendu ce moment toute sa vie. J'ai braillé avec lui lorsque ma petite copine de Hanovre m'a jeté comme on jette un gobelet en plastique vide dans une poubelle. C'est une superbe chanson de rupture.

Je viens tout juste de terminer mon installation, mon crâne trempé de sueur, lorsque la sonnette retentit. J'attends une seconde et la laisse sonner une seconde fois. Le son est pompeux, comme s'il avait été créé pour rappeler aux propriétaires l'étendue de leur richesse. Enfin, je me rends à la porte et l'ouvre. Les battements de mon cœur jouent du disco. Deux policiers se tiennent sous le porche. Vestes noires, casquettes blanches.

— *Halló*, disent-ils en pur islandais.

— Hhhellô, dis-je avec un fort accent slave.

— Oh, pardon. Vous parlez anglais ?

— Hhchoui... un petit peu.

— C'est la maison de Baptiste ?

Est-ce une maison de baptistes ? C'est une question étrange. Peut-être ne sont-ils pas policiers. Peut-être que ce sont juste deux prêtres en patrouille de rue.

— Hchoui, je crois c'est maison baptiste. Mais je pas vivre ici... dis-je dans mon plus bel anglais d'immigrant.

— Peut-on lui parler ?

— Lui pachrchler ?

— Oui. Nous voulons parler à Baptiste.

Ils ont un accent fort comme un lutteur qui aurait sniffé de la coke.

— Ah, je voichs. Non. Baptiste pas maison maintenant. Non.

— Qui êtes-vous ?

— Je suis Tadeusz.

— Polonais ?

— Hchoui. Je travaille à maichson. Baptiste pas maichson.

J'ai de la peinture fraîche et blanche sur le nez.

— OK. Nous recherchons un homme chauve habillé en prêtre. Avez-vous vu quelqu'un traîner dans le coin ?

— Non. Diésoulé. Un prêtre chauve ?

— Oui. Il n'a pas de cheveux sur la tête et porte un habit de prêtre. C'est un homme très dangereux. Un criminel.

— Un prêtre criminel ?

Je me rappelle Dikan et sa devise : « La stupidité est la meilleure des planques. »

— Oui. On le cherche en Amérique.

— Je croyais ils schavaient assez prêtres criminels en Amérique ? dis-je.

Les deux policiers islandais laissent échapper un sourire indulgent et me souhaitent bon courage pour la peinture, avant de me dire au revoir.

# 12

# M. MAACK

**20-05-2006 – 21-05-2006**

Je n'ai jamais vécu dans une maison aussi vaste. Je dois dire que j'aime assez. Soudain, l'exil frise l'excellence. M'échapper de la sainte demeure a été un énorme soulagement. Désormais, je n'ai plus à habiller mon visage d'un sourire stupide dès le matin ou à marcher sur un sol lustré comme le Christ sur les eaux. Me débarrasser de Friendly fut comme plaquer une petite amie bruyante avec un accent texan et une addiction au portable.

Je passe le reste de mon samedi soir soul, à savourer l'Eurovision sur mon nouvel écran LCD – qui me fait davantage penser à un écran LSD avec son son *surround.* Le comptage des votes a toujours été mon moment préféré. Un groupe de Finlandais hurleurs en costumes de Halloween remporte le trophée. La Bosnie-Herzégovine est à la troisième place. Severina finit treizième avec seulement cinquante-six points, tous accordés par l'ancienne république de Yougoslavie. Même les Serbes se sentent coupables au point de nous donner dix points. C'est soit ça, soit ils ont laissé leurs bites voter. Apparemment, le reste de l'Europe n'a pas vu la *sex tape* de Severina. Si on veut gagner une nouvelle fois ce putain de truc, il va falloir créer de nouveaux pays dans les Balkans.

Le frigo est plein à craquer. Je me prépare une omelette nocturne pour tueur affamé en planque. Je l'emporte dans la pièce au billard, au sous-sol, et tente de faire profil bas, les lumières éteintes. Mes logeurs sont Baptiste Þ. Maack et Helena Ingólfsdóttir, et tous deux semblent avoir enduré ces noms pendant environ soixante ans. Les albums photos montrent un couple heureux, moustachu et souriant partout où il faut, de la Floride à la Slovénie. Ils m'ont l'air d'être payés pour voyager. Le calendrier de la cuisine annonce mars au Kenya, avril en Bulgarie. Songeant probablement à moi, Helena a inscrit ce week-end : Londres, Londres, Londres, Londres. Ils sont supposés rentrer au bercail lundi.

Après une journée longue et riche en rebondissements, je suis heureux d'aller me coucher dans leur lit. Il est aussi grand qu'un ring de boxe, avec un coin pour lui et un pour elle. Je ne trouve pas de gants, mais je note qu'elle est en train de lire un bouquin de cuisine italienne, et lui *Cosa Nostra : une histoire de la mafia sicilienne*. Encore ces putains de Taliens ! Pourquoi ne pas faire un peu de pub à ces honnêtes travailleurs de la mafia croate ? Quelques livres, quelques films, quelque célébrité ? Putain de merde. Même un inconnu au nom de chiotte sur l'Ile sans Flingue s'intéresse aux chieurs de pâtes. Je dors de son côté à elle, réservant mes dernières minutes éveillées à une inspection de mon étrange situation. Et maintenant, je fais quoi ? Je pourrais soit les tuer à leur retour et demeurer ici jusqu'à ce que leur frigo soit vide, ou bien utiliser le billet qu'Igor m'a acheté à l'aéroport. Je ne vois aucune autre possibilité.

Je passe le dimanche à la maison, savourant un long et fastueux petit déjeuner, faisant mon possible pour déchiffrer l'article qui accompagne ma photo au dos du journal qui a été déposé sous la porte tard la nuit dernière. Le titre dit : *Mafíumorðingi á Íslandi ?* On dirait Mafia quelque-chose en Islande. Le point d'interrogation est rassurant. Il y est fait mention du révérend Friendly et de la chaîne de télé chrétienne appartenant à God-mon-dur, le tout accompagné de quelques mots du prédicateur lui-même. Je visualise sa face de lama aux grands yeux posée sur un long cou poilu face au reporter : « Nous sommes en état de choc. Nous n'avions rien suspecté. Il était très amical. Nous avons de la chance d'être vivants. »

Le nom d'Igor n'est pas mentionné. Il est à présent mon seul espoir.

J'essaie de joindre Munita à l'aide du téléphone des Maack. Je sais bien que ce n'est pas ce qu'il y a de plus intelligent à faire, mais je ne peux pas résister. Il faut que je lui parle. J'appelle son portable et son répondeur. « Laissez-moi un massage après le bip. » On ne peut qu'aimer cette voix. Ce monde doux, onctueux et à la chevelure opulente qui vous aspire comme la mère de toute vie. Même ses fautes d'accent sont sexy. Elle ne répond pas. Et ne rappelle pas. Je me demande si elle va bien. Les morts violentes sont génétiques dans sa famille.

Je prends un long bain chaud dans le plus grand jacuzzi à l'est de Vegas, laissant les bulles bercer ma bedaine pendant cinquante minutes, puis m'offre une visite des lieux, nu comme un ver, une bière bien fraîche à la main, tirant tous les avantages possibles du sentiment extraordinaire d'être hors de vue, hors du temps. Je vis dans une habitation vide. Je suis le sans-nom qui est à la maison. Je n'existe pas. Je suis juste une force invisible qui trimballe une canette verte de Heineken à travers cette grande demeure, sirotant lentement son contenu.

Tandis que je retourne à la salle de bains, j'ai la surprise déplaisante de croiser mon reflet dans le miroir. L'espace d'une seconde, je vois le révérend Friendly. Je me rappelle alors notre rapide contact oculaire dans le miroir de l'aéroport JFK, et mon cœur manque un battement. M. Friendly est aussi têtu qu'un étalon sous stéroïdes. Il ne va pas me lâcher. Il ne cesse de m'appeler depuis son trou comme un vieillard furieux qui se plaint de son cercueil. J'ai même rêvé de lui la nuit dernière. Lors d'une réunion de robes longues et blanches et de grands arbres verts en plein air, il est venu vers moi et m'a embrassé sur le front. Ses lèvres me semblaient grosses, épaisses, chaudes. Comme s'il était noir. Et lorsqu'il s'est éloigné, j'ai remarqué qu'il ressemblait en vérité à Louis Armstrong, le bon vieux trompettiste.

Je ne comprends pas. Soixante-six porcs ont plié bagage sans que j'aie le moindre pincement au cœur et voilà que, tout à coup, un prêtre chauve tué dans les toilettes d'un aéroport se met à me poursuivre comme une midinette attardée et amoureuse… Peut-être n'était-il pas seulement un homme d'église, mais un véritable saint ? Comme Louis Armstrong.

La bière fait nager mon cerveau dans mon crâne, telle une baleine piégée dans un aquarium miniature, et je suis tout confus. Je me regarde dans le miroir, je me *cherche* dans le miroir. Mais je ne suis pas là. Je fais face à une matriochka au visage de prédicateur télé américain. A l'intérieur de cette poupée russe se trouve le charmant peintre en bâtiment polonais Tadeusz Boksiwic. A l'intérieur de lui se niche le trafiquant d'armes russe Igor Illitch. Puis Toxic le tueur à gages. Ensuite le tout-juste-débarqué Tom Boksic. Et enfin, la dernière : « Champ », le gentil petit Tomo de Split en Croatie.

Au lieu de déprimer sur le nombre et la taille de mes différents moi, j'ajoute une nouvelle figurine : je quitte la maison en M. Maack, businessman prospère de Garde-Bière en Islande. Je porte un long manteau d'hiver marron clair, un chapeau gris foncé et une écharpe rouge autour du cou. Des chaussures de chez Lloyds à Londres. Et cerise sur le gâteau, une serviette en cuir marron qui contient mes baskets russes et des sous-vêtements propres. Je dois avoir l'air parfaitement ridicule, comme un tueur à gages aristocrate en chemin vers sa mission du soir.

Pourtant, j'essaie de marcher comme un businessman : le dos droit et le ventre en avant. Un homme avec tous ses succès derrière lui et qui procède à un tour d'honneur. Comme s'il ne se déplaçait pas lui-même, mais se trouvait poussé sur la chaussée par les intérêts assidûment croissants de ses investissements. Ce qui signifie que je marche plutôt lentement sur le trottoir. Je suis le seul à traîner ainsi au pays sans passants. Cela me rend un rien nerveux. Chaque putain de voiture regorge d'yeux. Apparemment, ils n'ont jamais vu un homme marcher auparavant. C'est comme être sur scène face à une salle pleine au HNK, le théâtre national croate. Mais c'est le seul moyen. Voler une voiture ne serait pas du genre de M. Maack et un taxi me semble trop risqué.

La lumière est allumée, comme toujours. A 22 h 33, le soleil continue de brûler à l'horizon comme une lanterne orange éclairant la terrasse d'un resto chinois dans Brooklyn. C'est une magnifique soirée, à dire vrai, avec une mer calme et les dix degrés coutumiers.

Merde alors. Voilà que je parle comme un lord anglais. Ça doit être le chapeau.

# 13
# MEURTRE & TUERIE ASSOCIÉS
**21-05-2006**

Je n'avais pas envie de tuer le couple Maack. Leur chien m'avait suffi. Je suis toujours sans mon outil de travail habituel et, à vrai dire, je n'avais pas la tête à un nouveau meurtre *fessémotionnel.* Je n'ai pas besoin de deux Friendly de plus sur le dos. Je suis aussi arrivé à la conclusion qu'Igor n'était plus une option.

Je pensais que mon erreur – me présenter en Igor aux portes de ce pays au lieu de M. Friendly – était un vrai coup de chance, mais je n'en suis plus si sûr. Le fait que le révérend voyageait à bord du vol Icelandair cette nuit-là mais n'a jamais posé le pied en Islande a dû provoquer la suspicion des hautes sphères. Et lorsqu'ils ont identifié le cadavre dans les toilettes de l'aéroport, l'évidence leur a sauté aux yeux : son tueur avait voyagé avec son billet. Ils ont dû vérifier la liste des passagers, et un mec qui avait tout sauf le profil d'un innocent touriste fana de glaciers est sans le moindre doute sorti du lot. Sans compter le rapport du contrôleur des passeports concernant mes égarements de nationalités... L'équation aura immédiatement donné Igor comme possible tueur de Friendly. Ainsi, quitter l'Islande sous la casquette du trafiquant d'armes est un risque que je ne prendrai pas. Je ne veux pas passer les trente prochaines années à bouffer du pain de viande à trente-deux cents le kilo et à écouter les élucubrations du rappeur Snoop Dogg depuis la cellule voisine. Je suis un fan de Creed, bon sang ! Je préfère encore demeurer sans nom, sans flingue et sans but au Pays des Dix Degrés.

La balade depuis Garde-Bière jusqu'à Reykjavik me prend presque une heure. Une voiture de police blanche me dépasse. Je garde mon sang-froid. Comme un funambule, je dois rester concentré à tout instant. Un regard à gauche et je pourrais tomber. Entre les mains fédérales.

Je vais chez Gun-île-dure. La blonde beurre est mon seul espoir à présent. Je n'ai pas osé l'appeler. Son téléphone doit être sur écoute. Je n'ai pas de raison particulière de croire qu'elle m'accueillera avec ballons de baudruche et brownies mais, quelque part, mon instinct animal des Balkans me suggère qu'elle me montrera autre chose que la porte.

Je flâne au fil des trottoirs stériles qui bordent la Miklabraut. C'est là que je croise le premier badaud de la nuit. Un homme mince aux cheveux gris fait du jogging, vêtu d'un tee-shirt rouge taché de sueur. Son visage est tordu de douleur, comme s'il jouait le Christ sur la croix. Ce n'est qu'une question d'années avant que le footing soit interdit, tout comme la cigarette. J'ai eu cinq amis adeptes de la course à pied à

New York. On se retrouvait à Central Park quatre fois par semaine, histoire de garder la forme pour les minettes. J'ai réussi à arrêter au bout de six mois, mais eux n'ont pas pu se débarrasser de cette habitude. Trois ans plus tard, trois d'entre eux avaient perdu tout leur poids. Bon, je dois admettre que, pour une très bonne raison, l'un d'eux était devenu mon contrat n° 32 – une histoire bien triste –, mais les deux autres sont morts des suites du jogging.

Tandis que le coureur torturé passe devant moi, je parviens à couvrir mon visage en prétendant lever mon chapeau pour le saluer, comme le héros d'un film d'avant-guerre. Je dois être prudent. Je suis désormais connu de tous en Islande. Ma tête est même passée aux infos télé ce soir. Le même cliché que l'on trouve dans les journaux : une horrible photo d'identité judiciaire de mes jours Toxic en Allemagne. J'ai bien changé, je suis plus joufflu et moins chevelu, mais un physionomiste me reconnaîtrait sur-le-champ.

Le soleil semble enfin se coucher tandis que j'arrive dans le vieux centre. Pourtant, toujours pas d'obscurité. Il fait aussi clair que dans une morgue à minuit. Ici, les voitures sont à l'arrêt, garées devant les petites maisons, et il y a quelques passants à éviter. Je me perds en route un bon moment, mais je finis par trouver la maison pare-balles de Gun-île-dure. Elle n'est pas là. J'utilise mon couteau suisse pour m'inviter à entrer.

Depuis mercredi, elle n'a fait qu'ajouter au bordel ambiant. Comment peut-elle vivre comme ça ? Même un vieux fantassin de la Guerre de la Patrie ne survivrait pas trois jours dans ce taudis. Les cendriers débordent, à tel point que la situation a requis des mesures extrêmes : une petite poêle à frire est posée sur la télévision, remplie de cendres et de mégots éclatés. Des vêtements jonchent le sol et les meubles comme une couche de neige colorée. Çà et là, une canette de bière vide, comme une stèle dans la neige, un monument à la fête passée. Des draps sales semblent pousser dans la chambre et l'odeur est celle d'une salle de gym. Je remarque deux magazines à mes pieds. L'un a pour titre *Dazed & Confused*, l'autre *Pétasse Magazine*. Qu'est-ce que je vous disais ? Le saint couple nous a produit une traînée.

Je retire manteau, chapeau et écharpe, et entreprends de vider les cendriers et de ramasser les vêtements. En quarante minutes, la pièce pourrait illustrer un guide pratique, genre *Le Grand Ménage du tueur à gages*. Je m'écroule à peine dans un fauteuil – celui qui fait face à la cuisine et à la porte d'entrée – lorsque Gun-île-dure apparaît. Je ravale ma bedaine. Elle hurle un « Quoi ? ! » silencieux avant de refermer la porte.

— Qu'est-ce que vous faites là ?

Si j'étais encore le révérend Friendly, elle aurait dit : « Qu'est-ce que vous *foutez* là ? » Le tueur est plus attirant que l'homme du clergé.

— Qui vous a... je ne... Qui êtes-vous, au juste ? ! Et comment avez-vous réussi... Oh, alors c'est pour ça que vous avez pu ouvrir la porte, l'autre jour ?

Elle est un peu ivre. Sa beauté est légèrement floue. Ce n'est que maintenant qu'elle remarque que tout est en ordre.

— Maman est venue, elle aussi ?

Après encore quelques questions sans réponse, elle s'accorde une cigarette et se laisse tomber sur le canapé.

— Qui êtes-vous ? Comment vous appelez-vous ? Qu'est-ce que vous faites ? Vous avez vraiment tué ce prêtre ? A l'aéroport ? Pourquoi ?

Il y a une note d'admiration dans sa voix. Un soupçon de sourire sur ses lèvres délicieuses. Je lui raconte l'histoire de ma vie, moins les soixante-sept homicides, mes deux années avec Munita et ma nuit avec Andro. Elle fume, écoute et cherche un cendrier du regard.

— Qu'est-ce que vous avez fait des cendars ? me demande-t-elle.

— Il y en a un là, juste devant vous.

Apparemment, c'est la première fois qu'elle en voit un vide. La traînée islandaise. Elle a l'odeur d'une banderole des New Jersey Devils suspendue dans le coin sombre d'un salon miteux de Newark pendant les vingt dernières années. J'ai très envie de la nettoyer avec mon nez.

— Oh, merci, dit-elle en faisant bon usage du cendrier.

— Vous devriez arrêter de fumer. Ça peut vous tuer.

— C'est vous qui me parlez de tuer ? rétorque-t-elle avec un sourire offensé.

— Ouais. Pourquoi pas ?

— Vous venez d'assassiner un prêtre, n'est-ce pas ? Et vous êtes recherché pour un autre meurtre.

Je vois. Ils ont lié l'affaire de l'aéroport à celle du cadavre à la décharge. Beau boulot.

— Vous croyez qu'un tueur se fiche de la vie ? Vous croyez qu'il se fiche de la santé ou de la propreté d'une maison ? dis-je en pointant du doigt la pièce en ordre.

— Très joli, constate-t-elle.

— Le tueur est un être humain comme tout le monde. Il a des droits.

— Bien sûr. Je suis désolée.

— C'est pas grave.

— Donc, vous êtes… du genre tueur au grand cœur, c'est bien ça ?

— Je ne sais pas. C'est juste que je déteste qu'on me juge juste parce que je… tue des gens.

Oups. J'aurais mieux fait de garder ma langue dans ma poche. Elle s'arrête en pleine bouffée de cigarette.

— Qu'est-ce que vous voulez dire ? Vous avez tué d'autres gens ?

Je suis dans la merde. Ne montrez jamais votre flingue lors du premier rendez-vous. Bon, elle sait déjà que j'ai tué deux mecs, et puis, après tout, ce n'est pas un rendez-vous romantique. Je suis là parce que j'ai besoin de son aide. Je suis dans la merde.

— Certaines personnes doivent mourir, c'est tout.

Voilà comment je m'en sors.

— Et l'ami de mon père devait mourir ?

— Eh bien. Il devait se faire tuer. Sinon, je serais en prison à cet instant, en train de me faire violer tous les matins sous la douche par des Hulk noirs aux bites aussi longues et flasques que des tuyaux d'arrosage.

Elle semble surprise par mon vocabulaire. Je le suis également.

— Mais que voulez-vous dire par « certaines personnes doivent mourir » ? demande-t-elle.

— Eh bien, vous savez. Il y a des gens qui méritent de mourir.

— Pourquoi ?

— Parce qu'ils sont mauvais. Des gens mauvais qui font de mauvaises choses. Des gens qui font ce qu'il ne faut pas faire. Ou refusent de faire ce qu'il faut. Alors, il faut les écarter.

— Waouh. Vous parlez comme l'ami de mon père, Þórður.

— Torture ?

— C'est comme ça que vous l'appelez ? Ha, ha. Ça lui va bien. Vous êtes un religieux, ou bien... ?

— Je suis catholique.

— D'accord. Et comment puis-je être sûre que vous n'êtes pas un prédicateur télé fou à lier, qui avait pour concurrent le révérend Friendly et que par conséquent vous vouliez qu'il meure ?

— Parce que je ne le suis pas.

— D'accord. Mais vous dites que vous êtes catholique ?

— Oui, mais je suis un catholique de Croatie. Ça n'a rien de religieux. Ça veut juste dire qu'on va à l'église deux fois dans sa vie : pour son mariage et pour son enterrement.

— C'est sympa. Et combien de fois vous y êtes-vous rendu ? Une fois ?

Je me dois de sourire à cette question.

— Non.

Elle hésite une seconde avant d'éteindre sa cigarette dans le cendrier, puis continue son interrogatoire :

— Qui êtes-vous, dans ce cas ? Juste un pauvre assassin raté qui a tiré sur un agent du FBI par erreur et a dû fuir les putains d'Etats-Unis ?

Eh bien, si c'est ce qu'elle croit... Qu'elle aille se faire foutre.

— Je ne suis pas « un pauvre assassin raté », je suis un...

— Ouais ? Quoi ?

Elle va trop loin.

— Je suis un... professionnel.

— Un professionnel ?

— Ouais. Je suis tueur professionnel. J'ai tué plus de cent personnes.

Génial. Dans deux minutes, je suis au plumard avec elle.

— Sans déconner ? Cent personnes ?

Je crois que le nombre exact s'élève à quelque chose comme cent vingt-cinq. Dans le Midwest, il m'arrivait de traverser en voiture des villages dont le panneau indiquait : *POP. 125.* Je m'arrêtais toujours pour prendre de l'essence, songeant que c'était là mon propre VDM.

— Ouais. Au total. J'en ai tué cinquante ou soixante en tant que soldat dans l'armée croate, pour défendre la terre de mon père et de ma mère. Et depuis, j'ai tué très exactement soixante-six fils de putes de différents pays en tant que tueur à gages pour l'organisation nationale. Le révérend Friendly a été mon seul meurtre non commandité.

Elle demeure sans voix, comme un prêtre catholique dans son confessionnal.

— L'organisation nationale ? demande-t-elle finalement.

— Oui, la mafia.

— La mafia ? Vous êtes de la mafia ?

— Oui. La mafia croate, bien sûr. Pas la merde talienne.

Elle me scrute pendant dix bonnes secondes, l'air soudain tout à fait dégrisée. La mafia. A mes débuts à New York, je pensais qu'il s'agissait là d'un mot magique. Je pensais que toutes les filles de Manhattan rêvaient d'un vrai, d'un authentique mafieux à l'accent étranger, expert en parties de jambes en l'air. Je le servais dès le premier rendez-vous, juste après le plat principal. Elles réagissaient toutes de la même manière : elles me priaient poliment de les excuser un instant, partaient aux toilettes et n'en revenaient jamais. Oh, les filles de Manhattan, cette armée amoureuse de blondes mystiques et de brunettes bruyantes, avec leurs yeux à l'affût du flouze, leurs cheveux passés au savon et leur détecteur de célébrités profondément enfoui dans leur sac. Certaines d'entre elles me le laissaient même, leur sac, et à deux reprises j'allai leur apporter aux toilettes pour femmes, mais elles ne laissaient pas une trace derrière elles. Oui, mafia est un mot magique.

J'appris peu à peu à ne pas discuter de ma profession avec mes pétillantes partenaires de dîner, me sentant un peu comme un tombeur de ces dames atteint du sida. Je gardais cette info comme une arme secrète, la conservant en vue d'un largage ou en cas de situation extrême. Par exemple, si j'étais coincé lors d'un premier rendez-vous galant et que la pitance était plus allóchante que la fille (une troisième jour qui virait au vingtième au beau milieu de sa logorrhée sur le système électoral américain et le fait qu'un certain Nader était « notre seul et unique espoir »), tout ce que j'avais à faire, c'était balancer le mot magique et *paf !* – je pouvais remettre mon radar en marche.

La réaction est un peu différente ici. La fille de glace évalue ses options jusqu'à me demander :

— Donc, vous êtes un peu comme un… meurtrier en série, en quelque sorte ?

— Non.

— Comment ça, *non* ?

— Je ne suis pas un meurtrier. Je suis un tueur.

— D'accord.

— Il y a une grande différence entre un meurtre et le fait de tuer.

— Oh ?

Elle lève les sourcils.

— Oui. C'est la même différence qu'entre un loisir et un travail.

— Que voulez-vous dire ?

— Le meurtre, c'est quelque chose qu'on choisit de faire. Ça peut être mal. Tuer, c'est quelque chose qu'on doit faire, sous peine de mourir soi-même. Ça n'a rien de mal.

— Foutaises.

— Foutaises ?

— Ouais. Vous croyez que vos victimes vont faire la différence ? « Oh, je suis si heureux d'être la victime d'un tueur et pas d'un meurtrier ! C'est tellement mieux ! » Putain de foutaises. Cent personnes ? Quel genre de monstre êtes-vous *eiginlega* ?

Ce dernier mot doit être islandais. Elle est trop agitée pour garder le contrôle de son cerveau. Je suis moi-même un peu à l'ouest.

— Eh. Qu'est-ce que vous connaissez à la guerre ? Vous n'avez même jamais eu de guerre dans ce... ce pays silencieux et froid. Vous n'avez jamais eu à vivre dehors, dans les montagnes au cœur de l'hiver, sans même une tente ou de la vraie nourriture pendant des jours, tout ça pour finir par retrouver votre père mort, et pour qu'on vous annonce que votre frère a été tué, avant d'aligner devant vous une tripotée de gens et qu'on vous ordonne de tirer. Et vous tirez, vous ne savez pas sur combien de gens vous tirez, vous ne voulez pas savoir, et pourtant, vous voulez tirer sur le plus de gens possible. Parce que...

Je sens que pour la première fois depuis des années, à l'intérieur de moi, des larmes sont en cours de fabrication.

— Parce que la guerre, c'est de la merde, et on y est plongés jusqu'au cou. Personne ne peut dire si c'est bien ou mal, parce que c'est soit COMPLÈTEMENT MAL, soit COMPLÈTEMENT BIEN. Et...

Les larmes ont quitté l'usine. La commande a été envoyée. Elles sont en route. Mais la route est longue.

— Vous ne savez pas. Vous ne savez pas, putain. Quinze putains d'années plus tard, vous ne savez toujours pas si c'était bien ou si c'était mal. C'était juste...

Je fais une pause avant que mon discours ne s'éteigne dans un murmure final :

— ... la merde.

Nous restons assis un moment. La lumineuse nuit qui pénètre par la fenêtre inonde la pièce d'une manière presque ironique. Ce devrait être une scène de pénombre. Les larmes n'ont pas encore fait leur apparition.

Elle regarde ses mains. Elles sont posées sur ses genoux. Elle a des ongles longs, d'une longueur insensée. Ils sont vernis en rose clair. Je me rappelle la main dans la fosse commune du VDM. C'était une main de fille, d'adolescente, et elle avait les mêmes ongles longs. Tandis que nous essayions de finir de combler la tombe, elle ressortait toujours de terre. Nous avions beau la battre avec nos pelles, sauter dessus, sans succès. Elle ressortait toujours, cette petite main blanche et potelée de jeune fille aux longs ongles verts. Elle avait l'air si ridicule. Elle ne collait pas avec les circonstances, elle n'avait pas sa place ici, dans une fosse commune. Les fosses communes, ça appartenait au passé, c'était quelque chose qu'on associait à la Seconde Guerre mondiale ou autre. Les fosses communes étaient peuplées de vieilles dames aux fichus sales et de pauvres gamins de paysans en haillons et sabots. Et voilà qu'il y avait cette main qui nous faisait coucou depuis cette putain de fosse – qui avait plutôt l'allure d'un cimetière, vraiment –, et elle était tellement moderne. C'était tellement une main actuelle. On pouvait presque voir que, deux heures auparavant, ces doigts avaient appuyé sur le bouton « play » d'un Walkman contenant une cassette de Michael Jackson.

Par respect, j'avais commencé à fredonner « You are not alone », psaume parfait pour une tombe collective. Et pourtant, je ne parvenais pas à ce que cette main repose en paix. Après avoir essayé pour la dixième fois d'enterrer cette putain de paume, je pétai un plomb, tirai mon couteau et la découpai avec difficulté avant de la jeter au loin. Ce fut là un de mes pires moments de guerre : tandis que je m'attelais à la tâche, je crus entendre quelque chose sous mes pieds. Quelque chose comme le cri d'une adolescente étouffé par la terre.

— Jolis ongles, dis-je finalement, les yeux fixés sur les mains de Gun-île-dure.

Elle me regarde comme si elle voulait les ensevelir. Dans mon visage.

# 14
# UNE GRENOUILLE SUR UN TOIT GLAÇANT

**22-05-2006**

Mon instinct d'animal balkanique était le bon. Au lieu de me montrer la porte, la fille du prédicateur m'installe un coin où dormir au grenier. C'est assez froid, mais son sac de couchage est bien chaud, et la mezzanine plus sombre que le reste du pays. Il n'y a que deux petites ouvertures : une fenêtre de mon côté et une lucarne rouillée au milieu du toit. Dormir ici n'est pas seulement la punition de la fille du prédicateur pour mes péchés. J'ai dû me rendre à l'étage, car son frère Tristeur est son colocataire en ce moment. Je me demande où il dort. Dans la volière peut-être, au jardin. Nous nous sommes accordés sur le fait qu'il devait rester en dehors de cela. Alors, je m'interdis de faire le moindre bruit quand il se trouve dans la maison. De minuit à l'aube, je fais le mort. « Il travaille comme un fou. Il ne rentre que pour dormir », me dit sa sœur. Le parfait coloc. Il bosse comme opérateur de grue sur un chantier.

« Il ne parle pas beaucoup, non ?

— Il a toujours été comme ça. Et puis, c'est son boulot... je veux dire, il passe ses journées dans les airs, tout seul, à cinquante mètres au-dessus du sol. En plus, ses collègues sont tous polonais ou lituaniens. »

Une fois Tristeur reparti dans les airs, je suis autorisé à me rendre au rez-de-chaussée pour toilettage et petit déj. Ce genre d'exil est en vérité bien plus amusant que celui de Friendly, car c'est du vrai de vrai : un tueur à gages caché dans le grenier d'une jolie fille. Le mieux, c'est que je n'ai même plus à jouer les acteurs. Plus de prêtre américain, plus de peintre polonais. Bien que mon corps ne soit pas autorisé à sortir de cette petite maison, je me sens plus libre ici que lorsque je me baladais en ville avec un col clérical accroché au bout de la laisse de Dieu.

Je suis une Anne Frank connectée au Net. Gun-îledure me prête son ordinateur portable afin que je puisse surfer sur les mers digitales. Je passe mes journées à déterrer mon passé, occupé à la recherche et à la lecture des récits de guerre de mes collègues soldats. Darko Radović est le plus frénétique de tous les blogueurs, probablement parce qu'il a abandonné ses deux jambes à Knin. Dans notre brigade, nous avions perdu cinq vies, six jambes, trois bras et quelques doigts. C'est triste à dire, mais mes frères unijambistes doivent toujours se battre pour survivre. On peut les voir tituber sur leurs béquilles à travers les rues de Zagreb ou de Split, quêtant une *kuna* en tendant leur sébile. Notre gouvernement les a oubliés bien que son pouvoir repose sur leurs membres disparus. J'ai eu la chance de ne perdre aucun membre aux mains des Tchetniks, mais parfois je me demande si je n'aurais pas préféré être séparé de mes jambes plutôt que de mon père et de mon frère. La guerre pose des questions auxquelles la paix ne peut répondre. C'est pourquoi il y aura toujours un nouveau conflit.

Sur le blog de Darko, je trouve une photographie de moi en tenue de combat, un taré euphorique armé d'un AK-47 sur le toit d'un char serbe capturé en 95. Le visage heureux d'un meurtrier en formation. J'ai l'air vraiment stupide. J'ai toujours détesté ces « instants Kodak », ce concept typiquement américain du je-suis-bien-tout-va-bien qui vous force à sourire, les yeux fixés sur un avenir qui ne peut que vous prendre pour un imbécile innocent qui ne connaît rien à rien, qui n'a tué que deux ou trois personnes, mais qui bombe le torse comme s'il avait gagné une médaille olympique. A mes yeux, ça a plus l'air des jeux Olympiques pour attardés mentaux.

Je préfère les clichés d'identité judiciaire.

Je cherche aussi Senka, mon ex, le chapitre manquant de mon existence. J'ai tenté de retrouver sa trace depuis la fin de la guerre, sans succès. Je lui dois un *oprosti.*

Gun-île-dure commence son boulot au café à 10 heures.

— Passe une bonne journée, me dit-elle en me quittant avec un sourire que je garde au chaud jusqu'à son retour.

Au début, j'ai cru entendre « *Glace* une bonne journée ». Mais même elle trouve que 10 heures, c'est un peu tôt pour les sarcasmes. Ma machine à glace. La traînée de mes rêves éveillés. Mon geôlier, mon prêtre. L'après-midi, elle travaille pour le festival de musique local, Airways ou Airwaves, je ne sais pas trop, à répondre au téléphone et à d'autres tâches de bureau. Elle taille la bavette à des pop stars et des célébrités mondialement connues dont on n'a jamais entendu parler.

— Vous avez déjà invité Creed par ici ?

— Crade ?

Laisse tomber. Ça ne marchera jamais.

Elle revient en général entre 19 et 20 heures, les bras chargés de nourriture, un plat thaï ou chinois à emporter qu'elle paye de sa poche. Après le dîner, elle met souvent de la musique islandaise de barjo, faisant son possible pour me présenter des gens comme Mugison, Gus Gus ou la chanteuse à la voix de black, Lay Low. Je lui dis que si elle pouvait s'arranger pour me procurer un pistolet, je ferais des miracles pour la promotion de la musique islandaise. Son rire est un rien offensé. Mais j'ai piqué sa curiosité. Je la regarde fumer tandis qu'elle m'accable de questions, comme une stagiaire à la Maison-Blanche.

— Si l'une de tes victimes appartenait à d'autres « organisations », ils ont dû essayer de te tuer, non ?

Si.

— Et tu en as connu personnellement, des victimes ?

Bien sûr.

Elle est fascinée par mon travail. J'ai enfin une fan.

— Et tu te souviens de chacune d'entre elles, tes victimes, je veux dire ?

— Les professionnelles, oui.

— Pas les victimes de guerre ?

— Non. Les soldats sont flous, mais je suis vraiment fier de mon travail de tueur à gages. Je fais toujours de mon mieux. « Les victimes d'abord », c'est ma devise. J'essaie de leur rendre ça aussi paisible que possible. Presque toutes sont mortes sur le coup. Pas le temps pour les regrets, la colère, ou quoi que ce soit. C'est juste *bam !* et tu es parti. Comme débrancher une machine. Pas de souffrance, rien du tout. Elles n'auraient pas pu obtenir meilleur service. Je prépare toujours ma mission très scrupuleusement : l'endroit, l'heure, l'angle, tout. J'ai étudié le corps humain comme un médecin. Où viser pour obtenir un résultat rapide et ce genre de choses. Si c'était une discipline aux jeux Olympiques, je serais le Mark Spitz du monde des tueurs.

— Et c'est quoi, le plus difficile ?

— Tirer, bien sûr. Tirer en pleine tête, en plein cœur, ou en plein cul, si tu te retrouves dans cette situation. Mais, dans ce dernier cas, il faut s'assurer que la balle file droit dans la colonne vertébrale. Les tirs au cul sont une question d'angle. C'est comme jouer au billard.

— Et donc, il faut, euh… s'entraîner ?

— Bien sûr. Il faut être en forme. J'ai dû arrêter la coke à cause de ça. On doit avoir le cœur bien accroché pour ce genre de boulot.

— Waouh. Et tu fais les comptes ? Des morts ? me demande-t-elle avec ses grands yeux bleus.

Elle est bien branchée en mode Monica Lewinsky.

— Oui. Bon. Je ne les compte pas vraiment. Je me souviens juste d'eux. C'est un peu comme.. Toi, tu te souviens des types avec qui tu as couché, non ?

— Ben, j'ai essayé d'en oublier quelques-uns, dit-elle avec un sourire sexy.

Je ne peux résister :

— Combien, au total ?

— Je ne sais pas. Je veux dire, je ne les compte pas. Quarante, peut-être.

Salope.

— Quarante ?

— Tu trouves que c'est beaucoup ? Mon amie en a baisé, genre, cent quarante.

Et voilà. Tarantino a cent trente-neuf frères de baise en Islande. Il ferait bien de mettre à jour sa liste de Noël.

— Et toi, soixante-sept, c'est ça ? poursuit-elle.

— Filles ? Non, tu veux dire des contrats ? Oui. Soixante-sept. Soixante-sept connards en enfer. Soixante-sept porcs au four.

— Et tu te souviens de chacun d'entre eux ?

— J'essaie de faire honneur à leur mémoire.

— Tu penses à eux ?

— Non. Jamais.

— Tu ne te sens pas coupable ?

— Non.

— Comment est-ce possible ? Tu n'as pas de conscience ?

— Elle est congelée, je crois. Tu ne te sens pas coupable vis-à-vis de certains de tes... ?

— Mes copains de lit ? dit-elle avec un sourire glacé. Non.

— Non ? Tu as eu quarante personnes entre les jambes et tu n'as pas le moindre remord envers eux ?

— Je ne peux pas me le permettre. Je les vois tout le temps.

Stop ! N'en jetez plus ! La croupe est pleine !

— Tu les vois toujours ? Quarante mecs ?

— Je ne les « vois » pas. C'est juste que je les croise dans la rue, des trucs du genre. C'est une petite ville. Ils viennent tout le temps au café.

— D'accord. C'est pour ça qu'ils t'ont engagée ?

De Monica, elle passe en mode Britney :

— Eh ! Ferme-la, tu veux ? On parle de gens qui sont morts, là, et tu voudrais me faire passer pour la grande coupable ! Comme si on pouvait comparer le fait de tuer des gens et leur faire l'amour !

— L'amour et la mort. Aussi importants l'un que l'autre dans la vie.

— L'amour et la mort ? Ce n'est pas une question d'amour. Ce n'est qu'une question de sexe !

— C'est encore plus sérieux.

Elle se lève d'un bond et me hurle :

— OH ! Va te faire foutre !

Puis elle quitte la pièce. Mais elle revient en un rien de temps, comme si elle venait de se rendre compte qu'elle est chez elle et non chez moi.

— Je ne sais pas pourquoi je te garde ici ! Je devrais appeler la police ou Torture ou quelqu'un, mais… Argh ! Lève-toi ! Monte au grenier ! Dégage ! Et ferme ta gueule !

— Désolé. Je suis vraiment désolé.

— Va te faire foutre !

— Oui, je… j'y compte bien. Plus tard. S'il te plaît, assieds-toi.

Elle file dans la cuisine et y reste le temps de fumer une cigarette. Je profite de ces minutes pour fesser mon singe aux yeux verts.

La jalousie est une vieille tante compatissante qui n'oublie jamais de se pointer à mes rendez-vous galants. Elle a toujours été un moteur dans ma vie, depuis que ma petite amie de Hanovre, la fille de l'opticien, m'a largué à la prussienne. Hildegaard était une fille du huitième jour (en tant qu'étranger tout juste arrivé et qui parlait mal allemand, mes chances étaient limitées) qui portait la plupart du temps des cols roulés, jouait au violon avec le visage d'un ange, et n'utilisait jamais de gros mots, mais qui m'annonça, au moment de son départ, m'avoir trompé avec dix-sept hommes. Dix-sept putains d'Allemands. Queue-de-cheval, moustache, et toute la panoplie. C'était supposé me mettre du baume au cœur, m'avait-elle dit.

« Tu devrais être content de te débarrasser d'une...

— ... d'une salope comme toi ? »

Il me fallut sept ans pour enterrer ces connards sous la terre dure de mon âme. Ils m'ont à peine dérangé depuis, mais ils ont rendu mon esprit suspicieux pour l'éternité. Comme Dieu ne le sait que trop bien, j'ai toujours eu des difficultés à être heureux dans une relation amoureuse. Je suis constamment dans la peau d'un putain d'agent secret qui cherche à prouver que sa partenaire fait du contre-espionnage. Et quand il s'agit d'amour, je suis comme un arbitre de football, incapable de profiter du match, prêt à dégainer un carton jaune à la moindre occasion.

Et voilà que je recommence. Tante Jalousie a envoyé Gun-île-dure à la cuisine. Ainsi, la vieille peau a réussi à me suivre jusqu'en Islande. Enfin, on peut difficilement qualifier ça de rendez-vous galant. C'est plus un cours intensif en économie de la tuerie. Introduction à la théorie de l'assassinat. Nous sommes à la fin de notre première leçon. L'enseignant attend le retour de l'étudiante après la pause clope. Elle finit par revenir, les yeux rouges et les joues furieuses. Elle s'avachit de nouveau sur le canapé et allume une autre cigarette. Je la regarde inspirer puis expirer pendant un moment. Elle imite le son de la brise chaque fois que la fumée quitte sa bouche. Enfin, je prends la parole :

— Comment tes parents ont-ils réagi lorsque la police est venue et que le révérend Friendly est parti ?

— Ils étaient sous le choc, bien sûr. Je veux dire, ils t'ont vraiment cru, dit-elle avec un petit rire.

— Et ton père, il était furieux ?

— Je dirais plus décontenancé que furieux. Et puis, il a commencé à rassurer les policiers, il leur a tapoté l'épaule et il a dit : « Dieu le trouvera. Il n'échappera pas à l'œil éveillé du Seigneur. »

Elle rit encore un peu. J'essaie de rire avec elle. Puis, tout à coup, on entend la porte s'ouvrir en bas, et son sourire disparaît. Elle écrase sa cigarette, se lève, attrape mon assiette et l'emporte à la cuisine. Je me précipite en haut de l'escalier rudimentaire et le relève derrière moi. Il est attaché à une trappe qui se referme une fois les marches remontées au grenier. Je rampe sur le sol couvert d'échardes et me glisse sous ma cachette synthétique North Face. J'écoute Tristeur trotter dans l'appartement, pauvre canasson. Il est rentré tôt. Je les entends échanger de pingres « salut » suivis de bruits de chasse d'eau. Puis il demande quelque chose que je devine être « il reste de la bouffe ? ». Elle répond *neï*. C'est « non » en islandais. Elle m'a enseigné quelques mots : *tugthúslimur*[1] signifie « bonjour » et *glæpamaður*[2] « bonne nuit ».

1. En réalité « taulard ». *(Toutes les notes sont du traducteur.)*

2. « Criminel ».

Enfin, nous avons droit à un silence fraternel de trois heures. Ils ne regardent même pas la télé ensemble. N'écoutent pas de musique non plus. Que peuvent-ils bien faire ? Aucun d'entre eux ne quitte la maison. Jouent-ils aux cartes ? Lisent-ils ? A minuit, on entend de nouveaux bruits de chasse d'eau, suivi par le doux son de sous-vêtements en soie glissant sur de jolies jambes blanches. La guerre m'a donné l'ouïe d'un chat.

A 3 heures du matin, je compose le numéro de Niko à New York. Je m'exprime avec une voix de petite souris de grenier, expliquant ma situation. Il écoute un moment, mais lorsqu'il répond il parle comme un aspirant Talien à la télé :

— C'est moi que t'appelles ? Pourquoi tu m'appelles ? Qui t'a donné mon numéro ?

Puis il raccroche. Il me raccroche au nez. Mon bon vieux Niko. Niko Nevolja. C'est une mauvaise nouvelle. Une très, très mauvaise nouvelle. Je peux me considérer comme mort. En tout cas, je dois m'ôter de la tête l'idée de retourner un jour à New York, même pour une minute. Idem pour la Croatie. Putain. Putain de putain de putain de merde.

Je m'endors à 5 heures.

Je suis réveillé à 7 heures par de bruyants coups et des voix murmurées en bas. Je me suis préparé à cette éventualité : couché tout habillé (grâce à la garde-robe de M. Maack), j'empoche mon téléphone et enfile mes baskets en moins d'une seconde. Un instant plus tard, le sac de couchage est planqué dans un coin sombre et le matelas fait le mort sous un carton rempli de livres. J'entends Gun-île-dure perdre la raison en bas :

— CARI GANGUI ?

Sa voix me suit à travers la petite lucarne corrodée au milieu de l'abrupt toit pare-balles. Il fait sacrément froid dehors. Ciel gris, arbres verts et toits colorés de Reykjavik. Celui-ci est d'un beau rouille. Je referme rapidement la lucarne et escalade le toit pentu. J'aperçois le capot blanc d'une voiture de police garée en bas et je discerne la voix d'un agent masculin qui flotte entre rue et jardin. Je passe de l'autre côté, suspendu au faîte par la force de huit doigts. A travers mon ventre, j'entends que les enfoirés sont déjà au grenier, à la recherche de la cachette du cachottier. Un instant plus tard, l'un d'entre eux ouvre cette putain de lucarne. Je ne peux pas le voir, mais lui peut probablement apercevoir mes doigts blancs et frigorifiés. Je dois lâcher le faîte. C'est ce que je fais. Je lâche. Je glisse lentement, très lentement, mon gros ventre croate caressant la tôle glaciale. J'ouvre mes bras et mes jambes, tentant de m'arrêter grâce à mes chaussures à semelle adhérente et à mes paumes moites, le tout sans faire un bruit. Cinq centimètres plus bas, je m'immobilise. Je m'arrête, putain. Etalé sur le toit abrupt et rouge comme une grenouille géante.

# 15
# DÉSARMÉ

**22-05-2006**

Je devrais écrire une lettre de remerciement aux forces de police islandaises. Comment ont-elles réussi à ne pas trouver une grenouille d'un mètre quatre-vingts et d'un quintal sur le toit de la maison qu'elles ont fouillée ? Cela demeure un mystère pour moi. Le FBI devrait y réfléchir à deux fois avant de signer un nouvel acte de collaboration avec eux. J'ai joué au batracien congelé pendant encore une heure glaciale avant de retrouver le grenier. La trappe au sol était ouverte. Je me suis agenouillé devant, comme un danseur étoile sur la rive d'un lac imaginaire, au milieu de la scène, et je m'apprêtais à y plonger la tête lorsque je fis soudain face à une autre, contenant deux lèvres pulpeuses. Elle fut aussi surprise que moi et, après un bref soupir de soulagement, nous échangeâmes un baiser.

Ce fut un baiser étonnamment long, considérant le fait que c'était le premier. Un baiser offert par les Feds.

Et leurs assistants aux casquettes blanches. Une fois nos lèvres séparées, je l'invitai dans mon humble demeure et, en moins de temps qu'il ne faut pour le dire, nous fîmes l'amour pour la première fois sur le duvet North Face – je devenais donc son n° 41. Elle s'avéra être toute la crème glacée dont j'avais tant rêvé. Une crème glacée *chaude*. Elle était incroyable. Mon érection était d'acier et elle était très excitée, elle aussi, hurlant comme une féministe en colère invectivant un violeur tiré de sa voiture vers le palais de justice. Je dus même couvrir sa bouche avec ma main, craignant que la police ne refasse son apparition. Elle me mordit. La bête sauvage arctique. Je fus un peu intimidé. Elle sembla cependant apprécier ma performance hésitante, son corps tremblant de toutes parts comme la main d'un vieillard parkinsonien – ou peut-être était-ce quelque chose qu'elle avait lu dans *Pétasse Magazine*.

Une fois l'affaire terminée, nous demeurâmes comme deux criminels en cavale, faisant une pause pour bavarder.

— Tu es si belle.

C'est moi qui parle, bien sûr.

— Et tu es si...

— Gros ?

— Tu es si étrange.

— Etrange ?

— Oui, tu es si étrange. Je n'ai jamais... Tu viens d'un autre monde. Je n'ai jamais...

— Tu n'es jamais sortie avec un tueur auparavant ?

— Non. Oui. Jamais, dit-elle avec un rire bref. Un type de la mafia...

Je devrais peut-être remercier les Taliens, là. Ils ont vraiment fait du beau travail pour notre image, à nous les mafieux. Si les filles de Manhattan nous traitent comme des citoyens de seconde zone, nous sommes toujours des rois en terres étrangèrés.

— Tu ne m'aimais pas lorsque je jouais au prêtre.

— Non. C'est vrai.

— Je ne suis pas un très bon acteur.

— C'est justement parce que tu étais tellement bon, je crois.

— Tu détestes ton père ?

— Non, me répond-elle d'une voix douce. Mais c'est difficile d'être élevée dans une religion comme la leur. Je n'avais même pas le droit de me teindre les cheveux. « Nous devons respecter l'apparence que Dieu nous a donnée, bla, bla, bla... » J'en avais ras le bol. Il fallait que je m'en aille. Et ça n'a pas été facile. Comme faire son coming out, ou quelque chose dans le genre. Lorsque papa a découvert que je fumais, il a fait venir son ami Torture à la maison pour exorciser les esprits maléfiques enfermés dans mon corps. C'était dingue, vraiment.

— Et il n'a pas réussi ?

— Eh bien, si, en quelque sorte. Je suis passée des Winston aux Winston Light.

Je me gonfle de rire.

— Tu n'as plus beaucoup de contacts avec tes parents, alors ?

— Non. Le moins possible. Je ne vais là-bas que deux fois par an. Pour Noël et pour l'Eurovision.

— Et Tristeur ?

— Tristeur ?

Elle rit.

— Pourquoi tu l'appelles Tristeur ? C'est Þröstur, avec un Þ, comme le *th* en anglais. C'est pas si difficile.

— OK. Désolé. Mais ton père et lui ?

— Oh. Ça va. Papa l'aime bien. Il est calme, habile de ses mains et serviable. Il a bossé comme un dingue pour son studio de télé. Sans être payé du tout. « Le Seigneur le rémunérera au paradis, bla, bla... » Tu piges ? Mes parents sont impossibles, vraiment.

Elle s'en va ensuite chercher sa cigarette post-orgasme. En raison du plafond bas, elle est obligée de marcher comme une bossue vers la trappe ouverte. Ses petits seins gardent le cap (je veux dire qu'on ne constate aucun affaissement) tandis qu'elle se penche sur l'ouverture au sol, mais tressautent pendant qu'elle descend l'escalier. Un instant plus tard, elle est de retour avec son paquet – ses orteils aux ongles peints en rose avançant avec délicatesse sur le sol rugueux – et se rallonge à côté de moi. Ses cheveux blond beurre sont réunis en un petit chignon sur sa nuque. Je les caresse doucement, du front au chignon. Il est dur au toucher et me rappelle un peu la coiffure casque de mon gardien d'immeuble noir à New York, bien que je n'aie jamais rêvé de toucher cette merveille de la nature. J'autorise mes yeux à vagabonder sur son corps blanc et sain, des orteils au bout de sa cigarette, faisant une pause sur son triangle bien taillé et son nombril percé. Elle suçote le filtre à poison.

— Comment dit-on « amour » en islandais ?

— *Kynlíf.*

— Canif ?

— Non, *kynlíf.*

Elle se fout de moi. Ces satanés Islandais ne peuvent jamais être honnêtes, en dehors de ceux à qui Dieu l'ordonne. Il faut toujours qu'ils plaisantent à froid. Ça doit être le climat.

— Et en croate ? demande-t-elle.

— *Ljubav.*

— C'est comme « love », avec un *b*.

— Oui, l'amour bouche bée. Pour vous, c'est l'amour avec le *q*... ou un *k*, peut-être ?

— Je plaisantais. *Kynlíf* signifie « sexe ». L'amour, c'est *ást*.

— Waouh. C'est dur. Comment ça s'écrit ?

— *A* avec un accent, *s*, et *t*.

— AST ? C'est l'Action Scie et Tronçonneuse dans ma langue pro.

— Ça veut dire quoi ? me demande-t-elle.

Je ne réponds pas. Munita s'introduit soudain dans mon cerveau et le remplit comme un ballon. Munita, mon amour. Pardon. J'ai couché avec une autre femme derrière ton cul. Mais ce n'est pas de ma faute, vraiment. S'il y a quelqu'un à blâmer, c'est bien la police locale. Si elle m'avait trouvé, ça ne serait jamais arrivé. Gun-île-dure me raconte que tout le monde sait que les Casquettes Blanches sont des bons à rien, et que l'Islande a sa propre équipe d'intervention appelée l'escadron Viking, mais qu'ils ne sont pas toujours disponibles.

— Il n'y a qu'une équipe. Elle doit être occupée en ce moment.

Je suis un peu vexé, jaloux même. Comment ont-ils pu trouver une mission plus sérieuse sur l'Ile sans Flingue que celle de capturer le tueur au triple pack de six d'un agent du FBI et d'un prêtre à la renommée mondiale ?

— Qu'est-ce que ça peut bien être ?

— Je ne sais pas. Ils font toutes sortes de choses. Peut-être qu'il y a un président en ville, ou bien ils chaperonnent un bal de lycéens dans le Nord.

— Un bal de lycéens ? Les gamins ont des flingues ?

— Non, mais les gamins islandais, quand ils boivent, ils deviennent dingues.

Donc, flingues contre dingues. Je m'estime chanceux d'être tombé sur le révérend Friendly dans les toilettes de JFK. J'aurais pu tuer quelqu'un avec un billet pour Bagdad. L'Islande, c'est le paradis du gangster. Pas d'armée, pas de flingues, pas de meurtres, et pour ainsi dire pas de police. Juste des femmes magnifiques aux noms funky.

— Ce n'est pas Gun-île-dure. C'est Gunnhildur, dit-elle.

— *Gounildour* ?

— Non. *Gunn* ! Tu commences par *Gunn*, ensuite *hildur. Gunnhildur* !

— *Gounnildeur* ?

— Laisse tomber. Je vais t'appeler *Tott.*

— Qu'est-ce que ça veut dire ?

— Tu n'as pas envie de le savoir.

— Tu n'as jamais eu de surnom ?

— Quand on vivait aux Etats-Unis, les gamins m'appelaient *Gunn* et mon père me surnomme encore comme ça, parfois.

— Gun ?

— Non. *Gunn* !

— T'es mon Gun. Celui que j'ai cherché depuis que j'ai posé le pied ici.

Ses lèvres vibrent d'une joyeuse irritation tandis qu'elle expire sa dernière bouffée de cigarette. L'observant, j'ajoute :

— Mon Gun fumant.

Elle est l'opposé de ma Munita. La reine de glace blond beurre et la tarentule tandoori. Je m'avance pour l'embrasser et tombe entre ses bras d'Islande désarmants.

# 16
# L'AMOUR EST AU FRIGO

**22-05-2006**

C'en est fini de ma première semaine d'exil. J'ai beau n'avoir tué personne ces sept derniers jours, en dehors d'un petit chien, il s'agit d'une des plus intéressantes de ma vie. Pendant sept jours et sept nuits, le soleil ne s'est pas couché. J'ai eu cinq nationalités différentes et deux jobs. J'ai fait une apparition à la télé. J'ai regardé l'Eurovision pour la première fois en six ans. Je me suis introduit dans deux habitations, j'ai volé une voiture, trois bières, du pain, du bacon et six œufs. Je me retrouve aussi amoureux de deux filles différentes. Une Islandaise et une Indo-Péruvienne.

Afin d'éviter toute autre visite de la police, j'ai demandé à la blonde de m'acheter un téléphone, équipé d'un nouveau numéro. Puis j'appelle la brune. Je l'appelle toute la matinée, tout l'après-midi. J'appelle son portable, son boulot, sa ligne fixe.

J'envoie des messages. Je laisse des messages. Et des massages.

Je décide finalement de téléphoner au gardien de mon immeuble dans SoHo, celui à la coiffure casque. D'entendre sa voix profonde me donne un sentiment chaleureux mêlé à un soupçon de nostalgie. Le tout ne fait pas bon ménage dans mon estomac.

Il me dit que Munita est venue il y a quelques jours, accompagnée d'un étalon à l'air talien. Ils sont montés. Elle a dit au gardien qu'elle avait la clé de mon appartement. C'est un mensonge. Je ne la lui ai jamais donnée. Mais il l'a crue, il l'a vue tant de fois entrer dans l'immeuble avec moi. Le Talien est redescendu quelques heures de baise plus tard, et elle n'a pas quitté l'immeuble depuis. La salope.

Je le remercie et me hâte de raccrocher pour appeler chez moi. Pas de réponse. Bien entendu. La salope. Baiser des Taliens sur le carrelage de ma salle de bains ! Je devrais téléphoner à Interflora et commander un bouquet de lys toxiques pour une livraison express à mon appart new-yorkais. Pourquoi n'a-t-elle pas pu le faire chez elle ? Pourquoi a-t-il fallu qu'elle aille tartiner mon canapé en cuir blanc de sueur talienne ?

Je rappelle le gardien – j'ai soudain le sentiment qu'il est la seule personne que je connaisse dans la Grosse Pomme. (Je sais bien que j'ai tué la plupart de mes contacts new-yorkais, mais quand même, c'est plutôt triste. Six années semblent avoir été effacées de ma vie.) Je lui demande d'essayer de joindre mon appartement et, si personne ne se présente, de téléphoner à la police ou à n'importe qui. Quelqu'un doit défoncer cette foutue porte et amener cette putain de bonne femme à répondre à ce putain de merde de téléphone.

— Vous avez bien la clé de chez moi ?

— Oui, bien sûr, répond le gardien.

Il me dit de le rappeler dans une heure.

Dans une heure... Putain de merde. Dans une putain d'heure, cet enculé de Tristeur sera de retour à la maison et je ne pourrai pas parler au téléphone. Je dois rester complètement immobile et silencieux ici, dans ce grenier bien, bien froid. Au milieu de l'Atlantique bien, bien froid. Pauvre de moi. Je n'aurais pas dû emmener le n° 66 à la déchetterie. J'aurais dû le finir dans sa voiture. Ses amis n'auraient jamais pu m'approcher avec leurs zooms. C'est juste que sa caisse était vraiment belle. Et elle avait l'air si chère. (Parfois, je me filais un pourboire en filant la voiture de la victime à un mec de Radovan à Jackson Heights, un vendeur très occasionnel de voitures d'occasion du nom d'Ivo.)

Putain de Radovan. La source de tous mes problèmes.

J'écoute Tristeur et Gun-îlo-dure regarder les infos du soir. Lilliput semble avoir son lot de scandales politiques et de célébrités tordues pour remplir une heure quotidienne d'actualités. Ou alors, ils sont en train de dire qu'il ne s'est rien passé aujourd'hui. Pas de meurtre, pas de guerre, rien du tout. Oh, et puis merde. J'appelle quand même. Je ne peux pas attendre demain matin. Je me retourne tout doucement, plonge dans mon duvet la tête la première, le cul en l'air, et murmure à mon bon vieux gardien :

— C'est encore Tom. Vous l'avez appelée ?

— Oui.

— Et ?

— Ça ne répondait pas. Alors, je suis monté.

— Et… ? Elle était là ?

— L'appartement était vide.

— Vide ?

— Oui. Mais il y avait une odeur étrange. Une odeur très forte.

— Quel genre d'odeur ? Une odeur corporelle ? De la sueur ?

— Un genre de… d'odeur corporelle, oui.

— Putain, qu'elle aille se faire foutre !

J'essaie de ne pas hurler dans mon tout nouveau téléphone islandais, tremblant de fureur à l'intérieur de mon duvet en nylon bruyant.

— Alors, j'ai vérifié toutes les pièces, monsieur, poursuit-il.

— Ah ?

— J'ai vérifié toutes les pièces, monsieur… La salle de bains, la cuisine…

— Oui ?

— Toutes les fenêtres étaient fermées. J'ai vérifié toutes les fenêtres. Elles étaient toutes fermées.

— OK.

— Finalement… je ne sais pas trop pourquoi… j'ai ouvert le frigo.

— Le frigo ?

— Oui, j'ai ouvert le frigo, et…

— De la nourriture avariée ? J'ai oublié de la nourriture dans le frigo ?

— Je suis désolé. Monsieur, je ne sais vraiment pas comment vous annoncer ça.

Sa profonde voix de baryton prend une expression encore plus sérieuse que d'habitude.

— Quoi ? dis-je, tremblant d'excitation.

— Il y avait sa tête à l'intérieur, monsieur.

— Sa tête ? Dans le frigo ?

— Oui, monsieur. Sa tête était là, sur une assiette. Le… le visage était tout gonflé, jaune et bleu. Mais…

— Mais ?

— Mais c'était elle. Je l'ai reconnue.

— Sur une assiette ?

— Oui, monsieur. Dans le frigo. C'était assez…

— Juste sa tête ?

Tandis que je prononce ces mots, je prends conscience du fait que Munita est morte.

— Oui, monsieur. Juste sa tête. Je n'ai pas trouvé le reste du corps.

— Mais vous pouviez le sentir ?

— Oui, je crois. Il est sûrement là, quelque part.

— Quel genre d'odeur corporelle était-ce ?

— Quel genre ?

— Oui. C'était une odeur de chatte ? L'odeur de sa chatte ?

Qu'est-ce que je raconte ? Mon esprit tordu de Croate. Je mérite la mort. Oh, Munita. Pourquoi a-t-il fallu que tu me trompes avec un mafioso ? Je t'ai trompée avec une jolie petite souris des glaces. J'imagine que je devrais pleurer, à présent. Ta tête dans le frigo ! Ces adorables lèvres frigorifiées. Ces yeux au regard glacial. Tes cheveux comme des nouilles froides. Et ton corps ? L'ont-ils déjà mangé ? Et ton âme, ton âme décapitée, embrassant ses parents démembrés au ciel. Oh, Bonita…

— Oui, j'imagine qu'on peut dire ça, monsieur. Une odeur de chatte… mais très forte, m'informe le gardien dans mon oreille droite.

# 17
# UN TUEUR EN DEUIL

**23-05-2006**

Je descends. Je n'en ai plus rien à faire. J'ouvre la trappe et déploie l'escalier. Ils se réveillent, bien sûr. Tristeur m'accueille avec son poing, comme si j'étais un simple cambrioleur. J'arrête le coup à la volée, maintenant son bras avec ma main. Il est assez fort, mais il n'a jamais été soldat. La fille calme son frère et me demande ce qui m'arrive, au juste.

— Je n'en ai plus rien à faire.

Elle me regarde, le visage interdit, et Tristeur se tourne vers elle, encore plus incrédule.

— Tu le connais ? lui demande-t-il en islandais, ce qui doit signifier que je ne ressemble plus à un prêtre.

Elle ne répond pas. Il est nu, en dehors d'un caleçon fantaisiste. Homer Simpson me regarde depuis son entrejambe, la langue bien pendue. Gun-île-dure porte un tee-shirt avec l'inscription *Sorry* en blanc. Je suis habillé. J'ai mes baskets aux pieds. Les chaussures de course d'Igor. Gun me suit tandis que je sors de l'appartement et descends les marches, me posant toutes sortes de questions auxquelles je ne réponds pas. J'évite de regarder son visage. Cela me donnerait de mauvaises idées.

Je n'en ai plus rien à faire. Je sors. Bye.

Il est très tôt. Les rues sont encore plus silencieuses que durant le jour. Elles sont au-delà du silence. Cela me rappelle le Village Des Morts. Tout est lumineux bien que le ciel soit couvert. Un nuage brumeux et massif est suspendu sur la ville, à basse altitude, comme un couvercle sur une casserole. Il semble s'affaisser de plus en plus. Il a la couleur gris clair de la glace. Comme toujours, la température est celle d'un réfrigérateur.

Un putain de frigo.

Je cherche une assiette sur laquelle poser ma tête.

Je descends la rue. Je ne sais absolument pas où aller ni quoi faire. Il faut juste que j'aille quelque part. Quand la tête meurt, ce sont les pieds qui prennent le relais. Je suis un poulet décapité qui marche et dont le sang jaillit de sa gorge si, si douloureuse.

Au milieu des maisons, je discerne l'Etang. Un cygne à l'air stupide navigue lentement entre un toit et un réverbère. Ils ont mis sa tête sur une assiette. Pourquoi, putain ? Pourquoi ont-ils fait ça ? Pour m'effrayer ? Plus j'y pense, plus ça sent la cuisine talienne. Dans leur patois, la tête de votre copine sur une assiette veut dire que vous êtes dans la merde, bien profond. Pourquoi ne viennent-ils pas me trouver direct et me tuer ? Pas besoin de leur foutu symbolisme !

Je ne peux pas croire qu'elle soit morte. Ma nana, Munita. Une mort violente aussi éhontée, et de si mauvais goût. Pur respect de la tradition familiale. Ils ont détaché la tête de son corps... Ce corps sacré... La nuit dernière, elle était la fille la plus chaude sur notre planète ; aujourd'hui, elle est au frigo.

Tout comme moi.

J'imagine que c'est ma punition, être enfermé sur l'île de glace. J'imagine que je le mérite bien. Je l'ai trompée. Mais au moins ma tête est toujours attachée à mon corps. Elle a dû me tromper dix fois plus intensément, dix fois plus souvent. S'est fait prendre la tête à force de se faire prendre tout court. Je le savais. Putain de merde, je le savais. Ma petite merveille indo-hispanique n'était pas digne de confiance. Je sais bien qu'on dit qu'aucun être humain n'est entièrement digne de confiance, à part Jésus-Christ et Laura Bush, mais on peut bien espérer que sa copine a pris un abonnement à l'essai à leur club.

Je me rappelle un soir, tandis que nous revenions d'un dîner dans un restaurant classieux de l'Upper East Side, et que la douce brise était aussi chaude que l'air qui sort d'un pot d'échappement. Elle marchait lentement sur les pavés, replaçant la sangle de son sac à main sur son épaule, et je pouvais entendre ses merveilleuses cuisses frotter l'une contre l'autre sous sa robe de satin bruyante. (Munita était une de ces rares femmes qui portent des robes la moitié du temps.) Cette dernière comportait une ouverture triangulaire dans le dos (une coupe dont j'ignore le nom) qui descendait jusqu'au bas de ses reins. Et tandis que les taxis jaunes fonçaient, dépassant son corps splendide et voluptueux enroulé de rouge, mon esprit tordu se cachait à l'ombre de sa robe, juste là, sous l'ouverture triangulaire, à la frontière entre la fesse et la cuisse, se demandant si elle avait eu un autre homme cette semaine-là, ce jour-là, cette année-là...

A l'intérieur du restaurant, nous avions parlé des relations amoureuses en général et nous étions moqués d'un couple bon chèque, bon genre – ou bon chic, bon genre (ou quel que soit le nom qu'on leur donne) –, à trois tables de la nôtre.

« Elle doit avoir une chatte à fermeture Eclair, avait chuchoté Munita par-dessus sa cuillère remplie de soupe thaïe. »

Je n'avais jamais entendu cette expression auparavant. Une chatte à fermeture Eclair ? Ces mots déboutonnèrent immédiatement mon dur amour pour elle. Cette femme, c'était la fille de mes rêves difficiles. Je réglai l'addition avec mon érection et décidai de lui dire que je l'aimais, une fois dehors.

Ç'aurait été la première fois.

Mais alors que nous étions sortis, et que mon esprit était caché au cœur de ses ombres privées, je vis soudain une main entre ses cuisses, une main poilue d'homme mûr, remontant avec doigté le long de sa jambe. L'un des doigts portait une grosse alliance. Ce ne fut qu'une vision, aussi rapide que l'éclair.

Elle se retourna, douce et royale, faisant voyager mon regard du derrière au devant, puis m'offrit son joli sourire, aux lèvres juteuses : cette moue sexy dont elle avait le secret.

« Merci pour le dîner, chéri. C'était génial. »

Un baiser. Et la sirène d'un camion de pompiers à dix pâtés de maisons.

« Il est marié ?

— Qui ça ?

— Le type.

— Quel type ? Le type du restaurant ? Oui. Ils doivent être mariés.

— Non, le type avec qui tu... »

Son beau visage exotique, comme un tournesol contre la circulation animée du crépuscule. Et sa soudaine expression de douleur, comme si quelqu'un venait de la pincer dans le dos.

« Le type avec qui je quoi ?

— Le type avec qui tu sors.

— Le type avec qui je sors ? Je sors avec un type ?

— Ouais. Il est marié ?

— Non. Non, pourquoi est-ce que tu dis ça ? »

Sa voix qui exsude l'innocence. Mais ensuite, les mots qui font du tort :

« Tom, tu sais bien que je ne me taperais jamais un homme marié... »

Les yeux qui clignent devant la bourde. Les lèvres pleines de regret. Puis un monologue empressé débordant de « ce n'est pas ce que je voulais dire ».

J'ai rejoué cette putain de phrase sept fois par jour durant les mois qui ont suivi. J'ai étudié cette putain de phrase comme un archéologue analyse le bord d'un verre cassé trouvé dans les profondeurs du mont Ararat. Qu'est-ce que ça pouvait bien vouloir dire ? « Je ne me taperais jamais un homme marié. » J'ai consulté des dictionnaires, fait des recherches sur Internet, écouté d'innombrables conversations dans le métro, regardé une multitude d'émissions de télé, et pourtant, je n'arrivais pas à comprendre. Mon anglais n'était pas au niveau. Pas à cette époque-là. Toutes les nuances de cette mère de toutes les langues ne m'étaient pas familières. Et pourtant, j'étais arrivé un an avant elle. Mais bien sûr, elle se

« tapait » tous ces hommes, apprenant l'anglais sur l'oreiller, prenant des cours et des corps jusqu'aux aurores, tandis que toutes mes cavalières filaient aux toilettes après le plat principal et plongeaient dans la cuvette avant de tirer la chasse, en mode kamikaze.

A la fin, lorsque cette phrase innocente-oui-oui-tout-ce-qu'il-y-a-de-plus-normale eut survolé mon ciel de Manhattan pendant trois longues semaines, je ravalai ma fierté et m'inscrivis à un cours d'anglais dans une école du soir xénophile à Tribeca. Une des salles de classe, sordide, éclairée au néon et décorée de chaises en plastique fatigué, était remplie de filles supra-contentes du quinzième jour, toutes originaires des Philippines, et de quelques membres masculins d'Al-Qaïda, sans compter la prof, Kaari, d'origine finlandaise, une jolie mocheté rachitique aux longs cheveux blonds, dont je ne pouvais décider si elle était du cinquième ou du vingt-cinquième jour. A la fin du semestre, je rassemblai enfin mon courage, levai la main et demandai à l'enseignante si... disons un certain homme était sorti avec une certaine femme pendant un certain temps et qu'à un certain moment elle lui avait assuré qu'elle ne se taperait jamais d'hommes mariés...

Le verdict fut sans appel :

« Ça veut dire que vous devriez arrêter de sortir avec elle. »

Et la classe éclata. Putain, ils éclatèrent tous de rire, les Philippines aux sourires éternels autant que les frères Ben Laden. Je songeai fortement à amener mon Uzi au cours suivant, mais j'imagine que j'étais trop reconnaissant envers Kaari, qui avait élevé mon niveau d'anglais de vingt étages en trois mois. Voir tous ses étudiants mourir l'aurait probablement déprimée.

Je dois mon aisance en anglais à Tante Jalousie. Elle m'a aussi aidé à gravir l'échelle sociale. Dikan & Co sont toujours coincés au ras des pâquerettes en ce qui concerne la maîtrise de la langue de Shakespeare. « Emmène-moi à voiture. » Cela me mettait dans une position embarrassante (on n'a pas vraiment envie d'avoir l'air à ce point plus intelligent que son patron) et j'essayais la plupart du temps de minimiser mes compétences. Mais Dikan s'en est rendu compte et a commencé à m'utiliser comme son interprète lors de deals importants. J'avais toujours un mauvais pressentiment lorsque Lèchedoigt s'asseyait à côté de moi au Zagreb Samovar, pompant son cigare éteint, les yeux rivés sur moi tandis que j'expliquais notre cas aux Polonais de Chicago. Dikan paraissait toujours un peu suspicieux de mes progrès rapides et se comportait comme si j'avais appris l'anglais en sortant en secret avec l'une des jumelles Bush, passant mes week-ends de congé dans l'Aile Ouest et dînant avec le chef du FBI et sa dame.

Il était loin de savoir que ce n'était que le résultat de mon exploration incessante de la vie amoureuse de Munita, une procédure requérant également un travail d'espionnage qui, j'ai honte de le dire, ne porta aucun fruit.

Mais en déclarant qu'elle ne se taperait jamais d'homme marié, Munita avait indiqué qu'elle se « tapait » en vérité des hommes qui ne l'étaient pas, et son usage du terrible verbe « se taper » sous-entendait qu'elle ne lésinait pas sur le nombre. Munita était une broyeuse de bites, qui visait le haut de la Trump Tower, équipée de ses nénés m'as-tu-vue et de son vagin cisailleur.

Je ne lui fis jamais part de ces sombres pensées. Et oui, je continuai bel et bien de la fréquenter. Je la laissai me faire des gâteries. Je continuai de me la taper. Mais l'amour demeurait à distance, comme un énorme navire de croisière trop gros pour pénétrer dans un port. Jusqu'à maintenant, semble-t-il. Elle est morte, et voilà que je fais dans le sentimental. Je devrais être heureux d'avoir appris le traitement qu'elle a subi, qu'elle méritait. Elle est allée trop loin, jusqu'à mon splendide appartement. Jusqu'au carrelage de ma putain de salle de bains.

A vrai dire, elle a probablement été forcée par la mafia talienne. Sa « punition » n'était en fait qu'un moyen de me punir, moi. La riposte ritale. Au nom de mes soixante-six coups. Lequel ou lesquels ? Peu importe. Cela devait arriver tôt ou tard. Le maître tueur de Manhattan, le triple *six-packer*, le Croate cruel, le seul, l'unique Toxic devait être éliminé. Ou peut-être était-ce un des nôtres ? Niko ? Le Niko de « pourquoi tu m'appelles » ? Le gardien avait dit que Munita était montée avec un « type à l'air italien ». Il pouvait tout aussi bien être croate.

Je comprends.

Ils l'ont tuée. Mes amis et employeurs ont tué ma nana. A présent, je dois en faire le deuil. Je ne savais pas combien elle comptait pour moi jusqu'à maintenant. Elle n'était pas pire que ça, au final. Elle m'apportait des fleurs presque à chaque fois qu'elle me rendait visite. Me donna le massage de ma vie. Et une semaine sur deux, elle me cuisinait l'un des plats préférés de son enfance à Lima : un *ceviche* de requin ou de bar, ou encore de simples et honnêtes *anticuchos*, la brochette péruvienne qui me rappelait toujours notre *ćevapi*.

Elle me manque, putain.

Je vois désormais que sa fameuse réplique n'était peut-être pas si brutale, après tout. « Tu sais bien que je ne me taperais jamais un homme marié », cela voulait simplement dire qu'elle ne se le taperait pas *si* l'opportunité se présentait. Elle utilisait le futur de condition ou quelque chose dans le genre. Mais en même temps... si l'opportunité se présentait, elle se taperait probablement un homme qui n'était pas marié...

Oh, et puis merde. Elle est morte, maintenant.

Je descends la rue et, soudain, je la vois à l'intérieur d'une voiture, cette voiture japonaise garée de l'autre côté, dans la nuit islandaise aussi lumineuse qu'un néon. Elle me fait coucou et sourit, comme lorsqu'elle venait me chercher dans sa petite Honda. Que va-t-il advenir de sa voiture ? De son appartement ? De son travail ? Elle n'a aucun parent. Je devrais probablement appeler son amie Wendy et lui dire...

Soudain, l'énorme nuage humide surplombant Reykjavik atteint mes yeux. Ils se remplissent comme un pull en laine se gonfle de sang après une blessure par balle et, tout à coup, je pleure comme si j'étais victime d'une crise cardiaque. Je ne peux pas me contrôler. Ça sort juste comme ça. Je n'ai pas pleuré depuis qu'on a perdu la demi-finale contre la France, à Paris en 98. Ce connard de Thuram nous a mis deux buts. Je dois m'appuyer contre un petit 4x4 qui demeure silencieux sur sa place de parking et, tel un fier destrier blanc, supporte mon effondrement.

Une dame âgée apparaît au coin de la rue, son vieux chien attaché à une longue laisse. C'est la balade du petit matin. Je lève les yeux et croise son regard. Je dois avoir l'air d'un clodo pleurant sa bouteille. Et pourtant, elle m'observe comme si elle était habituée à voir un mafieux new-yorkais sangloter dans la rue à 5 heures du mat. C'est une fille du trois cent soixante-cinquième jour qui porte un pull à col roulé et un pantalon serré. Cheveux gris, Nike blanches. Elle me fait penser aux femmes de Manhattan que l'on croise sur l'Upper East Side, qui quittent la table du petit déjeuner pour aller s'installer à celle du déjeuner et arborent leur brushing terminal, chaussées de pompes dernier cri. Comme si elles souhaitaient que leur corps soit un résumé de leur vie entière, de l'enfance au cercueil.

Je ne sais pas ce que je fais, mais ma main, elle, le sait : elle se soulève soudain. Ma main se lève, essayant clairement d'arrêter la femme. Elle ne s'arrête pas, son chien, si. Il se précipite entre deux voitures puis saute à travers la rue et arrive de mon côté du 4x4 blanc. La dame, mince, presque athlétique, reste sur le trottoir à tirer sur la longue laisse qui doit faire des nœuds sur le pare-chocs à présent. Ses cheveux gris tressautent tandis qu'elle appelle son chien, mais le petit aime la tristesse : il vient renifler mes larmes, les petites taches sombres sur l'asphalte, comme un junkie en désintox qui tombe sur de la cocaïne lors de sa balade quotidienne dans les bois. Je lève les yeux, et avant même d'avoir eu le temps d'y songer, j'ai posé à sa propriétaire une question qui me surprend encore davantage que mon geste :

— Excusez-moi. Vous savez s'il y a une église dans le coin ?

# 18
# LE REVEIL DES MORTS

**23-05-2006**

L'église est fermée. Elle est située pile sur la rive de l'Etang, revêtue d'une armure et peinte en vert. Cygnes et canards naviguent sur l'eau paisible. Certains d'entre eux semblent dormir, la tête abritée sous une aile.

Coin-coin.

Je m'assieds sur le perron. Quelques mouettes volent au-dessus de ma tête, me hurlant des injures comme des anges avinés. Gun appelle mon nouveau numéro à deux reprises. Je ne réponds pas. Lorsqu'on fait le deuil de son épouse, ce n'est pas à la maîtresse d'apporter son soutien. Un employé municipal aux yeux ensommeillés conduit le long du trottoir sa petite machine orange surmontée d'une boule à facettes. Le monstre bruyant est équipé de balais rotatifs et d'une trompe d'éléphant qu'il utilise pour aspirer les ordures : on dirait un animal sauvage qui se nourrit de déchets. Le conducteur passe devant moi sans me regarder. Oh, mec. Si seulement tu pouvais nettoyer le chemin de mon existence.

C'est un putain de cimetière. Depuis que j'ai quitté l'école, je n'ai pas fait grand-chose si ce n'est y ajouter des croix. Un caillou alourdit ma conscience, comme un calcul rénal, un caillou de la taille d'un rein. Je me lève et commence à marcher. Je marche vers le centre-ville, suivant le monstre déchétarien.

J'ai rencontré Munita au restaurant d'Arturo, la cabane au four à charbon sur Houston and Thompson. Elle était ma serveuse. J'ai été servi. J'y suis retourné sept fois avant qu'elle ne m'autorise à dessiner un sourire sur ses lèvres. Tu parles d'une broyeuse de bites. J'ai dû commander sept pizzas différentes avant de déchiffrer le code de son cœur : olives noires, oignons rouges et roquette. La roquette. Pendant des mois, je n'ai mangé rien d'autre que des burgers à la roquette et des pâtes à la roquette. Trois mois plus tard, nous échangions notre premier baiser. Ce fut un long processus, aussi lent que l'adoption d'une loi importante au Capitole. Pas vraiment ma méthode de chasse.

Je ne comprends toujours pas pourquoi elle s'est tant fait désirer, alors que les célibataires de la Trump Tower n'avaient qu'à appuyer sur le bouton de l'ascenseur. Toutes les trois ou quatre semaines, elle montait d'un étage. Elle n'a pas fait *The Apprentice*. Mais elle s'est fait tous les autres.

Je me tiens au beau milieu de la place centrale d'Islande à 5 heures 02, comme un condamné à mort qui attend l'arrivée de son bourreau et de la foule en furie. Mais il n'y a personne. Rien d'autre que le faible bourdonnement de l'animal orange qui disparaît au bout de la rue. Ainsi qu'un corbeau esseulé qui croasse depuis le sommet de la petite horloge située au milieu du square. Le mont-baleine, de l'autre côté de la baie, est inondé d'une brume grise qui descend jusqu'à ses jolies chevilles bleues. Je m'en vais dans sa direction.

Une petite voiture grise patiente à l'intersection suivante, attendant le passage au feu vert. A son volant, une blonde enrobée du seizième jour. Elle doit se rendre au boulot. Combien de fois me suis-je trouvé dans sa situation, patientant à un feu rouge à 4 heures du matin, au cœur de Trou Paumé Ville, la seule voiture en vue, et Willie Nelson chantant, sur chaque fréquence radiophonique, une ode à toutes les filles qu'il a aimées avant... Je crois que plus de la moitié de mes soixante-six coups ont été tirés avant midi. Le matin est fait pour le meurtre. Personne ne s'attend à être descendu au petit déj.

Je marche le long de la mer. Un mur de protection, composé d'énormes rochers, suit la ligne côtière pour vous abriter de la bête qui repose sous la surface miroitante de l'océan. Mon collègue fou à lier. Le chemin pour piétons est pavé et serpente entre le mur et un boulevard désert. La tête à demi bleue de Munita apparaît devant moi, flottant dans l'air comme une énorme araignée poilue. J'avance et suis le rivage en lui parlant, en me parlant. Je suis coincé sur l'île Frigo ; personne à qui m'adresser à part mes péchés et mes pertes.

Le contrat n° 42 était à l'encontre d'un homme d'affaires malchanceux de Winnipeg, au Canada, qui devait de l'argent à Dikan. J'avais dû grimper quarante-cinq étages pour cette mission et me glisser dans sa minuscule chambre d'hôtel. Alors que je pénétrais dans la pièce, il était en train de faire un truc de yoga complètement dingue sur le lit double – les jambes en l'air, le cul pour ma gueule. Il ne vit pas la mort venir avant que je n'envoie la balle direction son rectum. Putain, c'était juste trop drôle pour ne pas tenter le coup. Mais il n'est pas mort sur-le-champ. Je dus laisser passer quarante secondes d'agonie sur ce qu'il advenait de faire. Je n'avais vraiment pas envie de gaspiller une autre cartouche. J'étais à deux balles de réussir mon triple pack de six. Alors, je restai là, à caresser mon flingue. Heureusement, le Canadien sembla comprendre ma situation. Il fut coopératif. Je le mentionnerais sans hésiter lors de mon discours de remerciement aux Oscars de la mafia.

Dans un effort surhumain, il réussit à se retourner et à ramper à travers le lit imbibé de sang vers la table de chevet. La balle semblait avoir traversé le colon, puis l'estomac et les poumons avant de ressortir à la frontière entre sa poitrine et son cou. Le sang ne cessait de jaillir de dessous le menton. Je me précipitai, pensant qu'il gardait un flingue dans le tiroir. Mais il ne fit que s'emparer de son portefeuille et passa ses derniers instants à regarder des photos de sa femme et de ses trois enfants. Quatre faces canadiennes figées dans la joie. Puis il se noya dans son propre sang, qui coulait de son nez. Une fois que la Faucheuse fut passée, je m'assis sur le lit à côté de lui. Je restai là environ une demi-heure et décidai de me jeter par la fenêtre, pile sur la Sixième Avenue. Mais je ne suis pas parvenu à l'ouvrir, cette putain de fenêtre. Les hôtels modernes...

Je me dis alors que je pouvais utiliser mon propre outil, bien sûr. Mais l'ambition triompha de la dépression.

Plus tard, lors de mon rendez-vous suivant avec Munita, je mentionnai l'idée d'avoir des enfants ensemble, de former une famille. Mary Lou et Bobby Boksic. Je voulais de joyeux visages dans mon portefeuille. Elle répondit qu'elle voulait d'abord atteindre le vingtième étage au boulot. Il lui en restait cinq. Cinq connards célibataires.

Le chemin m'éloigne du rivage, suivant le boulevard vers un quartier biélorusse. Des immeubles bas à ma gauche, un peu plus haut à ma droite. Cela me rappelle ma semaine à Minsk. Niko et moi attendant sept jours dans une chambre d'hôtel que la mallette arrive. A regarder chaque match du championnat du monde de handball féminin. Les filles de Norvège étaient hot.

Il y a quelques voitures à présent. La circulation matinale se réveille, se dirigeant pour la majeure partie dans ma direction, vers le centre-ville. Je n'ai pas de but. Je ne fais que suivre la tête congelée de Munita, qui surgit devant moi toutes les sept minutes, et je croise les doigts pour qu'une voiture de police apparaisse. J'ai atteint le stade qui arrive, tôt ou tard, dans la carrière de tout tueur : le moment où il veut se passer la corde au cou. Le moment où il se met à interpeller ses concitoyens : S'il vous plaît, arrêtez-moi !

La balade me fait passer devant un cinéma (qui diffuse une merde de mafia talienne) et le magasin IKEA local, peint en jaune et bleu. La matinée a bien progressé. Les voitures s'envolent comme des rimes de la bouche d'un rappeur. Mais je suis le seul piéton aux environs. Pas d'autre passant. Aussi, je ne suis pas surpris que le trottoir s'arrête subitement. Je poursuis ma route en longeant la chaussée, piétinant l'herbe sale qui borde l'asphalte. C'est un vrai bordel bétonné devant moi, des cerceaux et des boucles au trafic bourdonnant. Les conducteurs me regardent comme si j'étais Hannibal Lecter en chemin pour son petit déjeuner.

J'en ai ma claque des clamsés. C'est comme si ma tête était un congélo rempli à ras bord : à présent que la prise a été débranchée, tout dégèle comme les ruisseaux au printemps. Un peu comme notre premier jour au VDM. Le matin, tout était calme et paisible, recouvert d'une belle couche de neige blanche, après une nuit folle de fusillades incessantes. A midi, la neige avait fondu et découvert les cadavres.

Le contrat n° 51, c'était celui du Jersey. La maison de famille. Le petit cheeseburger grassouillet et moustachu qui s'était caché dans son petit nid au cœur des forêts de l'Etat du Jersey pendant plus d'un mois. Je demeurai assis dans ma voiture durant deux heures, jusqu'à ce que sa femme et ses enfants aient quitté les lieux. Alors qu'il était au sol, colorant la moquette d'urine et de sang, sa femme revint. Elle avait oublié quelque chose. Sa voix résonna : « C'est moi ! » Elle alla directement à la cuisine, et je me jetai derrière un canapé. Tandis qu'elle fouillait dans les placards et les tiroirs, je parvins à ramper jusqu'à la fenêtre, me cachant derrière les épais rideaux qui tombaient au sol. Je ne voulais pas la tuer, elle aussi. Les mômes qui attendaient dans la voiture, et tout ça. A vrai dire, je n'ai jamais tué de femme. (Enfin, à part les deux vieilles biques au VDM, mais elles avaient depuis bien longtemps cessé d'être des femmes.)

Puis, j'entendis l'épouse pénétrer dans le salon. « Salut, chéri, j'ai juste... » Suivi d'un hurlement à vous percer les tympans.

Je dus rester là pendant une heure avant de réussir à m'échapper. Elle cria pendant une demi-heure et demeura assise encore trente minutes, paralysée, avant d'appeler enfin les flics. J'aurais dû la flinguer aussi. Elle aurait peut-être gagné au change. Au lieu de ça, je finis par me rendre à l'enterrement, surtout pour jeter un œil à la veuve. Elle était hot. Ce qui était top. Les belles femmes ont moins de mal à se remettre de ce genre de choses. Celle-là aurait pu faire partie du casting de *Veuves à gogo* ; constater que six charmants bachelors étaient venus à l'inhumation me mit du baume au cœur. Peut-être avais-je trouvé la fin parfaite à son jeu adultérin.

Ma tête est pleine de têtes. De têtes qui crient et de têtes muettes. Celle, chevelue, de Munita apparaît de nouveau, toujours à environ trois mètres de moi, me faisant accélérer le pas. Je dois bien admettre qu'à plusieurs reprises j'aurais voulu voir sa tête sur une assiette argentée. Et voilà mon vœu exaucé. Elle m'offre un sourire étrange et, tout à coup, je suis pris d'une envie d'embrasser ces lèvres froides et violettes. Mais elle garde ses distances, traversant la bretelle un peu plus loin. Je la suis. Un orchestre de klaxons me joue un air furieux.

Le contrat n° 56, c'était le sosie de Robert Redford, un gars musclé avec une cravate jaune, une mâchoire solide et des cheveux gris. Il lui fallut plusieurs minutes pour mourir, dans l'arrière-salle de notre restaurant. J'eus vraiment la sensation d'avoir accompli quelque chose en éliminant cette face typique d'Américain typique.

Le producteur de porno polonais dans le Queens fut le contrat n° 59. Une journée d'avril au soleil bas et aux ombres allongées. Il me fallut porter un masque, car sa copine était là.

J'escalade une petite butte abrupte et herbeuse sur le côté de la route. Elle m'emmène jusqu'à la passerelle, un modeste pont de béton qui traverse le boulevard que je parcours depuis une heure. Les voitures roulent plus vite par ici.

Le n° 63, c'était le petit Chinois timide sur Canal Street. Il avait l'air si seul qu'il fut enchanté de voir la porte s'ouvrir sur la mort.

Le n° 68, c'est quand je saute de ce putain de pont, faisant mes adieux à Split.

# 19
# L'AU-DELÀ

**23-05-2006**

Je suis presque à quatre pattes lorsque j'atteins enfin la foutue maison. Oui, c'est bien leur maison. Je reconnais le Land Cruiser argenté. Ça doit vouloir dire qu'ils sont chez eux. Je suis le seul piéton dans ce pays. Le saignement a cessé. Mais il me manque une dent. J'ai sans doute l'air d'avoir été crucifié depuis un jour ou deux. Je suis à bout de souffle au moment où je sonne.

Au moment où je sonne ces putains de cloches d'église.

Chic-ridule ouvre la porte et la referme immédiatement sur mon nez cassé. Je resonne les cloches. Le visage de God-mon-dur apparaît à travers la fenêtre verticale sur le côté de l'entrée. La bonne vieille tête de lama aux dents de devant allongées. Il s'agit là de quelqu'un qui a fait du stop jusqu'au cœur de son âme, aussi est-il capable de faire fi du sang, de la sueur et des larmes. Il me reconnaît et ouvre. Nous nous faisons face : l'hyperdenté et l'édenté.

— Qu'est-ce que... qu'est-ce que vous voir ? demande-t-il.

Ce doit être une expression locale.

— Qu'est-ce qui arrive à vous ? Vous êtes tout en sang.

— Hih...

Le fait de parler me fait un mal de chien. Le mini-mot brûle ma gorge et fissure mon crâne. Aussi, je laisse mes yeux se charger de la conversation. (Ils doivent avoir l'air de deux minuscules puits dans un bourbier.) Je suis si heureux de les voir, putain ! J'en perds même l'équilibre et m'écroule à genoux sur leur seuil doré. Je tends la main vers son pantalon et il a un mouvement de recul, sa femme dans son dos. Ma main gonflée et endolorie frôle sa chaussette et je me mets à gémir comme un morse avec une défense brisée.

— God-monhh...

Je ne peux parler davantage. C'est trop douloureux. Je dois mettre God-mon-dur en contact avec mon âme et laisser cette dernière s'exprimer pour moi. Elle a une voix profonde et inaudible, comme Barry White qui parlerait sous l'eau. Je la comprends à peine moi-même, mais cela ressemble à quelque chose comme : «... s'ilffouplaîht, aidez-moih. »

Voilà qui est intéressant. Mon âme compte sur le bon vieux Face de Lama.

Je suis maintenant presque étendu sur le sol du couloir, étalant mes péchés infâmes sur leur carrelage blanc. Regarde-les bien, mon bon pasteur. Regarde bien ces immondices. Empare-toi d'eux et laisse-les brûler en enfer, ou bien emmène-les au pressing de ton bien-aimé paradis.

On considère l'affaire comme délicate – je crois les entendre chuchoter par-dessus ma tête – mais, finalement, je sens mon bon God tendre le bras et refermer la porte. Il m'aide ensuite à me relever et m'emmène dans la salle de bains, à deux pas d'ici. Je peux à peine marcher.

Chic-ridule lave mon crâne endolori et mon visage enflé. J'essaie de ne pas croiser mon reflet dans le miroir, mais ce dernier me murmure que je ressemble à Elephant Man. Je peux à peine voir de l'œil gauche. Mon nez a doublé de volume. Il doit être cassé. Tout comme la dent à gauche de mon incisive. La lèvre supérieure a un air africain. Le plus gros du saignement provient de mon front. Il y a une coupure au-dessus de l'arcade gauche qui s'étend jusqu'au cuir chevelu. Tandis que Chic-ridule rince la blessure, celle-ci se met à briller. Mon bras droit est sourd à la douleur de mon épaule, et je ne serais pas surpris de voir des côtes cassées s'ils avaient un service de radiologie dans la maison. Chaque respiration apporte son lot de douleur. Ma cheville droite semble tordue, comme une serviette humide que quelqu'un essaierait d'essorer, sans succès.

— Vous avez atterri dans un accident ? me demande le prédicateur.

— Hmm-hmm.

C'est comme parler à un dentiste, la bouche pleine de doigts.

— Où ça ?

— Ouature... baragouiné-je à travers mes dents cassées et ma lèvre enflée.

— Un accident de voiture ? C'est terrible. Nous devons aller docteur... à l'hôpital.

— Mais on doit le nettoyer d'abord et stopper les saignements. On ne peut pas l'emmener comme ça dans la voiture, rétorque Chic-ridule, en infirmière expérimentée, tandis qu'elle nettoie soigneusement mon front avec un gant de toilette.

— Non. Pas hôpitahh.

— Pourquoi ? C'est très propre. Nous avons le très bon système santé. Le meilleur dans le monde. Ou peut-être c'est contre les règles de votre église ? me demande God-mon-dur en levant les sourcils.

— Tu sais que ce n'est *plus* le révérend Friendly. Cet homme a *tué* le révérend Friendly. C'est un MEURTRIER, répond son épouse avec le visage de Margaret Thatcher et les mains de Florence Nightingale.

Son mari, moins intelligent, marque une pause avant de préciser :

— Oh, oui. Vous êtes criminel. Nous devons vous emmener à la police aussi.

Je me détourne de Chic-ridule et de son gant pour faire face au juge de mes jours.

— Chil-fous-plaît. Chaufez-moi.

Il me regarde, puis regarde sa femme, puis me regarde à nouveau. Son visage est l'indécision personnifiée. Peut-être croit-il que j'ai vraiment besoin d'être réchauffé. Peut-être ai-je vraiment froid, je ne sais pas. J'essaie de l'aider en appuyant soudain ma laide tête contre son torse (j'entends sa chemise rose et sa cravate bleue hurler à la mort tandis que mon front ensanglanté entre en contact avec elles), l'entourant de mes bras. Il a un mouvement de recul, mais je ne le lâche pas, le serrant encore plus fort. Le geste le moins *Toxic* du monde. Un instant, j'oublie ma douleur et gémis en son sein :

— Chil-fous-plaît. Ils font me tuer. Chil-fous-plaît, che fous en chupplie.

Je sens mari et femme échanger des regards lourds de sens, deux soldats de bonté face au Mal vaincu. Ils parlent un moment en islandais. Je fais le PPB, m'accrochant au corps du prédicateur comme un bébé singe à sa mère. Je vois deux larmes baignées de sang s'écraser au sol. Chacune forme une petite mare sur le carrelage blanc, une mare claire comme de l'eau de roche traversée de stries rouges en mouvement constant, ressemblant à de minuscules fouets.

Sans m'informer de la décision prise, ils m'enroulent de bandages, une vraie momie, et m'emmènent à l'étage, dans mon bon vieux lit. Chic-ridule place un bout de tissu froid sur mon nez. Elle me dit de me détendre, puis ils quittent la pièce.

Maman et papa.

J'essaie de me reposer. J'essaie de donner du repos à mon âme. La douleur physique est toujours là ; prenant sa source en divers points, elle n'est plus à présent qu'une énorme douleur générale, comme un bourdonnement assourdissant dans mon système, mais que j'arrive à ignorer de temps en temps, comme quelqu'un qui vit à côté d'un chantier de construction et finit par ne plus entendre le bruit des pelleteuses.

J'ai sauté trop tard. Merde de merde. J'ai mal calculé le temps que mon corps grassouillet prendrait à parcourir les cinq mètres qui me séparaient du sol. J'avais pour cible un gros camion de livraison blanc, qui était supposé me porter le coup fatal avec son pare-chocs noir. Au lieu de cela, le camion était déjà à mi-chemin sous le pont lorsque je suis entré en contact. J'ai atterri sur le toit, rebondi sans plus attendre contre le mur de béton sous le pont, que j'ai frappé avec la moitié gauche de mon visage avant de retomber l'épaule la première sur la bande d'arrêt d'urgence. Je suis demeuré là quelques minutes, K-O, mais personne ne semblait m'avoir vu dégager comme un sac de linge sale provenant d'un hôpital militaire inconnu. Et personne ne paraissait remarquer le sanglier mort sur le bord de la route. Pourtant, quelques voitures ont ralenti alors que je reprenais mes esprits et me redressais. Tout le monde a dû se dire que j'étais le monstre qui vit sous les ponts.

J'ai continué à marcher. A peine conscient, je me suis éloigné, prenant la même direction qu'avant ma rencontre infructueuse avec la mort. Je marchais sur le terre-plein large et herbeux entre les routes à deux voies. Avec une cheville tordue et un visage ensanglanté. Les gens me regardaient de derrière leur volant, mais personne n'a volé à mon secours. Putains d'obsédées du maquillage et de chirurgiens esthétiques. Il s'est ensuite mis à pleuvoir, et à partir de ce moment je suis devenu invisible.

Alors j'ai poursuivi ma route. Comme l'ours polaire blessé qui prend instinctivement le chemin du Pôle pour y mourir, j'ai continué à marcher sur le terre-plein central. Cela me paraissait sans fin, mais j'ai continué, continué, sans avoir la moindre idée d'où je voulais aller. Les panneaux m'indiquaient que je me dirigeais vers l'aéroport. *Keflavik*, disaient-ils, avec le logo d'un avion vu d'en haut. Bien sûr, je pouvais toujours tenter de m'échapper de ce pays sous l'identité d'Igor et commencer ma troisième vie comme entrepreneur de pompes funèbres à Smolensk, en Russie.

Je suis passé sous sept ponts, devant une enseigne Pizza Hut et un centre commercial bizarroïde en forme de vaisseau spatial que je me souvenais d'avoir vu auparavant. Le terre-plein a disparu et forcé mon épaule à déboîter vers la bande d'arrêt d'urgence. Puis soudain, à ma droite, entre des immeubles de bureaux flambant neufs, j'ai remarqué l'énorme croix bleue peinte sur l'énorme pignon de l'église de Torture, celle-là même que God-mon-dur m'avait fait visiter une semaine auparavant. Cela m'a donné une idée. Cela m'a donné de l'espoir. Je savais que l'impasse du Silence n'était pas très loin. Je savais que les parents de Gun étaient mon seul espoir. De bonnes personnes. Et me voilà, allongé dans mon bon vieux lit comme un fils prodigue.

God-mon-dur ouvre la porte. Son expression est paternelle et sévère. Le teint brique, les cheveux blancs. Sa carnation rutilante est un reste de ses jours démoniaques. Il attrape une chaise et s'assied à mon chevet. Sa chemise est bleu clair à présent. La cravate est rose.

— Bon. Nous avons parlé de ça... parlé de vous. Et il y a deux possibilités. La première, c'est que nous appelons la police. La deuxième, c'est que nous nous occupons de vous. Mais c'est très difficile.

Il marque une pause, soupire et passe sa main droite sur son visage allongé.

— C'est dangereux pour nous.

— Hmm, hmm, dis-je, la voix assourdie par le gant froid.

— J'ai aussi appelé mon ami Þórður.

— Hmm, hmm ?

— Et il dit qu'il peut peut-être vous aider aussi.

Un temps.

— Vous voulez de notre aide ? Vous voulez que nous vous aidions ?

— Hmm, hmm, dis-je, la tête douloureuse.

— Mais nous pouvons seulement faire ça si vous faites une chose.

— Hmm, hmm, hmm, hmm ?

— Vous devez proclamer votre foi en Jésus-Christ et rejoindre notre Eglise du Dieu vivant.

Tom acquiesce.

## 20

# LA THÉRAPIE TORTURE

**24-05-2006 – 30-05-2006**

Si le sommeil est une émission diffusée par l'Eden, il y a de la friture sur ma radio. Je n'arrive pas à dormir. Trop de choses dans ma tête douloureuse qui dégèle. Le suicide raté fait le deuil de la mort qu'il n'a pas reçue. Des camions de livraison se précipitent sur moi à chaque minute. Un instant, je fais l'amour à Munita au beau milieu de la route, le suivant, ses lèvres sont glacées et un pare-chocs me frappe à la nuque. Un instant, je m'occupe du contrat n° 23 et, le suivant, je décore ma maison de pompes funèbres à Smolensk. Je ferais bien de louer un espace avec pignon sur rue et de recouvrir la vitrine de grandes capitales, à l'américaine : *VOTRE CROQUE-MORT PRÉFÉRÉ – Le meilleur ami de la Mort.* Et peut-être ajouter quelques recommandations de clients satisfaits : *Excellent cercueil et manucure appréciable. Grâce à Igor, je vais pouvoir reposer en paix. – Vladimir Fedorov (1932 – 2006).*

Je fais la momie, allongé sur le dos, parfaitement immobile, comme Fedorov dans sa tombe. Le moindre mouvement apporte son lot de douleur. Lorsque God-mon-dur fait son apparition, je lui demande de l'aspirine.

— De l'aspire-haine ?

— Non, de l'aspirine. Des médicaments. Des antidouleur.

— Oh, je vois. Non, je suis désolé. Nous n'en avons pas. Le Seigneur est notre antidouleur.

Et revoilà son stupide sourire. Je suis au pays des amish.

Ils n'ont pas osé toucher à mon jean, aussi, je le porte au lit. Mon téléphone se trouve toujours dans la poche droite et, de temps à autre, j'entends Gun m'appeler. Les vibrations sont tentantes pour le voisin, juste de l'autre côté de la poche, mais je suis trop faible pour ne serait-ce qu'attraper le portable, et même si je le pouvais, je ne voudrais pas répondre. Je ne veux pas qu'elle me voie dans cet état.

C'est, je crois, l'après-midi lorsque Torturc arrive. Il pénètre dans la pièce blanche, avec une petite mallette, comme un médecin. Les cheveux peignés en arrière et les épaisses lunettes à la Lennon n'ont pas bougé. Il me regarde droit dans les yeux et me parle avec la voix impérieuse de Dieu :

— Vous êtes le pécheur de tous les pécheurs. Vous devez le savoir. Vous avez tué le messager des écritures saintes de Dieu, le saint porteur de la Parole vivante. Vous avez commis le pire des crimes. Sommes-nous d'accord sur ce point ? Avouez-vous votre crime et votre péché ?

La momie acquiesce.

— Pouvez-vous, s'il vous plaît, placer votre sainte confession sur votre langue satanique ?

— Oui. Oui, je le confesse. Je suis un pécheur, laisse faiblement échapper Elephant Man à travers ses épaisses lèvres caoutchouteuses.

— Et un tueur.

— Oui. Tueur.

— Vous êtes le véritable assassin du révérend Friendly, notre frère bien-aimé et sauveur de millions d'âmes, que Dieu me vienne en aide ?

— Oui. J'ai tué le révérend Friendly. C'était... pas bien.

— C'était PAS BIEN ? Vous ne méritiez même pas de vous trouver dans la même pièce que lui. Mes chers amis ici présents, Guðmundur et Sigríður, prennent de gros risques pour sauver votre âme damnée. Moi aussi. Nous prenons tous de gros risques. Vous devriez le savoir. Ils mettent leur travail en péril ainsi que leur réputation, leur chaîne de télévision, leur maison, leur voiture, leur *tout*.

Le bon couple se tient derrière lui, les yeux grands ouverts et les lèvres fières.

— Mais sauver une âme pour la faire entrer au royaume des Cieux... Sauver une âme, même la plus pécheresse, telle que la vôtre... Sauver une âme vaut toutes les jeeps, toutes les maisons, tous les emplois du monde. En véritables disciples de la foi du Dieu vivant, ils croient en l'amour et le pardon le plus honorable. Suivant le bon exemple de Jésus-Christ, ils sont prêts à offrir leur amour et leur pardon, même devant le plus vicieux des ennemis. Vous devez être conscient, pour le reste de vos jours, pour le reste de l'éternité, que vous leur devez la vie. Car

Dieu sait que la bonté offerte devant le Mal, au risque de sa propre vie, est un don qui perdure toujours, pour l'éternité. Un don qui ne peut être retourné, que Dieu me vienne en aide. Prions.

Ils prient pour moi et mon âme perdue. Afin de la retrouver, je dois gésir ici pendant sept jours et sept nuits et jeûner. On m'autorise un verre d'eau bénite par jour. Ce n'est qu'en éliminant les besoins du corps que l'âme pourra ressortir, m'assure Torture tandis qu'il recoud la plaie de mon front avec une aiguille à tricoter et un fil épais. Cela me rappelle la fois où mon père avait recousu une petite blessure à ma jambe au fond d'un vieux bus d'écoliers, lors de notre première nuit de guerre. La même concentration silencieuse et déterminée sur le visage large et barbu. God-mon-dur aide Chic-ridule à empêcher le saignement d'atteindre leurs linceuls blanc église.

— Car il ouvrit ses blessures et laissa le sang du Christ, son Sauveur, le Seigneur, couler depuis les cieux jusqu'à sa chair... murmure Torture tandis qu'il fait un nœud sur mon front.

Le jeûne serait supportable si je ne sentais pas leur cuisine en bas. Revoilà l'histoire du parfum et de l'érection. Je prends de petites gorgées de mon verre d'eau, essayant de le faire durer la journée. Torture est un tyran. Il n'y a plus rien dans mon estomac en dehors de la dent cassée, qui ronge ma culpabilité.

Grâce à cela, ma thérapie Torture se déroule plutôt bien. J'ai eu le temps de jeter un œil à travers chaque trou laissé dans la vie des gens. En esprit, j'ai suivi toutes les balles projetées dans la gorge, la tête et le rectum de mes victimes. Pétri de regret, j'ai rejoué ces scènes à l'envers, rapportant les balles à leur source. En faisant cent trous dans ma tête, je l'ai changée en passoire : mes péchés mortels s'en échappent dans un chuintement, mêlés de sang et d'urine, de vomi et de crottes.

La semaine de la purification.

Le septième jour, Gun fait son apparition chez ses parents. Impossible à ignorer. Une dispute maousse costaud entre elle et ses géniteurs est suivie d'aboiements acides qui semblent faire partie d'une conversation téléphonique. Période de crise à Fratrie City. Elle ne viendrait jamais ici sans raison. Ou peut-être suis-je la raison. Après une longue discussion mère-fille, je les entends grimper l'escalier.

Très doucement, Chic-ridule ouvre la porte de ma chambre et fait entrer la belle aux yeux rouges. Par habitude, je rentre mon ventre, bien qu'il n'en ait guère besoin, je crois. Cela fait une semaine qu'il n'a pas été nourri, et la couette de plumes est plutôt épaisse. Gun-île-dure glisse jusqu'à mon lit, l'air un peu surprise par mon costume de momie. Mes yeux se repaissent de son visage, mes yeux affamés qui n'ont rien vu de délicieux depuis une semaine. J'ai très envie de la manger. Sa mère reste près de la porte, son visage sévère me rappelant qu'elle ne me fait pas un cadeau : l'heure n'est pas aux visites. Elle a tout l'air de m'utiliser pour réparer le lien rompu entre elle et Gun. Révéler à sa fille son grand secret pourra peut-être aider à restaurer un peu de respect pour les parents de cette dernière. Le fait de soigner en secret un tueur de flics au nez brisé recherché dans plusieurs pays ne peut que vous rendre plus intéressant. Et ça me va. Je veux bien être leur Sauveur. Waouh. La thérapie a l'air de fonctionner un peu trop bien.

Le téléphone sonne au rez-de-chaussée, et Chicridule disparaît un moment. Nous sommes seuls. Moi et ma Gun larmoyante.

— Salut, murmure-t-elle d'une voix faible.

Le genre de ton que l'on emploie lorsqu'on retourne à sa maison dévastée après le passage d'un ouragan.

— Salut.

— Je t'ai appelé.

— Je sais.

Mon usage de la parole a semble-t-il été restauré.

— Comment vas-tu ? demande-t-elle.

— J'ai faim.

Elle sourit.

— Pourquoi as-tu quitté ma maison ? Que s'est-il passé ?

— Je... J'ai reçu une mauvaise nouvelle.

— Quelle nouvelle ?

— Ils ont tué ma petite amie.

— Ta petite amie ? Qui ça ?

— La mafia. Nous, ou alors les Taliens.

— Non, je veux dire... Tu as une petite amie ?

— J'avais. Ils l'ont tuée.

— OK. D'accord. Tant mieux pour toi.

— Tant mieux pour moi ?!

— Oui. Que tu aies une petite amie. Je ne le savais pas.

— Moi non plus.

— Comment ça ?

— On ne faisait que, tu vois... sortir ensemble.

— Depuis combien de temps ?

— Un an et demi

— On appellerait ça un mariage ici. Combien de temps vous passez à « sortir ensemble » aux Etats-Unis ?

— C'est pour la vie, je crois, mais ça devient un peu plus sérieux à partir de la trente-cinquième année, quand on reçoit le droit d'hériter des biens de l'autre...

Elle rigole un peu.

— Comment s'appelait-elle ?

— Ma petite amie ? Munita.

— Munita ? Elle était comment ?

— Elle était... consistante.

C'est la dent dans mon estomac qui parle.

— Consistante ?

— Oui. Elle... Elle était comme un... un plat de résistance.

La blonde beurre me regarde comme si mes problèmes n'étaient pas que physiques. J'ordonne à ma dent de la fermer.

— OK, dit-elle, humectant ses lèvres-sorbet avec sa langue à la fraise.

— Mais quelqu'un l'a mangée. Ils ont mangé son corps et ont laissé sa tête dans le frigo. A mon intention.

Un court silence, puis elle me demande, comme un médecin vérifiant la santé mentale de son patient :

— Et tu l'aimais ?

— Non. Pas à l'époque. Mais maintenant, j'imagine que oui.

La mort est une drogue d'amour. Je ne savais pas que j'aimais mon père avant qu'il meure.

Gun demeure silencieuse un moment avant de se pencher et de placer ses lèvres juste à point sur les miennes, créant par là l'une des plus étranges sensations de ma vie. En un rien de temps, je dois organiser des négociations entre pénis et estomac. Ces enfoirés affamés veulent tous deux s'accaparer le baiser. Avant que l'incroyable instant ne soit terminé, je parviens à leur faire signer un accord – je me tiens entre eux comme Bill Clinton sur la pelouse ensoleillée de la Maison-Blanche, présidant la fameuse poignée de main entre Rabin et Arafat. Je me demande qui joue le pénis.

Elle replace le pansement sur mon nez.

— Mes parents ont un énorme projet pour toi. Ils sont excités comme des puces. C'est comme si tu étais LE défi de leur vie.

— OK. Je ferais bien de ne pas les décevoir.

— Oui. Essaie au moins de ne pas les tuer.

J'aime bien cette fille.

— Et pour ce qui est de Tristeur et toi ?

— On s'est disputés. Ça a été une semaine dingue.

— OK.

— Je dors ici ce soir. Dans ma vieille chambre, pour la première fois depuis six ans ou quelque chose comme ça. Þórður vient demain.

— Oh ? L'heure de Torture ?

Elle rit.

— Oui. Il va t'emmener à son église.

— Ah ?

— Oui. Tu dois passer les Portes de l'Enfer ou quelque chose comme ça, d'après ce que dit papa.

Sainte merde de Dieu.

## 21

# LES PORTES DE L'ENFER

**31-05-2006**

Thérapie Torture : étape n° 2.

Je me tiens sur la moquette de l'église du barbu, un gros sparadrap sur mon front et une dent manquante. J'ai cependant désenflé, je peux prendre appui sur ma cheville et les cris de l'épaule droite se sont amenuisés. J'ai dû perdre une dizaine de kilos. Pour l'estomac timide, le jeûne est une psychothérapie.

Ils m'ont allongé dans le coffre pour me conduire jusqu'ici. Ces gens-là ont acquis mon plus profond respect. Je n'y pige rien, vraiment, pourquoi se plient-ils en quatre pour l'assassin de leur ami ? Pourquoi ne me jettent-ils pas directement en enfer ? Ou peut-être que c'est ce qui va m'arriver ?

— Les Portes de l'Enfer.

L'église est vide. Mister T est parti dans son bureau. Il revient vêtu d'une curieuse chasuble blanche, et pieds nus. Une ceinture noire est nouée autour de sa taille et, tandis qu'il s'approche, je remarque qu'il s'agit en fait d'une tenue de karaté – karaoké ? une fringue japonaise, en tout cas –, qui lui donne un air de drag-queen à l'attaque : un guerrier va-nu-pieds en robe de femme.

Torture me dit de le suivre dans le vestibule. A la droite de l'entrée se trouve une porte rouge foncé. Nous pénétrons dans une pièce d'environ cinq mètres carrés. Au moins, le plafond est élevé et les murs sont blancs, avec de petites fenêtres en haut. Une colonne blanche est érigée au milieu de la pièce. Le sol est couvert de matelas eux-mêmes recouverts de plastique rouge sombre. L'air pue la vieille sueur.

— Retire tes chaussures, ta chemise et ton pantalon, m'ordonne-t-il en fermant la porte à clé et en allumant la lumière.

Me voilà parti pour un viol viril à la japonaise.

— Comme tu en as sans doute entendu parler, le monde est divisé en deux : le paradis et l'enfer. Entre les deux se trouve la Grande Muraille de Feu. Elle s'étend depuis l'Eden jusqu'à nos jours, des profondeurs de la plus sombre mine de charbon jusqu'au bout des doigts de l'Univers. Aucun oiseau ne peut la survoler. Aucun poisson ne peut nager dessous. AUCUNE ÂME NE PEUT LA TRAVERSER ! hurle-t-il soudain avant de murmurer : Mais il y a une porte.

Il marche en rond autour de la colonne carrée, respirant bruyamment, ressemblant comme deux gouttes d'eau à un psychopathe de film. Je retire la plupart de mes vêtements et les empile dans un coin. Même moi, je peux sentir les sous-vêtements que je porte depuis plusieurs jours : un caleçon Joe Boxers, noir et blanc, de la grande collection de M. Maack. Torture reprend son discours :

— Bien. Tu connais LA PORTE D'OR, n'est-ce pas ? Les gens pensent pouvoir pénétrer par la Porte d'Or. Même le pécheur de tous les pécheurs pense pouvoir pénétrer par la Porte d'Or. Eh bien, non, dit-il, remuant son index.

Il marche très vite à présent, en rond autour de moi.

— Eh bien, non. Les gens pensent aller au paradis ou en enfer lorsqu'ils meurent. Ce n'est pas vrai. ILS Y SONT DÉJÀ ! Tu y es déjà. Tu es soit au paradis, soit en enfer. Il n'y a rien entre les deux. Il n'y a pas à débattre. Il n'y a pas de compromis. Et toi, mon ami, TU ES EN ENFER !!! Et si tu veux rentrer au paradis, tu dois d'abord quitter l'enfer. Afin de pénétrer par la Porte d'Or, il te faut d'abord sortir par LES PORTES DE L'ENFER !

Soudain, il se fait paternel :

— Dis-moi, Tomislav... mon très cher ami Tomislav... Dis-moi pourquoi toutes les belles entrées, comme celles des banques ou des églises, comme celle qui se trouve là, dehors, par exemple... Pourquoi possèdent-elles DEUX PORTES ? Pourquoi ont-elles été construites avec des DOUBLES PORTES ?

— Je ne sais pas. Afin que ce ne soit pas facile de... s'échapper ?

— Afin que l'air extérieur ne se mêle pas à l'air intérieur. La première se referme avant que la seconde ne s'ouvre. C'est un système parfait. Et le même principe s'applique aux DEUX PORTES. Celle en or et celle qui brûle. On ne voudrait pas que l'air calciné de l'enfer envahisse notre paradis à l'air conditionné. Alors, à présent, il te faut traverser

LES PORTES DE L'ENFER ! me hurle-t-il comme un général serbe shooté à la poudre à canon, avant de se jeter sur moi, à la Jackie Chan, gueulant quelque truc de karaté et me lançant son pied droit en plein visage.

Mes lèvres explosent comme s'il venait de frapper un ballon gonflé de sang.

PUTAIN, QU'EST-CE QUE... ? !

Il se précipite ensuite sur moi, par-derrière, s'attaquant à ma nuque de sa main dure comme une brique. Je m'écroule au sol. Le sang tache les matelas. Je suis à demi hors du monde, à demi entre ces putains de PORTES, lorsque le boutefeu biblique m'attrape par les oreilles et y déverse son acide béni.

— ESPÈCE DE FILS DE PUTE BALKANIQUE ! ESPÈCE DE MOINS-QUE-RIEN ! POURRITURE D'ASSASSIN, PORC BOUEUX ! REBUT DU GENRE HUMAIN ! DIABLE DE TOUS LES DIABLES ! ESPÈCE DE TROU DU CUL DE L'UNIVERS !

Il me soulève par les lobes et, d'un coup de son front biblique, me laisse presque assommé, rampant dans mon propre sang, avant de m'asséner un coup de pied dans les parties. Il me frappe de nouveau avant d'écraser son corps lourd sur moi, comme un lutteur en string au Madison Square Garden. Il enroule son bras droit autour de ma gorge et tord ma tête avec son gauche. Putain. Je suis en train de me faire démolir par un prêtre.

Je ne peux pas me laisser faire.

Le bon vieux soldat de l'armée *Hrvatska* se lève tout au fond de moi, comme Tito dans sa tombe, et file au travail. En l'espace d'un instant, ma faiblesse mentale comme physique a disparu. Mon corps affamé acquiert soudain la force d'un sanglier vorace.

Je mords sa main jusqu'à l'os et le projette d'un brusque mouvement de rein. Il atterrit sur le sol, rouge de douleur, et moi sur lui. Je m'apprête à le réduire au silence pour de bon lorsque le camarade Tito apparaît soudain devant moi. Il porte son bon vieil uniforme de général et tient la tête de Munita entre ses mains. Je ferme les yeux et secoue ma tête. Je les rouvre : ils sont toujours là. La tête et le chef. Le chef et la tête. Je resserre mon étreinte sur le cou de Torture, l'image devient plus nette. Je relâche un peu, l'image disparaît. Je serre de nouveau et l'image revient. C'est comme un de ces jouets en plastique qui couinent quand on les presse. Qu'est-ce que ça peut bien vouloir dire ? Le chef de ma vie et la tête de mon amour.

Torture sent ma confusion, reprend conscience et éloigne mes mains de son cou. Tandis qu'il réussit à desserrer ma main gauche, celle-ci fait valser ses lunettes. J'oublie instantanément Tito et retourne travailler ma victime, resserrant ma prise. Avec force et violence, je parviens à faire virer son visage du rouge au violet, du violet au pâle, du pâle au blanc. Je ne lève pas les yeux, je n'ose pas lever les yeux. Mais quelqu'un s'entête à m'emmerder : soudain, le visage de Torture devient celui de mon père. Sans ses lunettes, il pourrait être son frère jumeau. C'est mon père que je suis en train d'étrangler !

Putain de merde !

Je le lâche immédiatement, bondis et me précipite dans un coin, tournant le dos à l'homme, reprenant mon souffle, le sang s'écoulant de mon pif haletant.

Qu'est-ce qui se passe, bordel ?

Sept jours de sauvetage d'une âme n'ont donné aucun résultat. Je finis cette semaine de jeûne en tuant un sanglier. Le ressuscité est à nouveau mort. Etre un double tueur de prêtre ne faisait pas très joli sur mon CV pour le paradis, mais un triple va pour sûr réduire mes chances au néant.

Je passe quelques instants en enfer avant de sentir un mouvement sur le matelas plastifié derrière moi. Le saint animal se relève lentement.

— Tomislav Bokšić...

La voix est brisée mais terriblement dramatique.

— Tomislav Bokšić. Le soldat des Balkans...

Il a bien révisé son sujet.

— Je ne peux pas te battre à ton propre jeu, alors mieux vaut essayer le mien.

Il m'oblige à lui faire face. Les lunettes ont fait leur retour et ses joues ont retrouvé de la couleur, mais sa chasuble, tachetée de sang, n'est pas belle à voir. Il respire un peu. J'en suis heureux.

— Espèce de fils de pute croate ! me lance-t-il avant de me gifler. Espèce de fils de pute croate !

Il m'attrape par les épaules.

— Pour qui tu te prends, hein ? Tu te crois mieux que l'espèce de petit pou pathétique qui rampe par terre dans la cuisine du royaume divin, en exhibant une petite flamme démoniaque sur son dos ? SOMBRE CRÉTIN !

Il me bouscule. Je ne réagis pas. Il me fait marcher à reculons autour de la pièce, ses mains sur mes épaules, ses pieds cafouillant de fatigue. Il m'utilise comme déambulateur. Et parle comme un soûlard :

— Espèce de sombre crétin. Espèce de fils de sombre crétin serbo-croate.

— Croate.

— FERME TA GUEULE !

Il s'arrête. Nous demeurons immobiles. Face à face. Puis il me demande, plus calme :

— Combien de gens as-tu tués ?

— Euh... Cent vingt et des poussières.

— Cent vingt ET DES POUSSIÈRES ? !

— Oui. Je ne suis pas tout à fait sûr.

— Qu'est-ce que tu veux dire ? Tu ne les comptes pas ? Tu ne les comptes pas comme toutes les femmes que tu as eues ? Combien de femmes as-tu eues ?

— Je ne sais pas. Ça dépend si on compte les putes...

— « Si on compte les putes ? » Je n'ai pas toute la journée.

— Eh bien... je ne suis pas sûr... soixante, soixante-dix peut-être...

— Soixante, soixante-dix ? Tu as tué plus que tu n'as couché ? Tu es pire que ce que je pensais.

— Mais je n'ai jamais tué une pute.

— Quoi ?

— Je veux dire... une femme. Je n'ai jamais tué une femme.

— Jamais ?

— Non... enfin, si, certaines personnes pendant la guerre étaient des femmes, mais ce n'était pas un problème.

— Pas un problème ?

— On nous ordonnait juste de tirer. C'était comme chasser le cerf. Il fallait tirer ou se faire tirer dessus. Tel était notre choix.

Une pause. Il me regarde longuement, la respiration bruyante. Puis :

— Tu sais ce que tu as fait ?

— Oui. Je le sais.

— Tu le regrettes ?

— Oui.

— Tu as tué des gens.

— Oui.

— Tu as usurpé le pouvoir de Dieu.

— Vous voulez dire... ?

— Et c'est un péché. Le péché de tous les péchés.

— Vous voulez dire que Dieu... tue des gens, c'est ça ?

— Il crée et tue, il règne et ordonne ! Tu dois obéir et non trahir ! Qu'est-ce que ça fait ?

— Quoi ?

— Qu'est-ce que ça fait DE TUER quelqu'un ?

— C'est... c'est comme...

— Oui ?

— C'est comme... prêcher.

— Quoi ?

— Oui. Ça vous rend fort. Ça vous donne le contrôle.

— Conneries. Tu crois avoir le contrôle, mais c'est toi qui es contrôlé par... Qui était la première ?

— Quoi ?

— Qui était ta première victime ?

— Mon premier mort ?

— Oui. Qui était-ce ?

Aussi vite qu'un missile quitte un porte-avions dans le golfe Persique, mon esprit file jusqu'en bas de la liste – à travers les sols bétonnés et les trappes de fer rouillé, jusqu'au bout du plus profond sous-sol où les ténèbres sont odorantes et les odeurs ténébreuses – et ouvre un vieux cercueil moisi gisant dans un coin sombre et humide.

— Mon père, dis-je.

— Ton père ?

— Oui.

— Tu as tué ton père ?

— Oui.

J'ai tué mon père. J'aurais probablement dû le mentionner plus tôt.

— Tu as tué ton père ?

— Oui.

— Tu as tué ton propre père ?

— Oui. Mais personne ne le sait.

— Personne ne le sait ?

— Non. Je ne l'ai dit à personne. Personne ne l'a vu.

— Personne ne l'a vu ? Dieu voit tout ! Le meurtre, c'est un meurtre, peu importe que... et un père... un père est toujours un père. Comment as-tu pu ? Bon sang de bon sang, comment as-tu pu tuer ton propre père ?

— Je... C'était...

— Oui ? C'était quoi ? Ton sang chaud frappé par la glace du frigo du Diable ?

— C'était un accident.

Je n'en ai jamais parlé auparavant et le simple fait d'y penser, surtout en présence de ce type, suffit à me faire tomber à genoux. Je m'effondre devant lui comme un chevalier à demi nu devant sa reine en robe blanche. Elle le laisse sentir son épée.

— Un accident ? Mais tu l'as bien tué ?

— Oui. Mais...

— Mais quoi ?

— C'était sa faute.

— Sa faute ?

— Oui, parce que...

J'arrive au bout de ma batterie. Comme une dose de poison réglée pour agir quinze ans après ingestion, mon lourd secret s'empare soudain de mon corps et me terrasse. Tout à coup, je gis aux pieds de Torture.

— Quoi ? Parce que quoi ?

— Parce que...

Je suis pris d'une quinte de toux et d'un braillement que je ne croyais pas posséder en moi. Je dois faire penser à un bébé phoque que l'on frapperait avec une batte de base-ball. Il m'écoute un moment puis met fin à la scène :

— Tu as tué ton père. Que Dieu sauve ton âme.

Je le sens poser son pied nu sur mon dos tremblant, comme un général triomphant sur son ennemi vaincu. D'une certaine manière, ce geste semble un peu calmer mes cris. Mais je suis pris d'une faim aussi soudaine que puissante. Bon sang, je suis mort de faim. Je veux me précipiter à l'intérieur de l'église jusqu'à l'autel, et me mettre à grignoter la grosse croix de bois comme un cheval désespéré.

De mon oreille gauche, j'entends un léger son de vent humain. Soit cela sortait de l'arrière-train de Torture, soit c'est le courant d'air de son signe de croix par-dessus mon corps malheureux.

— Que Dieu sauve ton âme, répète-t-il. S'il le peut.

Et qu'il me donne quelque chose à manger. S'il le peut.

# 22

# LA TERRE DE MON PÈRE

**31-05-2006**

Ainsi ai-je quitté les Portes de l'Enfer, transportant le corps amaigri de mon père, avant d'appuyer sur l'énorme Sonnette d'Or. Dieu me fait patienter un moment. J'imagine que ma demande doit être approuvée par le Comité des Cas Extrêmes avant d'atterrir sur son bureau.

Pendant ce temps, Torture m'emmène chez lui, dans une immense maison située sur une colline près de son église, et m'installe dans un petit espace au sous-sol sans fenêtre ; les seuls visiteurs que je reçois sont sa femme et lui. Ils m'affirment avoir trois enfants. Je ne les vois pas, je ne les entends pas. Apparemment, ils passent leurs journées à dévorer la Bible en silence. Tout comme moi. Chaque matin, le prédicateur me donne trois chapitres à lire. « Ou méprises-tu les richesses de sa bonté, de sa patience et de sa longanimité, ne reconnaissant pas que la bonté de Dieu te pousse à la repentance ? »

Thérapie Torture : étape n° 3.

L'arme secrète de Torture, c'est sa femme Hanna. Elle a l'air tout aussi classique que lui : une femme costaude à la peau douce, de jolies rides parcheminées, un buste biblique et une voix plaisante. Elle vaque à ses occupations en silence, porte des tee-shirts incolores et des jupes jusqu'aux chevilles, ses cheveux longs et grisonnants attachés en queue-de-cheval et pas une trace de maquillage. S'il existait une émission de télévision appelée *Miss Mère Nature*, elle recevrait la visite d'une équipe de tournage cent pour cent américaine. On a l'impression que ses cheveux gagnent trente centimètres par jour et qu'elle les coupe chaque soir avant d'aller se coucher. Et que chaque matin elle traie ses seins, plaçant au réfrigérateur la quantité nécessaire au foyer, et donnant le reste au fonds laitier des FCSS, Femmes Carriéristes à Seins Secs. Elle parle anglais avec un accent plus profond que l'islandais. Comme si elle appartenait à une nation de sources chaudes. Elle fait davantage penser à la montagne derrière l'homme plutôt qu'à « la femme derrière l'homme ». Elle est le pays de la bonté chrétienne que son mari, l'ambassadeur aux yeux de feu, représente tant bien que mal.

Le gros défaut de Hanna, c'est son haleine incroyablement fétide, qui jure avec ses incroyablement bonnes vibrations. Cette halitose trouve probablement son origine dans la quantité de frustration biblique qu'elle a dû avaler au fil des années. Ça ne doit pas être facile d'être l'épouse de Torture.

Et pourtant, si elle était la seule femme de notre escadron, et si nous étions coincés en montagne pendant un mois, je rêverais d'elle à partir du septième jour.

Le petit déjeuner consiste en une tranche de pain maison que j'embrasse avant de manger. Ainsi qu'un verre de lait, dont je continue d'espérer qu'il est également fait maison. Le déjeuner est identique, mais il y a toujours de la viande au dîner. De l'agneau, du veau ou bien de l'ânon. Un animal que Torture a abattu dans son garage, j'en suis sûr. Je suis de retour dans le Vieux Testament. Entre les mains de Sarah, femme d'Abraham. Ma chambre n'a pas de fenêtre, mon lit est dur, mon livre de chevet est la Bible, mes journées sont simples et mes nuits de plus en plus paisibles.

La thérapie a l'air de fonctionner.

J'ai éliminé une centaine de contrats. Il n'en reste plus qu'un. Chaque jour, mon ange gardien à lunettes descend et m'écoute pendant une demi-heure. Son désir de violence est biblique. Son regard de fou s'est cependant un peu calmé. Ou bien je m'y suis habitué. Il m'informe de ses méthodes pas très catholiques.

— Je suis ceinture noire de judo et de karaté. Voilà d'où je viens. Je n'ai rencontré Dieu qu'en rencontrant ma femme, alors que j'avais trente-cinq ans. Je dis toujours que j'ai épousé Dieu, ajoute le barbu avec un rire tendre.

Je crois que je commence à comprendre son discours sur la circoncision du cœur. C'est probablement crucial lorsqu'on est marié à Dieu. Il rit encore un peu et ajoute :

— J'ai eu de la chance.

Son rire me semble un rien forcé. Comme si on lui avait enseigné à l'école des prédicateurs à épicer ses discours avec quelques poignées de gloussements çà et là.

— Non. Je ne fais que mettre ma connaissance et mon expertise au service du Seigneur. Nous avons un proverbe en islandais qui dit qu'il faut combattre le mal par le mal.

En réexaminant le désastre de mon existence, calmement et avec soin, j'essaie peu à peu de l'enterrer. D'enterrer mon père comme il se doit. Un artiste m'a un jour dit, dans un petit café miteux de l'East Side, qu'il ne peignait que l'image qu'il ne voulait plus jamais revoir. « Faut sortir les poubelles, mec. » Il était en pleine procédure d'un divorce douloureux, me raconta-t-il, et ne peignait que son ex-femme. D'énormes nus absolument horribles.

Pendant quinze ans, j'ai porté cette chose en moi. Pendant quinze ans, mon défunt père a été l'enfant à naître que j'ai porté dans mon ventre. J'imagine que c'est pour ça que j'ai toujours eu un peu d'embonpoint. En donnant enfin naissance, je peux cesser de vivre comme une autruche farcie de honte. L'accouchement fut terriblement douloureux, mais j'avais une super sage-femme : un prêtre islandais en tenue de karaté. Voici ce à quoi ressemble le nouveau-né :

C'était à la fin de ma première semaine en uniforme. Nous avions été volontaires pour la grande offensive à l'est, Dario, mon père et moi, peu de temps après la chute de Vukovar. Notre mission était de traverser le fleuve Vuka.

Ils ne voulaient pas d'une famille complète au front, alors ils m'ordonnèrent de rester en arrière. « Garde ton poste et tire sur tous les connards que tu vois ! » Je passai la nuit froide avec mon fusil puceau, claquant des dents et surveillant trois tentes et une jeep. Au loin, je pouvais entendre les mitrailleuses se disputer comme de furieux insectes. Par moments, une flamme illuminait les bois sans feuilles. Mon frère et mon père étaient là-bas, à effectuer leur devoir patriotique dans la boue glaciale de la forêt. Je faisais mon possible pour distinguer le bruit de nos fusils de ceux des Serbes, espérant que les premiers réduiraient les seconds au silence. Mais bien sûr, on utilisait tous les mêmes putains d'armes. Quelque part, non loin, un salopard bedonnant reposait son cul sur le matelas confortable des profits de la guerre.

Il se mit à neiger. Les flocons étaient denses et lourds, comme s'ils étaient déjà pleins de crasse. J'en attrapai un au vol avec le bout de ma langue : il avait un goût de limon.

Peu avant l'aurore, j'entendis une voix suivie d'un bruissement dans les buissons. Je réagis instantanément avec mon premier tir « viril ». Je fus surpris de ma réaction rapide et assurée. Un silence lui succéda, synonyme de succès. Et pourtant, par sûreté, je demeurai le doigt sur la gâchette durant une demi-heure, observant les flocons qui tombaient sur le fusil et sur ma main, s'agglomérant en une congère le long du canon et fondant sur ma peau. Puis je crus de nouveau entendre la voix, un faible murmure dans les fourrés. Je fis feu, une seconde fois. Il n'y eut pas de réplique. Mais le faible murmure ne s'arrêta pas. Je demeurai immobile une demi-heure de plus, tirant à deux ou trois reprises, et la voix continuait à me parvenir à travers le feuillage. Alors, je me mis à ramper vers les buissons comme un serpent. Enfin, je distinguai un corps à terre, enfoncé dans les branches nues, et qui parlait tout seul. Il me sembla reconnaître notre uniforme. Je lançai un avertissement avant de me jeter à travers les arbustes, fusil à la main.

Je trouvai mon père, allongé, le cœur qui fuyait. La partie inférieure de son corps était couverte de neige, comme si ses jambes étaient déjà mortes. Son visage était pâle et ses yeux gros comme des œufs dont la coquille se brisa lorsqu'ils m'aperçurent. Il parvint à murmurer la première syllabe de mon prénom ; l'instant d'après, il était parti.

J'avais tiré sur mon père et l'avais laissé agoniser dans les buissons une heure durant, comme un cerf blessé, tandis que sa vie s'évaporait dans un balbutiement. Et lorsque je l'avais enfin écouté, il ne lui restait plus qu'une moitié de mot. « Tom... » Cette chose que j'étais devenu. C'était comme une putain de malédiction.

J'avais accidentellement supprimé la seconde moitié de mon prénom. Et la meilleure moitié de ma vie.

Je restai là pendant quelques minutes, scrutant ce visage si proche du mien. La neige continuait à tomber et je regardais les flocons cesser lentement de se liquéfier et dresser de petites congères autour de ses yeux écarquillés. Je fus surpris de la vitesse à laquelle la chaleur paternelle s'était refroidie. Je ne pus pas le toucher. Je m'éloignai de son corps, laissant ses grands yeux ouverts à l'interprétation.

Je ne pleurai pas.

Lorsqu'ils m'apportèrent les nouvelles de mon père, ils m'annoncèrent que mon frère Dario était également mort en héros. Comme toujours, il avait pris l'offensive quand il avait rencontré son destin. Il avait couru comme un sprinter jamaïcain vers la lance serbe qui fonçait droit sur son cœur. Du pur Dario.

Ils me dirent que mon père avait assisté à sa mort et avait aussitôt pété les plombs. Il s'était jeté sur le corps de son fils et s'était soudain mis à hurler mon prénom, « Tomo ! Tomo ! », avant de revenir en courant vers notre poste sans son fusil.

— Ah ? répondis-je à mes camarades, acquiesçant à plusieurs reprises, comme s'ils m'énonçaient les scores de matchs de football. Et le résultat de la bataille ?

— On a récupéré la rive. Elle est à nous, désormais.

J'ai vu cette putain de rive. Elle est nulle à chier.

# 23
# FABRIQUÉ EN ISLANDE

**06-06-2006**

Les grosses mains de Hanna sont incroyablement blanches. Bien plus pâles que ses bras. Comme si elle portait des gants. Ses doigts longs et forts remuent de manière rapide et silencieuse. On n'entend pas le moindre bruit lorsqu'elle ramasse mon assiette et mon verre. Ma mère est l'exact opposé. Lorsqu'elle faisait la vaisselle, on avait l'impression qu'un groupe de punk rock répétait dans la cuisine. Peut-être que papa n'était pas assez bon au lit. Si c'est la raison, Torture doit être biblique au pieu.

— Vous vous sentez mieux ? me demande-t-elle de sa voix douillette, un vin rouge pour mes oreilles, rance pour mon nez.

— Oui.

— C'est bien.

Pour quelque raison mystique, elle a cent pour cent foi en moi. Je serai « góður », me dit-elle les trois quarts du temps. Cela veut aussi bien dire « bon » que « en bonne santé ».

Encore une fois, je relis le parcours de Saul, le saint homme autodidacte de Tarse en Turquie. C'est la même histoire que God-mon-dur a spontanément racontée à son public lors de ma première soirée en Islande, et elle est devenue le fondement de mon rétablissement, d'après Torture. Je vois ce qu'il veut dire. Tout comme moi, ce mec a changé de nom. Tout comme moi, il a un passé sanglant. Pourtant, il est devenu saint Paul, « le père de l'église ». Je suis sûr de devenir saint Tom, père de quelque chose. J'espère que ça ne sera pas une église, cela dit.

Au cours de la deuxième semaine passée au sous-sol de Torture, Hanna m'apporte une lettre après le dîner. Elle la pose doucement sur mon torse, avec un sourire acquiesçant qui ride la peau autour de ses yeux, et me dit « Lisez-la » avant de réunir en silence les couverts et de remonter, tandis que sa longue queue-de-cheval se balance dans son dos, au-dessus de son derrière solide et rond.

La lettre est manuscrite. Pas de mails dans la maison d'Abraham. Jolie écriture. Encre bleue. *Cher Thordur.* C'est le révérend Friendly qui écrit, depuis sa maison en Virginie, en octobre dernier.

*Laissez-moi d'abord vous remercier pour vos gentilles paroles et votre invitation à visiter l'Islande. La pensée de me rendre tout là-haut, sur votre île exotique au sujet de laquelle j'ai entendu bien des choses fascinantes, est des plus excitantes, c'est le moins que l'on puisse dire.*

*Mon bon ami, le révérend Carl Simonsen, m'a informé de votre excellent travail pour notre Sei-*

*gneur, et j'ai entendu parler de la chaîne de télévision de votre ami Engilbertsson. Bien évidemment, je serais ravi de participer à quelques émissions.*

*J'ai donc d'autant plus le grand regret de vous informer que, en raison de ma situation personnelle, je ne peux accepter votre offre. Le mois dernier, ma femme Judy a été victime d'un terrible accident de voiture et sera hospitalisée pour les trois prochains mois, si ce n'est plus. Comme vous le comprenez certainement, ces tristes circonstances m'interdisent tout voyage pour le moment. J'ai reporté mes vols au printemps de l'année prochaine.*

*Merci de me recontacter en 2006.*

Professionnel, mais amical. Le frère affairé.

Le pauvre. Pour être resté jusqu'à la fin auprès de son épouse, il a été récompensé par sa propre mort. Quelle cruauté de ma part.

La lettre est accompagnée d'une photographie en couleurs, affublée d'un autographe, qui montre la famille Friendly devant une grosse bâtisse blanche – leur église, leur maison, peut-être même les deux. Il y a ma victime chauve au col romain et sa souriante épouse blonde, Judy, à côté de lui, la femme avec laquelle je fus marié pendant deux longues secondes dans la voiture de God-mon-dur au printemps. C'est une demi-beauté du Sud qui pourrait passer pour la mère bien conservée de Laura Dern. Une fille du septième jour. Le couple se tient fièrement derrière deux enfants, un d'environ dix ans et l'autre de huit. Un noir et un blanc. Ce dernier en fauteuil roulant. Comme seules les femmes américaines en sont capables, Mme Friendly a le sourire si large qu'elle ne peut en aucun cas voir l'appareil photo. Elle est aveuglée par l'allégresse. A vrai dire, tous sourient avec le même enthousiasme, comme s'ils posaient pour la brochure du meilleur hôtel au paradis. Le gamin handicapé a un sourire un rien infirme cela dit. Une pointe de déception envers la vie en général.

Je fais le bilan de mes impressions du révérend David Friendly à travers sa lettre et son look. Il ne m'apparaît pas comme un télévangéliste du Sud typique, le sbire du Christ. A vrai dire, il semble sincère. J'imagine qu'il ne méritait pas de mourir à quarante ans. Malgré son homophobie. Le sauveur d'âmes surpasse le faiseur de veuves, à tout point de vue. Sans oublier qu'il a un gamin éclopé et un autre adopté... A présent, ce sont des petites créatures orphelines. Je devrais probablement me proposer pour les recueillir.

Le lendemain, Hanna insiste bien lourdement. Ai-je lu la lettre, ai-je vu la photo ? Oui, oui.

— C'était un homme bien, me dit-elle, avec ses yeux ridés et pas la moindre trace d'accusation dans la voix.

— Il a perdu sa femme...

— Non, répond-elle. Elle a eu un accident et est para... Comment dit-on, déjà ?

— Paralysée ?

— Oui. Elle est en fauteuil roulant.

— Mais God-mon-dur m'a dit qu'elle était morte...

— Non, non. Elle a failli, mais elle se remet bien, je crois.

— Et ils ont deux enfants ?

— Oui. Adoptés. Le plus jeune vient de Gambie. L'autre est en fauteuil roulant, lui aussi.

Sans déconner. L'estropié est également adopté. C'est plus saint que saint. A présent, c'est une famille à huit roues.

— Vous voulez peut-être leur écrire ? poursuit Mme Torture.

Non.

— Oui, peut-être.

— Bien sûr, vous ne leur direz pas qui vous êtes. Simplement que vous connaissiez le révérend Friendly dont vous admiriez le travail, que vous avez eu vent de sa mort et que vous êtes désolé.

Elle marque une pause. Nous nous regardons. Mère Nature et moi.

— Si vous l'êtes.

— Oui, bien sûr que je suis désolé.

— C'est bien. Vous allez mieux.

C'est là qu'arrive le meilleur. Elle me caresse la joue de sa grande main blanche. Avec ses doigts doux et forts. Si c'était un film, je l'attraperais dans mes bras, à la Tom Cruise, et on s'embrasserait comme deux personnes qui mangent leur premier pamplemousse après une semaine passée dans le désert, puis j'arracherais ses vêtements et, en une prise, nous ferions bibliquement l'amour sur mon lit de l'Ancien Testament. Le film aurait pour titre *Trinitatis*, et pour intrigue un triangle amoureux entre un pécheur, un pasteur et sa femme.

— Je pense juste que ce serait bon pour *vous* de leur écrire une lettre.

— D'accord. J'y songerai.

A vrai dire, je devrais aussi écrire aux soixante-six autres vouves. Leur envoyer une lettre d'excuses standard.

*Chère Madame ________,*

*C'est avec grand regret et un certain degré de tristesse que je vous écris pour vous informer que c'est moi qui ai tué votre mari. Bien sûr, je suis conscient que rien ne peut remplacer l'amour de votre vie, et que, aussi profond que soit mon regret, cela ne pourra jamais le ramener à la vie.*

*Je souhaite cependant tenter de vous faire comprendre ma situation. Lors de l'extermination de votre mari, j'étais un tueur à gages professionnel pour le compte d'une certaine organisation nationale. Tuer était mon métier. Entre les années 2000 et 2006, j'ai tué soixante-sept hommes. Votre mari n'était que l'un d'entre eux.*

*M. ___________ était le contrat n°__.*

*Je peux vous assurer que sa mort fut une des plus mémorables sur ma liste. Votre mari était un homme bien. Il est mort dans la dignité et ne s'est absolument pas plaint de son sort.*

*J'ai néanmoins l'immense plaisir de vous informer que j'ai décidé de tracer un nouveau sentier dans la forêt de la vie. A partir de mai 2006, je quitte l'industrie de l'homicide. Tirer sur des gens est certainement l'un des emplois les plus difficiles qui soient. La pression physique et la tension psychologique sont très élevées. A présent, j'en ai simplement assez.*

*Je peux dès lors vous assurer, au cas où vous auriez rencontré un nouveau partenaire (et si c'est le cas, je tiens à vous en féliciter), que je ne tuerai pas une nouvelle fois votre mari.*

*Mes amitiés,*

*Tomislav Bokšić*

C'est la dernière fois que j'utilise le nom de mon père. Il est mort, à présent. Ma tentative de suicide n'aura pas été un échec complet.

Le nouveau moi est accompagné d'un nouveau nom. Après avoir tué deux pasteurs, je suis baptisé par deux autres.

— Bonjour, monsieur Olafsson ! s'exclame God-mon-dur, apparaissant soudainement à la fin de ma deuxième semaine de planque.

En souriant de toutes ses dents, il me tend un passeport islandais flambant neuf avec ma photo et mon propre numéro islandais de sécurité sociale, le *kennitala*. Je suis ressuscité sous le nom Tómas Leifur Olafsson. Les deux prédicateurs se gondolent en me regardant essayer de le lire. Ils ne peuvent pas s'arrêter. Je ne sais pas exactement pourquoi, mais ils trouvent ça extrêmement drôle.

— Tómas Leifur Olafsson ! Félicitations ! Vous êtes islandais à présent ! Vous devez apprendre islandais ! crie, ou presque, God-mon-dur.

J'examine le passeport. Il a l'air authentique. Encore mieux que celui d'Igor, de fabrication chinoise.

— Comment avez-vous... ? Où vous l'êtes-vous procuré ?

— Il a été fabriqué en Islande ! C'est du fait main !

God-mon-dur ne peut contrôler sa joie ni dissimuler l'immense fierté qu'il ressent d'avoir été capable de donner naissance à cet objet illégal.

— J'ai un ami dans la police, dit-il avec un clin d'œil et un sourire idiot. Et un autre dans un parti politique.

J'ai envie de m'échapper en courant et de pisser de rire, littéralement. Il n'y a rien de plus hilarant en ce bas monde que voir des saints hommes commettre des actes illicites.

Ils sont près d'un nouveau fou rire lorsqu'ils me prient de prononcer mon nouveau prénom. « Thomas Les Fours » est ma première tentative, qui me paraît logique. Apparemment, c'est plus du genre « Tôt Mâche Levure ». Ils me le font répéter une dizaine de fois, avant de mouiller mes cheveux post-Friendly d'eau du robinet que Torture bénit d'une prière et d'un sourire. Ils s'éclatent.

— En vérité, tu devrais t'appeler Tómas Leifur Bogason, m'explique Torture. C'est la traduction directe de ton nom croate, et ce fut longtemps la tradition, ici en Islande. Les immigrants étaient forcés de prendre un nom islandais qui était en général une traduction ou une transcription de leur nom d'origine. Mais on ne veut pas prendre de risque inutile, n'est-ce pas ? Alors, on a eu l'idée de ce nom. Olafsson signifie « fils d'Olaf », qui est le nom de notre président.

C'est-à-dire son prénom. Ces gens-là n'utilisent pas de nom de famille. Les Islandais ont maintenu la tradition viking qui veut que les enfants portent un patronyme dérivé du prénom de leur père. Si j'avais des enfants, ils seraient honorés d'un nom cool et accrocheur : Tómasson (pour un garçon) ou Tómasdóttir (pour une fille).

Je supplie mes chers pasteurs de me fournir une version allégée de ma nouvelle identité et, après réflexion, ils m'affublent du sobriquet Tommy Olafs.

# 24

# HÔTEL TURBIN

**13-06-2006**

Pour aller avec mon passeport illégal, ils m'installent dans une habitation clandestine près de l'église de Torture. C'est une bâtisse assez récente qui accueille un magasin de meubles classieux au rez-de-chaussée et des travailleurs immigrants crasseux au premier étage.

Je pénètre dans l'*underground* islandais. J'ai l'impression que mes saints amis et moi-même avons échangé nos rôles. Le pote politique de God-mon-dur, un type au gros nez et dépourvu de cou nommé Godnie, a le regard de la mafia internationale, quelque chose d'assez difficile à expliquer à un lecteur innocent, mais que son collègue ne peut que remarquer. Voilà des yeux qui ont tout vu de la vie et une partie de la mort.

Sortant de son 4x4 noir et accidenté, il se précipite vers l'entrée : un homme rondouillard et négligé dans la cinquantaine, portant un coupe-vent bleu foncé qui semble trop grand mais qui, à y regarder de plus près, a juste les poches gonflées de clés (et de flingues ?). Il en tire une dizaine et en essaie trois avant de trouver la bonne.

God-mon-dur fait les présentations, l'air un peu ridicule, comme un père tout fier qui recommande son fils à un célèbre entraîneur de football. God-nie m'observe une seconde, l'œil morne, et murmure un « salut » tout islandais avant de pénétrer dans le vestibule glauque noyé de catalogues publicitaires colorés et piétinés et de journaux locaux qui n'ont pas été ouverts. Nous le suivons dans l'escalier puis dans un couloir long et rudimentaire, avec une porte tous les quatre mètres et demi, à gauche comme à droite. La hauteur de plafond est importante mais les murs de séparation, mesurant à peine trois mètres, ne l'atteignent pas.

A l'extrémité du couloir, quelques hommes aux yeux rouges, aux sourcils noirs et aux cheveux décorés de petits morceaux de béton sont assis dans une cuisine étroite, bière en main. Un téléviseur miniature repose sur le plan de travail à côté d'un micro-ondes qui a connu des jours meilleurs. L'écran diffuse une histoire de meurtre amateur, mais les ouvriers ne le regardent pas. God-nie les réveille avec quelques mots en langue mafieuse.

Pointant du doigt le couloir que nous venons de traverser, un des ouvriers lui répond en anglais avec un accent slave prononcé :

— Numéro trois, à droite.

C'est ma cellule. Le fils du président doit se contenter d'un hangar construit pour accueillir des pièces détachées et divisé en cabines-à-dodo par des cloisons aussi épaisses qu'une feuille de papier. Le lit consiste en un futon monté sur des restes de briques avec pour pieds des morceaux de bois sciés. Il n'y a rien d'autre dans la pièce, en dehors d'une vieille chaise de bureau miteuse, d'une lampe sans ampoule ni abat-jour et d'une cuillère argentée et esseulée gisant sur le sol crasseux. Le mur qui fait face à la porte est en fait une énorme fenêtre surmontant un radiateur rectangulaire. J'ai pour vue un bâtiment similaire à celui-ci, avec des magasins au rez-de-chaussée et un parking devant. God-mon-dur jette sur le lit un sac en plastique noir qui contient des draps et dit à son ami « C'est bon » avant de se tourner vers moi avec son sourire de ressuscité :

— Tu sais que tu peux venir à la maison pour manger, laver tes vêtements ou regarder la télé.

Une invitation que je n'ai jamais reçue de mon père.

God-nie me donne la clé ainsi que son numéro de portable à un milliard de dollars au cas où il y aurait un soulèvement dans les baraquements, ou une prise d'otage de quelque sorte. Je ferais bien de ne pas dire à ces étrangers qu'ils partagent leur toit avec le fils unique du président d'Islande. Je devrais probablement demander à mon bon God de bénir rapidement le bouge, mais les Affranchis ont tôt fait de quitter les lieux. Ainsi débute ma nouvelle vie.

Elle commence avec un petit sac de sport et une grosse bible.

Mes codétenus viennent de Pologne et de Lituanie, je fais aussi la connaissance d'un Bulgare aux épais sourcils noirs mais aux cheveux clairsemés qui s'appelle Balatov et qui m'a tout l'air d'être un collègue tueur. C'est le bon vieux Pacte de Varsovie. Notre unique salle de bains a été baptisée le Mausolée. Selon les règles de la maison, on y va pour voir soit Lénine (petite commission) soit Staline (grosse commission). Le camp lui-même est surnommé « l'hôtel Turbin ». En général, tous reviennent à l'hôtel aux alentours de 23 heures et repartent à 7 heures, soupirant dans le couloir en enfilant leurs chaussures aux coques d'acier.

— Je suis pas Sept-à-Onze, m'informe Balatov.

Il passe ses journées à la maison à écouter du rock de rideau-de-fer sur sa petite radiocassette et à regarder la télé dans la cuisine, injuriant tout ce qui apparaît à l'écran dans sa langue natale. Je dois prendre garde à ne pas lui montrer que je comprends certains de ces mots.

L'homme de la mer Noire souligne ses origines par un pull noir, une barbe noire, des cheveux noirs et des sourcils noirs surmontant deux petites mûres. Il est du genre à broyer du noir.

— L'est noire, me dit-il dans son anglais à trente mots lorsqu'une femme noire apparaît occasionnellement au milieu d'un feuilleton plus-blanc-que-blanc. Je baise noire. L'est bon.

Je plonge dans le frigo, la main tendue vers ma brique de lait blanc.

Le jour durant, nous sommes seuls, lui et moi. Balatov et moi. En plus de communiquer ses préférences sexuelles six fois par jour, il sent le crottin de cheval mariné au pétrole. Ajoutez à cela que chaque occasion est prétexte à faire de vous son bras droit. « Je te montre photo noire. L'est dans la chambre. Viens. » C'est comme être coincé avec un tigre sur un petit bateau au beau milieu de l'océan Indien. Chaque mouvement doit être réfléchi. Je récupère silencieusement mon déjeuner à la cuisine et ne vais voir Lénine que lorsque la radiocassette m'y autorise ; je passe des heures dans ma cellule à tenter de séparer les écrits des prophètes du son merveilleux des *100 Meilleurs Titres du heavy metal bulgare.* En un sens, ces groupes ambitieux pourraient aussi bien venir d'Arkansas ou d'Equateur. Tous les rockeurs chevelus du monde ne semblent appartenir qu'à une seule nation qui s'étend sur la planète entière. Les juifs de demain.

Mais Monsieur Mer Noire ne semble pas prendre mon PPB pour argent comptant. Il frappe à ma porte. J'ai le réflexe pavlovien de chercher mon flingue. Il me manque, comme la serpillière manque à la femme de ménage.

— Tu as mousse arrachée ? me demande-t-il.

— Mousse arrachée ?

— Mousse arrachée. Pour barbe.

— Ah. Non, désolé, je n'en ai pas.

— Je vais racher vissage.

— C'est bien. Tant mieux pour toi.

— Toi Islande ?

— Eh bien... En partie. Je suis en partie islandais.

Ce pays m'aspire comme le trou noir des cratères qui en parsèment la surface. L'hiver venu, je me réveillerai avec une gueule de boule de neige et un nez en forme de galet.

— Toi pas travailler ?

Et la suite, c'est quoi ? Il demandera à contrôler mon passeport ? Il me pose des questions sur God-nie et God-mon-dur. Je donne des réponses brèves, les yeux fixés sur le haut de son crâne. Qui apparaît au milieu de ses cheveux noirs comme la tête d'un bébé s'échappant d'un vagin bien touffu.

— God-nie et prêtre est amis ? dit-il avec un petit rire plein de satisfaction, comme si c'était là ce qu'il cherchait, avant de revenir à sa couleur préférée : Tu baises noire ?

— Euh... oui. Oui, ça m'est arrivé.

— L'est bon ? répond-il avec un sourire dégueulasse qui se transforme en rire vicieux. L'est bon !

Il rit jusqu'à retourner à sa cellule.

— Noire, l'est bon !

Je demanderai à Torture si sa thérapie m'autorise un dernier petit meurtre.

Le samedi soir, God-nie apparaît avec un carton rempli de bouteilles de vodka qui hurlent « CONTREBANDE ! ». Il le place sur la table de la cuisine, avec l'air d'un propriétaire foncier du sud des Etats-Unis au XIX^e siècle, le genre qui sait faire plaisir à ses esclaves, puis se contente de soupirer à travers son gros nez, l'air occupé, avant de s'en aller avec son coupe-vent bruyant. Je me prépare pour une nuit sans sommeil, mais il ne se passe rien avant le lendemain. Le dimanche matin, les Polonais se lèvent tôt, tétant le contenu de la boîte comme des sauterelles sur une canne à sucre. A midi, ils chantent leurs tubes de polka à tue-tête dans la cuisine et appellent un certain Tomasz.

Je fais le mort tandis qu'ils frappent à ma porte. Mort comme je voudrais l'être.

Ils trouvent ça étrange qu'un *Islandski* vive dans un endroit pareil. L'hôtel Turbin n'a jusqu'à présent accueilli que des étrangers. Pour eux, je dois être comme un officier SS qui prend volontairement une chambre à Auschwitz. J'essaie de calmer le jeu en leur racontant que je ne suis islandais qu'à vingt-cinq pour cent, et invente la longue et ennuyeuse histoire de mon père, à moitié islandais et originaire de Fresno en Californie, M. Chuck Olafsson, qui a rejoint l'armée et mourut au cours d'une petite guerre dans les Caraïbes sous Reagan (« c'était un tir amical, une triste histoire »), et d'une mère allemande qui a plus tard épousé un prêtre croate – tous deux vivent désormais à Vienne.

— Vous connaissez le Rapid Vienne ? leur demandé-je.

— C'est club football, non ? Ils jouent contre Legia Varsovie l'année dernière. C'est club à toi ?

— Oui. J'avais dix ans quand mon père est mort ; après ça, nous avons emménagé en Autriche. C'est là-bas que j'ai vécu, depuis.

Je fais le vide un moment dans ma tête. Pourquoi ai-je choisi Vienne ? Je n'y suis allé que pour un week-end. Mais j'y ai reçu mon MMM, Meilleur Moment de Massage. Une Hongroise, vingt ans selon ses dires, plutôt cinquante selon son apparence, avait promené ses gros seins le long de mon dos ; un sentiment divin, comme s'il s'agissait des couilles de Dieu, ou un truc du genre. Je me ressaisis et finis ma bio :

— A vrai dire, je n'ai jamais vécu en Islande auparavant.

— Mais tu parles islandais ? me demande un des trois Polonais.

Ils ressemblent tous à des soldats de la Seconde Guerre mondiale. Ils pourraient être les figurants d'un film oscarisé, en noir et blanc, assis à l'arrière d'un camion militaire, près d'exploser à la scène suivante.

— Juste un peu. Ma mère... Non, ma grand-mère me parlait islandais quand j'étais petit.

Je suis allé trop loin. L'un d'eux disparaît un moment et revient avec une missive en islandais, pleine de lettres folles – un *I* enceint, un *a* qui fait l'amour à un *e* –, et me demande de la traduire pour lui. Je l'emporte dans mon box et passe un rapide coup de fil à Hanna. J'en ai pour une éternité, cela dit, rien qu'à lire les mots illisibles. La lettre se révèle être une invitation à l'inauguration d'un bâtiment sur lequel le type a bossé. Il dit qu'il ne peut pas y aller, trop occupé à travailler sur un autre chantier. Les Sept-à-Onze sont de vraies machines à turbin. Leurs corps sont tellement habitués à se coucher à minuit et à se lever à 6 heures qu'ils sont incapables de dormir le dimanche matin. Donc, ils ne peuvent pas se bourrer la gueule le samedi soir et doivent reporter la cuite au lendemain, de à 7 heures du mat à 11 heures du soir.

# 25
# CHEZ GRANNY

**17-06-2006**

Ce doit être l'influence de Balatov : au bout d'une semaine au Turbin, je n'arrive à penser à rien d'autre qu'au sexe. Mes heures passées à la lecture de la Bible sont bondées de souvenirs, de fantasmes et de rêveries. Parfois, elles entrent en collision et forment Senka, ma petite amie de Split. Ma merveilleuse petite amie de Split. Sa tête jaillit encore et encore de l'étang poisseux qui recouvre mon inconscient. Je rêve d'elle pendant trois nuits consécutives. C'est assez étrange, car elle n'a pas hanté mon esprit depuis des années, bien que je fasse une recherche sur son nom dans Google de temps à autre.

Senka, c'était l'éclate, c'était la folie, avec ses seins triangulaires qui pointaient à l'est et à l'ouest et ses cheveux noirs et courts qui pointaient en haut et en bas. Elle avait une grosse tache de naissance noire sur la joue gauche qui lui donnait un petit air de

Brooke Shields. Ses lèvres étaient généreuses et douces, ses joues assez dures et anguleuses. On avait toujours envie d'appuyer dessus avec un doigt. Malgré ses fossettes, elle était un peu masculine.

Elle avait une sœur bien plus âgée et sa mère moustachue était assez vieille pour être sa grand-mère. Son beau-père était un poète, un poète très, très sérieux et très, très méconnu. Senka connaissait de nombreux poèmes par cœur et m'en récitait parfois. Je ne sais pas pourquoi, mais je me souviens toujours de celui-là, écrit par un des amis de son beau-père :

*Svatko tko je putovao zna da se jabuke*
*nigdje ne jedu*
*kao na ulici i trgu nekog stranog grada.*[1]
(Quiconque a voyagé sait que les pommes
Ont meilleur goût dans les rues
d'une ville étrangère.)

A présent, les deux vers ne charment que ma bite, qui se lève dans son repaire, à l'écoute. (Le Bâton-d'en-Bas a l'ouïe fine pour la poésie.) Je passe mes journées entre les cuisses robustes de Senka, presque viriles, à me remémorer sa manière maladroite de danser ou à ressasser les matins passés à faire l'amour sur une plage de Brač. L'eau bleue et calme, les galets bruyants et blancs, son sourire pervers...

Je ne comprends pas, vraiment. Je suis maintenu en otage par Senka. Par le bon vieux sexe solide à l'ancienne de l'avant-guerre. Le sexe national yougoslave.

1. Extrait du poème « Liberté » de Danijel Dragojević.

L'entrejambe de Senka était le plus poilu de toute l'Adriatique. (J'ai toujours été branché buisson. Pour moi, l'idée d'une chatte chauve, c'est comme un steak sans sauce.) Elle en souffrait, d'après ce qu'elle me disait, mais je faisais mon possible pour la convaincre que poilu n'était pas synonyme d'exclu, que l'épilation à la brésilienne était au sexe ce que la nouvelle cuisine française était à la nourriture. Un manque de putain de sauce.

Je me réveille avec elle au-dessus de moi et, avant de m'endormir chaque soir, j'enfouis ma tête dans son entrejambe velu, fredonnant des vieux airs d'Arsen Dedič. C'est probablement juste que mon pays me manque.

Le bonhomme bien bon qu'on appelle God-nie semble sentir ma frustration, et ma semaine de sexe en terre maternelle trouve une conclusion appropriée lorsque le bon maître d'esclaves décide d'emmener tous ses sujets chez Granny, un club de strip-tease enfoncé dans les profondeurs d'une zone industrielle à deux pas de là.

Nous passons devant des cadavres rouillés de voitures et un conteneur bleu qui doit être rempli d'oursons en peluche fourrés à l'héroïne. C'est ça, la ville de Coupe-Gore. Le videur standard poids lourd nous laisse entrer et nous pénétrons dans un autre monde. Le nouveau moi avait songé à rester à la maison, mais après une semaine sous la surveillance de Balatov, j'ai accueilli la sortie strip à bras ouverts. Je commence à me dire que l'homme de la mer Noire pourrait être autre chose que la baleine échouée à laquelle il essaie de ressembler. En tout cas, sa technique d'interrogation pue le FBI.

— La noire, l'est pour moi. OK ? assène-t-il aux deux Lituaniens tandis que nous descendons l'escalier moquetté de rouge.

Je prends une profonde inspiration et entre dans la cave bruyante. *Encore une fois, le diable l'emmena au cœur d'une imposante montagne et lui montra les femmes les plus sexy du monde, et lui montra toute leur gloire, et lui dit : Tu peux les posséder ce soir, si tu promets de ne pas les tuer après usage.*

C'est le diable pour moi, ou Dieu, à vrai dire. Le gros pécheur a l'autorisation d'un petit péché, tout comme l'héroïnomane a le droit de fumer des cigarettes après une cure de désintox.

Bien qu'il soit relativement tôt (les Polonais s'éteignent avant minuit, souvenez-vous), il y a foule au club. Le décor est du genre « le paradis vu par un musulman de vingt ans » : beaucoup d'alcool, des minettes à demi nues (peut-être pas toutes vierges, cela dit), de la musique forte et sexy. « Thong Song » fait vibrer le sound system et une blonde en string, illuminée par un projecteur, polit la barre avec les parties les plus douces de son corps. Autour d'elle, quelques ouvriers étrangers sont assis, doigtant leurs pintes de bière à moitié vides alignées au bord de la scène arrondie. Un peu plus loin, des hommes du coin aux nez-galets et aux bedaines à bière sont enfoncés dans de profonds fauteuils, profitant de la compagnie de danseuses à la pause, avec l'air anxieux et cool typique des hommes qui s'efforcent de cacher leur excitation.

C'est un strip-club des plus communs. On pourrait être à Miami. On pourrait être à Munich.

God-nie nous présente à son bon ami le proprio : un homme à la face lunaire nommé Auguste, mais plus connu sous le sobriquet de « Gousty Granny ». Il est à vrai dire haut comme trois pommes et balance son gros ventre aux quatre coins du club, ainsi que son superbe double menton qui vibre lorsqu'il rit joyeusement, comme de la gelée de citron sur une soucoupe volante. Il a de magnifiques cheveux bruns, mais pas le moindre signe de pousse sur ses joues lisses. Son nez est un petit galet tout rose.

Granny ferait de superbes danses du ventre, ça ne fait aucun doute.

Tandis qu'il va chercher le menu, notre homme explique la plaisanterie autour de son nom : « Gousty Granny » signifie « Gousty le Maigre » en islandais. Je fais part de ma surprise de trouver un boui-boui comme celui-ci au Pays Sans Putes ; quelques Polonais sont d'accord. God-nie dit à son ami, de retour avec la carte des vins, que nous ne savions pas que de tels endroits existaient en Islande.

— Oh, mais ça n'existe pas ! s'écrie Gousty, secouant son cul sexy avec un rire joyeux. Ça n'existe pas !

Le menu ne propose que des plats de viande, bien sûr. Saignante ou à point, à la baltique, à la tchèque ou à la russe. Les prix sont aussi élevés que la tringle qui orne la scène, mais notre ami bedonnant offre cinquante pour cent de réduction aux hommes de God-nie.

— Parce que vous le méritez ! Parce que vous construisez la nouvelle Islande ! s'exclame Gousty, les joues rouges et les yeux souriants.

— Vous avez noire ? demande Balatov.

— Noir, c'est noir ! Il y a toujours de l'espoir ! répond Gousty avec un rire.

Il s'arrête aussi soudainement qu'il a commencé et claque des doigts.

Une princesse des Caraïbes toute fine, une fille du cinquième jour aux yeux de perles, s'échappe d'un coin aussi sombre que sa peau, et l'homme de la mer Noire commande immédiatement une bouteille de champagne. Je me contente d'une pinte de bière, debout contre le bar, regardant mes amis s'éparpiller au gré du lieu et donner la tétée à leur solitude sexuelle.

Une nouvelle chanson envahit la pièce : « Hot in Herre ». Un vieux tube de Kelly. Ou de Nelly ? Peut-être même Belly. Je glisse ma langue à l'emplacement de ma dent manquante et observe la danseuse qui arrache son string et nous présente... un cactus. La génération Gillette a transformé le sexe en chirurgie. Putain. Je lance un « Scalpe ! » silencieux à mes reines au poil, me rappelant la forêt tropicale noir corbeau de Munita. « Je dois songer à la couche d'ozone », disait-elle en plaisantant.

Son sosie apparaît à mes côtés, me demandant dans un anglais bancal si elle peut « se joindre à mon verre ». Elle se fait appeler Angel, un nom à au moins un océan Atlantique de distance de son look gitan. Les lèvres épaisses et la peau sombre, Angel est la mère d'une belle paire de nichons ; c'est une petite femme grimpée sur des talons gratte-ciel. Une copie un rien pathétique de Munita – une sixième jour, comme l'aurait dit mon vieux Toxic –, mais au moins sa tête est toujours connectée à son corps. J'essaie de gagner du temps en discutant de ses trois semaines passées à Coupe-Gore tandis que mes yeux se reposent sur la beauté lituanienne du troisième jour, de l'autre côté du bar, qui ressemble de manière assez gênante à Gun.

L'histoire de ma vie.

En me rappelant l'offre généreuse de Gousty, je demande à mon ange noir si on peut doubler le menu dans ce bouge. Oui, on peut, me répond-elle, puis elle fait un clin d'œil à la Lituanienne, qui approche. Elle porte une robe de satin bleu et un sourire lascif qui cache un lourd appareil dentaire, du beau travail baltique qui mériterait une ristourne un peu plus conséquente. Mais j'ai déjà mes cinquante pour cent. Je dépose ma carte bleue vierge, un cadeau de Torture (crédité des contributions d'honnêtes caissières de supermarché dures à la tâche aux fonds de l'église), sur le plateau du bar et regarde la serveuse, une strip-teaseuse tout juste retraitée au décolleté ridé, en presser l'équivalent de deux mois de loyer à l'hôtel Turbin en échange d'une bouteille remplie à ras bord de vingt minutes d'un double fantasme. Ce doit être la bouteille la plus chère de l'Histoire.

Je suis les quatre talons aiguilles le long d'une allée de rideaux. Derrière l'un d'eux, Balatov doit avoir du mal à garder sa crème blanche pour la dernière gorgée de champagne noir. Plus nous pénétrons dans les profondeurs de la grotte, plus il fait sombre, mais le volume de la musique ne baisse pas le moins du monde. L'heure est à Beyoncé et Jay-Z, « Crazy in Love. »

Au bout de l'allée, Angel ouvre un rideau et nous fait pénétrer dans un espace légèrement privé, meublé d'une grosse boîte de Kleenex et d'un fauteuil relax déjà en position allongée. La blonde, qui se fait appeler Ina, ouvre la bouteille et remplit nos verres : trois flûtes équivalant au salaire trimestriel de ma mère, debout dix heures par jour, six jours par semaine dans son magasin de *hardverski* à Split, à faire des doubles de clés et à chercher dans l'arrière-boutique des cartouches de calibre .765, si dures à trouver.

Je devrais probablement lui raconter ma résurrection.

Je me laisse tomber dans le fauteuil. Angel commence à gigoter tandis qu'Ina s'agenouille auprès de moi et se met à me masser le genou gauche. La strip-teaseuse a l'air perdue sans sa barre, comme un perchiste sans sa perche. Mais qui irait critiquer une danse lorsqu'elle est accompagnée d'un strip-tease ? Pas moi, en tout cas, même si le Bâton-d'en-Bas demeure stoïque. Pas de *standing ovation*. Je devrais être inquiet. Je lui paie le rencard le plus cher de sa vie et son premier sandwich depuis des années, il ferait mieux d'être à la hauteur. Je compatis avec les caissières de supermarché dures à la tâche, membres donateurs de l'église de Torture. Je ne peux pas avoir puisé dans leurs contributions en vain.

Le Bâton ne gobe pas mes arguments.

Je ne comprends pas bien. Dans le passé, le drapeau de ma virilité avait été levé par d'innombrables soldates du sexe, mais à présent il est en berne. Ce doit être toutes ces lectures de la Bible. J'en appelle à la brigade du fantasme, aux cellules d'élite de mon cerveau, et avec l'aide d'un autre verre à bulles je parviens à changer les deux filles en une copie pirate de Gun et de Munita.

Enfin, lorsque la brune libère ses jumelles mamelles et que la blonde enlève sa robe, dévoilant un corps mince et gunesque décoré de délicieux sous-vêtements, je sens quelque chose qui pourrait passer pour un début d'érection. Je me lève et commence à danser un slow maladroit avec les deux femmes de ma vie. L'image du tueur à gages ressuscité dansant sur Beyoncé fait naître un sourire sur leurs lèvres, et Gun apporte un peu d'huile de coude au dressage, là, en bas. L'assistance-développement de Lituanie a un effet magique ; désormais, toutes mes inquiétudes se focalisent sur son appareil dentaire. Il me fait peur. Il pourrait être cause de blessures. Peut-être pour tester leur tranchant, peut-être est-ce l'agréable sensation que me procure la main de la fille, ou sa ressemblance avec ma reine des glaces, ou plus simplement le mousseux, mais je m'emporte une seconde et essaie de l'embrasser. Putain.

Comme un putain de prêtre dans un putain de bordel il y a un putain de siècle.

Elle détourne immédiatement la tête et retire sa main de mon entrejambe pathétique. L'effet est celui d'une gifle. Par une vieille habitude, je cherche ma solution semi-automatique à tous les problèmes, mais il n'y en a pas, bien sûr, et ma seule option est de quitter les lieux.

Tandis que je me précipite le long de l'allée, les rideaux s'envolent sur mon passage. Je regarde par-dessus mon épaule et vois des hommes affalés sur des fauteuils relax, chouchoutés par des femmes à demi nues. Elles sont agenouillées près d'eux comme des veuves pleurant leurs défunts maris. Je m'éloigne et prends la direction du bar. Je fais un signe à la serveuse et lui demande s'il est possible d'avoir un *doggy bag*.

— Un quoi ?

— Un *doggy bag* !

Merde. Je suis furieux, putain.

— Pour quoi faire ?

— Je n'ai pas fini le repas que j'ai payé !

— Le quoi ? Le... repas ?

— J'AI PAYÉ LE PRIX DE DEUX TÊTES ! JE VEUX DEUX TÊTES DANS UN *DOGGY BAG* !

J'imagine que ma voix a traversé les bruits d'amour de Beyoncé et Jay-Z, car me voilà soudainement au centre de toutes les attentions. Même la strip-teaseuse sur scène s'est arrêtée de danser. God-nie se lève de sa chaise, suivi à deux pas par Gousty le Maigre. Tandis qu'il s'approche, il fait un signe de la main, comme un capitaine d'équipe de football essayant d'empêcher l'un de ses joueurs de recevoir un carton rouge. Il s'apprête à dire quelque chose, mais je ne l'entendrai pas. Je suis parti.

# 26

# VIANDE FROIDE

**21-06-2006**

Je demande à God-mon-dur de me trouver un boulot. *S'il vous plaît.* La Bible, ça va, mais je ne peux pas y passer dix heures par jour. Je ne suis pas un moine. Sans oublier que je dois une nuit passée chez Granny à Torture.

Après quelques coups de fil, l'homme de télévision me trouve un job aux cuisines de Samver, un service traiteur chrétien pour les pauvres dirigé par un de ses amis dans une banlieue proche. Chaque matin, le chef prépare trois cents repas avec trois poissons. Je dois y être à 13 heures pour faire la vaisselle dès que les plats reviennent. Je prends même le bus, chose que je n'ai pas faite depuis mon enfance. En général, je suis le seul passager à bord du gros bus jaune n° 24 qui m'emmène presque directement de notre hôtel à la zone industrielle, avec vue sur la majeure partie de Reykjavik. Le chauffeur est kosovar, et nous plaisantons parfois en nous disant qu'on devrait remplir le véhicule de bombes et aller à l'ambassade serbe.

— Tu ne devrais pas prendre le bus, Tommy, m'assure le chef cuistot. On pourrait te voir.

— Qu'est-ce que tu veux dire ?

— Les transports en commun, c'est seulement pour les petites vieilles et les fous à lier. Et les nouveaux.

— Les nouveaux ?

— Les Polonais et les chiens jaunes... Si t'es islandais, tu prends pas le bus.

Le chef se fait appeler Oli, prononcé quelque chose comme « Au-Lit », surnom dérivé d'Olafur, le prénom de mon père, le président. C'est un gros fumeur pâle avec une imposante tache de naissance à la gauche de son menton, une petite boucle d'oreille ronde à l'oreille gauche et une super attitude envers les étrangers. Son anglais est étonnamment bon. Le troisième homme en cuisine, c'est un petit Vietnamien nommé Chien, avec une moustache vierge et cent petites dents ; Au-Lit lui rappelle dix fois par jour ce que son nom signifie en français. Le Croate toxique est cependant en sécurité ici, vu qu'il est à vingt pour cent islandais et porte un prénom local. J'essaie de ne pas sourire tandis qu'il m'interpelle depuis la porte ouverte de son coin clopes :

— Hé ! Tommy ! Va dire au Chien qu'il doit aussi vider la poubelle !

Sammy, le propriétaire, ami de God-mon-dur, est un petit gars avec une bedaine et un front protubérant, qui mâche du chewing-gum comme une vache rumine de l'herbe, et qui fait danser ses minuscules lunettes sur le bout de son nez à longueur de journée. Il porte au visage un sourire de ressuscité-pour-lacinquième-fois-et-certainement-pas-la-dernière, un sourire qui dit que sa vie est entre les mains de Dieu, et que bien que le Vieux la laisse de temps en temps tomber, il ira toujours la ramasser. Sammy et Oli ont fait de la prison ensemble, comme me l'avoue le cuistot à la fin de ma deuxième journée. Le premier pour vol de fausses toiles de maître et le deuxième pour homicide involontaire aggravé. Un crime passionnel exécuté avec un couteau de boucher, me dit-il, pointant son arme sur moi alors qu'il est en train de découper des morceaux de bœuf pour le goulasch du lendemain.

— Il baisait ma nana, le connard. Il fallait que je le fasse ; autrement, elle m'aurait immédiatement plaqué.

Apparemment, ils sont toujours à la colle. Elle s'appelle Harpa.

— Il n'y a rien de tel que l'amour d'une femme pour qui on a tué.

Je devrais y songer.

En partageant son secret avec moi, Au-Lit gagne mon respect. J'ai enfin rencontré un homme, un vrai dans ce pays de mous du genou. Je suis curieux concernant ses sept années en taule. Je lui demande s'il s'est fait violer dans les douches. Non, me dit-il. La prison islandaise ressemble davantage à un campus universitaire américain : des matchs de foot à la pelle et toutes les drogues dont tu puisses rêver.

— Ici, la cabane est très populaire chez les étrangers. Les mafieux de *Lithåen*, de Lituanie, viennent parfois par chez nous pour se faire choper. Pour eux, c'est comme un séjour dans un spa.

Je pourrais vraiment tomber amoureux de ce pays.

— Et ta victime ? Tu y pensais quand t'étais au trou ?

— Non. Pas vraiment. C'était un meurtre de bonheur. Les jours qui ont suivi, j'étais l'homme le plus heureux sur terre. Ce que je veux dire, c'est qu'il le méritait vraiment. Parfois, je me dis que j'aimerais qu'il soit encore vivant pour que je puisse le tuer à nouveau.

— Mais sept ans... Ça a dû être chiant !

— Ouais, un petit peu. Mais j'ai étudié la cuisine et le français et... ma relation avec Harpa n'a jamais été plus au top. Je veux dire, je n'avais plus besoin de l'écouter, de faire du shopping avec elle, d'aller voir sa mère, tu vois. Il ne me restait que les trucs bien. Le sexe en prison, c'est ce qu'il y a de mieux, mec, ajoute-t-il avec un sourire glacial tandis qu'il jette sa cigarette sur le parking humide surplombant de ternes bâtiments industriels et le reste d'un Reykjavik arboré.

— T'as jamais tiré sur quelqu'un ?

— Avec un flingue ? Non. Tuer quelqu'un avec un flingue, c'est comme faire l'amour avec une souris, dit-il en reprenant son couteau visqueux. Une souris d'ordinateur.

Je suis impressionné par mes saints bienfaiteurs, le duo comique God & Torture. Ils ont des amis intéressants. L'autre jour, Balatov me racontait que God-nie avait fait de la prison en Norvège pour trafic de drogues. Il a été pris la main dans le filet à poissons au large des Lofoten.

Si on représentait la société par un cercle, les prédicateurs du politiquement correct, la majorité des recycleurs et bicycleurs seraient au milieu (tous ces gens qui ne traversent jamais la rue quand le feu est rouge mais lèchent leur écran de télé dès que ce connard de Tony Soprano y apparaît). A sa droite, on aurait les vieux de la vieille, amateurs de flingues qui préfèrent battre leur femme plutôt que coucher avec, et à sa gauche, on aurait les altermondialistes, les amers qui sont contre tout ce qu'il y a de bon en ce monde : la viande, le porno, le réchauffement climatique. Et moi, je me trouverais à la marge, où l'extrême droite rencontre la gauche violente. Où les saints hommes et saintes femmes partagent un banc avec les meurtriers et les voleurs de tableaux.

C'est ici que le cercle se referme. Dans la cuisine pour les nécessiteux. Je peux voir comment les deux mondes se rejoignent sur le bord tranchant du couteau d'Au-Lit.

C'est mon premier travail « honnête » depuis ma courte période en tant que serveur à mon époque *bitte schön*, et je le trouve tout à fait décent. Ne pas avoir à penser est un soulagement bienvenu ; laver des plateaux en plastique marron est une forme de méditation pour moi. D'abord, je déblaye les restes de nourriture (les nécessiteux d'Islande ne sont de toute évidence pas si nécessiteux que ça), puis je les rince à l'eau avant de les placer dans le vieux lave-vaisselle, dont Sammy me demande, chaque fois qu'il passe par là, comme s'il s'agissait de sa mère vieillissante : « Comment va-t-elle, aujourd'hui ? »

Au-Lit me reconduit parfois « chez moi », passant à toute berzingue devant l'arrêt de bus où le Chien attend en compagnie des tarés locaux ; même sa célèbre petite amie m'a raccompagné un jour dans sa Polo blanche. Harpa est une blonde beurre islandaise typique, avec un faux bronzage et des tatouages sur les bras ; elle me précise que son prénom signifie

« harpe ». A vrai dire, « luth » correspondrait davantage à son long cou et à son gros cul. Et pourtant, elle est assez sexy. Je me mettrais probablement à tuer pour elle au dixième ou onzième jour.

C'est assez cool de revenir du boulot chaque jour sans avoir tué personne. Mon sommeil d'entrepôt n'est pas parfait mais, au moins, j'ai cessé d'ajouter des corps à l'inventaire.

En général, je suis de retour au baraquement vers 17 ou 18 heures, flanqué de restes du déjeuner de Samver que je réchauffe dans le four à micro-ondes préhistorique et que je mange dans la cuisine si Balatov n'est pas dans le coin. Je dois faire attention à mon budget, et puis, la bouffe d'Au-Lit est passable. Le fait de savoir que le chef est un tueur condamné, un homme qui prend du plaisir à couper la viande, ajoute un peu de piment au plat. Après avoir commencé à travailler pour vivre, je me suis rendu compte que l'Islande est le pays le plus cher au monde. Le prix d'un frigo n'est pas suffisant pour le remplir. Une livre de fromage coûte autant qu'une livre de beuh. De nombreux étrangers ne mangent que la nourriture périmée que les supermarchés jettent chaque soir, et Gun m'a raconté qu'un Allemand avait subi une crise cardiaque légère après avoir reçu l'addition pour quelques cocktails dans un hôtel branché en ville.

Je lui rétorque toujours que « le meilleur pays au monde » doit être comme la meilleure boîte de nuit : le plus cher.

Selon les règles de la thérapie, je n'ai pas le droit de sortir le soir. Torture ne m'autorise même pas le moindre bouquin, en dehors du livre saint, et surtout pas de DVD ou de surf sur Internet. Donc, en dehors des petits poèmes d'ébène récités par Balatov (« Je pense Oprah dans douche. L'est bon »), la Bible est ma seule source de divertissement. Bouquiner n'a jamais été mon truc, bien que j'aie lu deux ou trois romans quand Dikan m'a fait faire le tour des Etats-Unis, avec un contrat dans chaque ville. Ces longues journées à l'hôtel ne pouvaient pas être occupées que par les putes.

Je passe donc mes interminables nuits blanches avec le gros livre noir.

Bien sûr, il y a la petite télé de la cuisine, mais tous les programmes sont en islandais – des bimbos blond beurre qui lisent les nouvelles du village, suivies de dingos américains qui mangent des asticots vivants. De plus, elle est monopolisée par Balatov qui, plutôt que la regarder, s'est mis à la surveiller comme si c'était un coffre-fort. Il injurie chaque sous-titre qui apparaît à l'écran en se grattant les aisselles, les haut-parleurs de l'odeur. (S'il travaille effectivement pour les Feds, son déguisement est probablement le meilleur dans l'histoire du Bureau. Bien loin des coupes de cheveux à la Michael Keaton.)

Je dois vraiment me forcer pour lire ce putain d'Ancien Testament. Il y a des histoires sympas et tout ça, mais les trois quarts, c'est juste de la merde pro-Israël sur des querelles de tribus et des conflits de frontières. Comment ce M. Pousse-toi-de-là-que-je-m'y-mette a poussé ce Palestinien ou ce Philistin hors de sa terre. Assez similaire à ce qu'on voit à la télé de nos jours. Ces gars-là sont toujours coincés dans l'Ancien Testament ; ils devraient au moins jeter un œil au Nouveau. Jésus n'est pas mal, dans son genre, même si j'ai du mal avec le concept du

« donnez-moi vos péchés et laissez-moi m'en occuper ». Je trouve ça un peu facile. Sans compter qu'il doit être overbooké. C'est comme apporter ses poubelles à l'église et les laisser près de l'autel. Peut-être que c'est l'idée. L'église comme conteneur de recyclage. En un sens, ce n'est pas loin du système que nous avons, au Zagreb Samovar. Il y a ce gars, Tomislav, qu'on appelle le Nettoyeur et qui, chaque fois qu'on en a besoin, vient laver nos péchés.

Je crois que Dieu a fait une grosse erreur en montrant son visage, sa main ou quoi que ce soit que Moïse a vu au sommet de la montagne. Il n'a fait que semer la merde sur toute une putain de région. Dix mille ans de merde.

Ça me rappelle cette pièce que j'avais vue au théâtre national, à Split. Senka était fan de théâtre et m'a traîné voir toutes sortes de bizarreries. L'une d'elle était une pièce polonaise où l'auteur était assis sur scène durant la représentation, hurlant ses instructions aux acteurs. Je crois que c'est la première fois que j'ai songé à tuer quelqu'un.

Tu ne peux pas changer ta putain de pièce une fois le rideau levé. Et ça vaut pour Dieu aussi.

Je n'avais jamais cru que la Bible pouvait vous rendre furieux. Peut-être que c'est voulu. Du moins, quand on pense à Torture. Dieu est comme l'alcool, j'imagine. Plus on y plonge, plus on se demande si c'était une bonne idée. Plus un pays est religieux, plus il a de chances de connaître la guerre. Au moins, Dieu n'a jamais montré son visage en Islande. Au-Lit me dit que le pays n'a même pas été créé par Dieu. Pas étonnant que ce soit le plus pacifique au monde.

— Je croyais que vous étiez tous des ressuscités ? lui demandé-je le lendemain.

— Eh bien, Dieu est l'ami de Sammy. Il l'a beaucoup aidé. Il l'a même sorti de prison et lui a prêté de l'argent pour démarrer son affaire et tout ça, dit-il avec un sourire, tandis qu'il émerge du frigo avec un gigot d'agneau. Mais en ce qui me concerne, je ne sais pas. Après avoir tué ce gars, pour moi, tout ça, c'est juste...

Il fait une pause alors qu'il cherche le bon mot, secoue la tête et place le gigot sur le plan de travail.

— ... de la viande.

— De la viande ?

— Ouais. J'adore la vie et tout ça, mais c'est juste de la viande, pour moi.

— OK.

— La vie est très simple. C'est soit de la viande morte, soit de la viande qui bouge.

Il s'empare de son couteau. Son couteau de cuisine préféré. Il lui parle à lui, à présent. Je ne suis qu'un spectateur. Tout se passe entre le couteau et l'homme. Chien est près de l'évier, occupé à laver les poêles à frire. La voix d'Au-Lit se fait plus basse, le petit anneau doré tremblant contre sa joue d'apparence froide.

— Quand j'ai tranché la gorge de ce type, c'était... c'était comme une apparition divine, ou quelque chose comme ça. J'ai vu... J'ai vu ce qu'était la vie. Et c'est juste...

Il lève les yeux. Lève les yeux sur moi.

— Tu vois, on a fait l'amour alors qu'il gisait par terre. C'était complètement fou, mais c'était comme Dieu.

Je crois que j'ai choisi la mauvaise arme.

# 27
# MAGMA D'AMOUR

**25-06-2006**

J'essaie de vivre simplement. Après un écart au club de strip-tease, me revoilà sur le droit chemin. Super-pasteur m'appelle un jour sur deux pour prendre des nouvelles, me donne des conseils de lecture, et m'invite à leur méga déjeuner viande-à-volonté tous les dimanches avec God-mon-dur et Chic-ridule. Ils sont si fiers de moi qu'ils me fixent comme le fermier scrute son étalon le plus prometteur. Je suis leur cobaye, le mouton noir fait blanc. Les enfants de Torture et de Hanna, une fille muette et deux garçons plus jeunes aux grands yeux, me voient comme le David Beckham des curetons.

J'essaie de sourire comme l'imbécile ressuscité que je suis. Je suis même rasé de près et arbore une nouvelle coupe de cheveux réalisée par Hanna. Si je portais une cravate et tenais un Livre de Mormon entre les mains, les gens me fermeraient leur porte au nez.

— C'est tellement merveilleux de se dire que tu travailles et que tu as ton propre logement et tout ça, me dit Chic-ridule, qui me parle déjà comme si elle était ma belle-mère.

Je devrais l'inviter afin qu'elle me donne des conseils de déco.

— Oui. Il s'en sortira. C'est un homme bien, réplique Hanna.

J'affiche le sourire du nouveau moi. Les autres la fixent, dans un silence surpris. Elle a probablement dépassé leurs limites avec cette repartie. Se tournant vers moi, elle ajoute rapidement :

— Je veux dire que tu as simplement été malchanceux. Si tu étais né en Islande, tu n'aurais jamais connu la guerre et… Tu es un homme neuf, à présent. On n'a plus qu'à espérer que les Américains ne te trouvent pas.

Tous marmonnent un « oui » et je les rassure :

— Je pense qu'avec mon passeport islandais tout ira bien.

Nouvelle tournée de hochements de tête.

— Oui, le révérend Friendly n'est pas mort en vain, proclame alors Torture, posant sa lourde main sur mon épaule.

L'expression est trop compliquée et God-mon-dur ne la comprend pas. Son ami doit lui expliquer la signification de « en vain ». Le simplet s'illumine.

— Oui, il est mort pour les péchés de Tommy !

Et voilà. M. Christ a pris un jour de congé et M. Friendly l'a remplacé.

Il y a de quoi adorer cette religion. D'abord, vous flinguez cent-vingt-cinq personnes et, une fois que votre conscience commence à vous titiller (aux environs de la cent vingt-quatrième), tout ce que vous avez à faire, c'est vous trouver quelqu'un d'assez saint pour porter vos péchés. Ensuite, vous lui tirez dessus, et *bam !* – il les emporte au paradis. Vous n'avez plus jamais à les voir ou à y penser.

Je m'habitue peu à peu à mon nouveau nom. Gun continue cependant à m'appeler Tod. Elle téléphone beaucoup. Je réponds la moitié du temps. Le mariage est inévitable, j'imagine, mais pour le moment j'essaie de garder mes distances. Je ne suis pas encore prêt. Je dois dégager Munita de mon esprit, ou au moins de mon frigo (j'aperçois parfois sa tête, entre les briques de lait local et la bête de salami polonais). De plus, je ne suis pas sûr de la façon dont ses parents vont prendre la nouvelle. Sauver ma vie, c'est une chose, mais me donner leur fille en est une autre. Enfin, plus que tout, je dois d'abord finir cette putain de thérapie.

Régulièrement, la fille des glaces propose de me rendre visite et je lui assure qu'aucune femme n'a jamais posé le pied sur ce sol, et que la vue d'une beauté locale mènerait sans le moindre doute à une émeute dans les baraquements. Les Jaroslaw débarqueraient dans ma chambre et s'occuperaient de Gun en me demandant de tenir la caméra.

Mais tenter de contenir l'amour, c'est comme tenter de contenir du magma. Du magma en fusion, bien sûr. Un jour, en revenant du travail, je trouve la fille du point du jour dans la cuisine, avec la montagne bulgare de la déconne. Je me demande de quoi ils peuvent bien discuter. Il doit lui demander si l'un de ses quarante amants était noir. Je m'étonne qu'elle n'ait pas encore été violée. Elle doit être trop blanche pour lui.

— Je t'ai dit de ne pas venir ici. Tu es comme un agneau dans la tanière d'un lion, lui murmuré-je tandis que nous nous dirigeons vers ma cellule.

— Ben, tu ne voulais pas venir me voir chez moi, alors c'était à moi de venir te voir chez toi, répond-elle avec un sourire de glace au chewing-gum.

Elle a l'air nonchalamment sexuelle, ou sexuellement nonchalante, selon ce qui se dit.

— Ce mec est dangereux. Il est tellement seul que c'est comme un trou noir. En un instant, il pourrait t'avaler. De quoi vous discutiez ?

— Rien de bien intéressant. Il me parlait de la ferme de sa famille. Il me racontait que sa mère faisait sa propre confiture et qu'il cueillait lui-même les baies, ou un truc comme ça.

Eh bien, maintenant, c'est aussi un cueilleur de baies. Le déguisement au top s'améliore encore. Nous pénétrons dans mon espace et ne discutons plus pendant quarante minutes. Pour cette opération, je dois descendre le futon de son socle précaire. Nous essayons également de maintenir nos sons corporels à bas volume puisque, comme je l'ai mentionné, les cloisons de ma chambre n'atteignent pas le plafond. (La cellule me rappelle parfois une cabine de toilettes.) Je ne veux pas risquer de finir dans le département sexuel du cerveau de Balatov, conservé sur une étagère, comme de la confiture dans un pot, juste à côté de lui et de Patti LaBelle à l'arrière de sa limo.

Ensuite, nous demeurons allongés sur l'épais matelas, ma chaude Gun et moi, le regard fixé sur les néons, à écouter les voitures aller et venir sur le parking en bas. C'est l'heure de la fermeture. Les filles du troisième jour, celles qui bossent au magasin chic de carrelages et au paradis du meuble indien, de l'autre côté du parking, en ont fini pour la journée ; avec leurs petits flingues à clés, elles tirent sur leurs voitures qui s'ouvrent dans la foulée, ou bien elles se font récupérer par leur petit ami impatient, au volant d'une BMW noire.

— Comment on dit Islande en islandais ?

— *Island.*

— Waouh. Ça sonne presque comme Aiseland.

— Ouais. Tout à fait.

— Mais c'est pas vrai. Vous autres Aiselandais n'avez jamais l'air à l'aise.

— Tu peux le dire, réplique Gunnhildur. On est très impatients. Par exemple, on ne sait pas attendre dans une file. On attend toujours en triangle.

— Pourquoi ?

— Je crois que c'est parce qu'on est si peu nombreux. On ne sait pas attendre parce que ce n'est pas nécessaire.

— Mais je ne comprends pas pourquoi vous êtes si impatients. Je ne me suis jamais trouvé dans un pays aussi relax et calme.

— C'est aussi parce qu'on est si peu nombreux. Chacun agit comme s'il était trois personnes différentes. On fait notre possible pour que Reykjavik ressemble à New York.

— Eh ben... il y a encore du boulot.

— Je fais ce que je peux. Le matin je suis serveuse, l'après-midi je suis au bureau, et le soir je prends des cours de massage.

— Toi ? Des cours de massage ?

— Oui. J'ai commencé la semaine dernière.

Je suis à deux doigts de lui demander sa main. On parle de massage pendant un moment. Elle m'explique la différence entre les techniques suédoise et shiatsu, et je lui explique la différence entre un massage normal et un massage intégral. Puis nous restons silencieux quelque temps, jusqu'à ce que je reprenne la parole :

— Ouais, je pense pas que j'aimerais être tueur à gages en Islande.

— Pourquoi pas ?

— Parce que vous êtes si peu nombreux. Je ne crois pas que j'aurais le cœur à tirer.

Elle rit de son rire rauque de fumeuse qui évolue en une petite quinte de toux, le genre qui réclame une cigarette.

— Mais comment se fait-il que vous soyez si peu nombreux ? Vous n'avez jamais eu de guerre, pourtant.

— Non, mais certains disent que le climat est notre guerre. La glace peut être aussi mortelle que le feu.

La petitesse de la nation islandaise s'explique par son passé, me dit-elle tandis qu'elle inonde la pièce de fumée de Gun. Des éruptions volcaniques, des pestes et des hivers glaciaux ont presque réussi à débarrasser le pays de sa population. Les Aiselandais n'ont commencé à se multiplier qu'à l'apparition de l'électricité et du chauffage central. Les cinquante dernières années, leur nombre d'habitants a augmenté de cent cinquante mille. C'est autant de gens qui se sont fait tuer durant notre guerre. On aurait pu régler le problème en les envoyant tous en Islande, une terre qui pourrait facilement porter une population de dix ou vingt millions. Mais on ne les aurait jamais tous autorisés sur l'île, rétorque Gunnhildur. Le tueur à gages s'incline face à ses congénères, qui préfèrent voir des gens mourir plutôt que de les autoriser à camper dans leur jardin.

On parle de la guerre et Gun continue de fumer sa clope. Elle me pose des questions sur mon frère Dario.

— Il avait quel âge quand il est mort ?

— Trois ans de plus que moi. Vingt-trois.

— Waouh. Et il était comment ? Comme toi ?

— Non. C'était notre héros. Le fils préféré. Il était bien mieux foutu, il ressemblait à un dieu grec, il faisait du sport et... Il était dans l'équipe nationale de saut à la perche.

— C'est quoi, ça ?

— On saute avec un bâton. Tu connais Sergueï Bubka ?

— Non.

— Vraiment ? Le plus grand athlète de tous les temps. Un Ukrainien. Il a remporté l'or à Séoul. Dario s'est entraîné avec lui pendant un temps. C'était son dieu. Ce qui est assez bizarre, d'ailleurs, c'est que la nuit où Dario s'est fait tuer, Bubka a battu le record du monde. Son douzième, ou un truc comme ça. Six mètres huit. Dans une ville russe. C'était comme si l'âme de mon frère l'avait aidé, l'avait soulevé de quelques centimètres. Une âme perchée.

Et merde. Je suis en train de devenir trop sentimental pour cette fille givrée.

— Waouh. C'est incroyable. Et ton frère, il a participé aux jeux Olympiques ?

— Non. Mais il serait allé à Atlanta en 96, si...

J'ouvre mes yeux aussi grands que je le peux. Les tends à l'air libre pour qu'ils sèchent, espérant qu'elle ne remarque rien. Non. Elle se contente de regarder la fumée s'échapper de son über-bouche.

— Waouh. Donc, c'était genre une star ?

— Ben, peut-être pas. Le saut à la perche, c'est pas si populaire que ça en Croatie. Il était plutôt du genre étoile filante, un truc comme ça.

Je parle toujours comme une vieille dame chiante à mourir quand il s'agit de mon frère défunt. C'est pourquoi je n'en parle jamais.

— Ça a dû être dur pour toi, de...

— A vrai dire, ça a été un peu étrange. La mort de mon frère a atténué le fait que j'avais tué mon père. Notre père.

— Pourquoi ? Comment ça ?

— C'est comme quand tu mets accidentellement le feu à ta maison. C'est un peu réconfortant, ou ça rend les choses un peu plus supportables, de voir que la maison de ton voisin part en fumée, elle aussi.

— Mais ton propre frère est plus important que l'affreuse maison de ton voisin, non ?

— Bien sûr. Si tu préfères, on peut dire que ce qui s'est passé avec mon père a bloqué le choc que la mort de mon frère aurait été pour moi. On ne peut pas avoir deux MPH dans sa vie.

— MPH ?

— Moment le Plus Horrible.

— Ah. Donc le meurtre de ta petite amie et ton accident de la route n'ont pas été aussi horribles ?

— Non. Mais quand tu me rejetais parce que tu croyais que j'étais un prêtre... ça, c'était assez horrible.

Elle sourit avant de déclarer :

— Après, j'ai découvert que tu étais un tueur en série et je suis tombée amoureuse de toi.

Elle rit. Je garde le mot « amoureuse » entre mes deux oreilles, laissant mon cerveau le caresser comme s'il s'agissait d'un chiot tout juste né.

— Tu es malade, dis-je.

— Oui. Malade d'amour, répond-elle avant d'éteindre sa cigarette dans la bouteille à moitié vide de Gatorade posée sur le sol à côté du futon.

Elle attrape mon visage. Je lui offre mon sourire brisé. Elle pose son index sur ma bouche et remplace la dent manquante par le bout de son doigt. Œil pour œil, doigt pour dent. Elle le maintient là un moment, tout sourire, avant de l'enlever pour m'embrasser.

Elle m'embrasse comme une insulaire qui rencontre un naufragé bien laid sur le rivage. Il est blessé, buriné, le visage rouge truite à cause d'un coup de soleil salé, raide comme un gros morceau de viande, et peut à peine remuer la langue. Elle l'aide.

Entre mes oreilles, John Lennon chante à tue-tête un vieil air des Beatles. Un air qui parle de bonheur et de gun.

# 28

# LIT DE ROSES, LIT DE MOUSSE

**25-06-2006 – 05-08-2006**

Si l'on en croit la sagesse populaire locale, l'été islandais ne dure que six semaines. De la dernière de juin jusqu'à la première d'août. On dit aussi que c'est la durée nécessaire pour tomber amoureux. Le seul problème, c'est que pendant cette période le pays de glace est aussi illuminé que le Madison Square Garden lors d'un match des Knicks, mais vingt-quatre heures sur vingt-quatre, sept jours sur sept. Pas d'ombre, pas de coin sombre. Il est quasiment impossible de cacher des choses, comme une voiture ou un baiser.

Nous avons décidé qu'il valait mieux que Gun ne vienne plus à l'hôtel. Nous voulons garder ses parents en dehors de ça jusqu'à ce que nous ayons convenu d'une date. Le problème, ce n'est pas les Sept-à-Onze, mais peut-être Balatov, et certainement God-nie. Mais ma nana de génie a trouvé un moyen.

Elle s'est rappelé qu'une de ses copines travaille à Mahabharata, le magasin de meubles indiens de l'autre côté du parking. Il me suffit alors de faire le mur vers minuit et de me balader autour du quartier déserté, de saluer l'équipe des mouettes responsable de la propreté des lieux, avant de finir à l'arrière du magasin, où Gun m'attend dans sa petite Fabia rouge, à peine sortie de son cours de massage ou d'une virée avec le fan-club de Tarantino. Elle a la clé ainsi que le code de sécurité, qu'elle tape sur le clavier collé au mur près de l'entrée. Nous traversons le bureau et nous rendons dans le magasin. Au fond sont exposés trois lits *king size*, tous fabriqués en Inde par des charpentiers ingénieux âgés de douze ans. Nous les avons tous essayés, mais celui qui se trouve derrière le paravent Kama Sutra est le plus sûr. On ne peut pas le voir depuis la vitrine ultra-lumineuse. Nous avons donc malgré tout réussi à trouver un peu de pénombre au pays de la lumière. Et en faisant grincer l'artisanat indien, j'honore la mémoire de mon amour perdu. Le lit supporte toutes nos folles acrobaties de gymnastes. Y a pas à dire, ces gamins connaissent leur boulot.

Nos nuits au Mahabharata doivent compter comme l'un des plus beaux produits de la mondialisation. Le Croate célèbre son été indien en Islande avec du champagne français, des sushis japonais et de la musique thaïe supposée détendre les muscles. (Gun apporte le tout, la musique provenant de ses cours.) Les capotes viennent de Manchester en Angleterre et les cigarettes de Richmond en Virginie, ville de notre cher révérend Friendly. Non, elle ne fume pas à l'intérieur du magasin. Et nous devons prendre garde de ne pas laisser la moindre trace ou le moindre soutien-gorge derrière nous.

Peu à peu, Gun parvient à déménager l'ensemble des affaires de Munita (tête incluse) de mon cerveau et le redécore avec les siennes. Lampes et tapis d'Inde. Et peu à peu, l'été du sexe devient l'été d'autre chose. Le secret y apporte une dimension plus profonde, et je fais mon possible pour faire fondre sa glace, tandis que ses nouvelles astuces charnelles transforment aisément mon sang en magma en fusion. Je pourrais mourir heureux et être inhumé en terre islandaise avec sur ma stèle : *Tommy Olafs, plongeur (1971 – 2007).* A la fin de chaque séance, Gun vaporise le lit d'arômes indiens qu'elle a trouvés dans le bureau. A la fin du mois, ça sent comme dans le meilleur des bordels à Bombay.

— Ça va le faire, vraiment, me dit-elle. Personne n'achète de lit en été.

— Pourquoi pas ?

— On est trop occupés à utiliser le vieux.

Apparemment, les Islandais sont des gens différents durant la saison claire. Ils arrêtent de faire ce qu'ils faisaient pendant l'hiver, comme regarder la télé, s'habiller, se doucher. Jusqu'à récemment, même la télévision prenait ses congés en juillet. L'été est si court que les gens ont besoin de s'y adonner à cent pour cent. Si la température atteint les quinze degrés Celsius (environ trois fois par an), magasins et banques ferment dans les deux minutes afin que les employés puissent sortir et profiter de la vague de chaleur (*sic*). On appelle ça la « pause-soleil », d'après Gun. Il faut compatir avec ces gens-là. Partout ailleurs, on ne qualifierait jamais d'estivales ces six semaines. Je ne plaisante pas quand je dis « le

Pays des Dix Degrés » : la température moyenne en juillet, c'est exactement ça. L'été islandais est comme un réfrigérateur qu'on laisse ouvert pendant six semaines. La lumière est allumée et la glace fond, mais il ne fait jamais vraiment chaud. Ça reste un frigo...

Un samedi soir, début août, tous les lits ont disparu du magasin. Gun appelle son amie. Ils se préparent pour l'automne, explique-t-elle. La collection Sweet Karma va arriver d'une minute à l'autre depuis l'usine élémentaire de Bombay. Nous brisons les règles de Torture et Gun m'emmène faire un tour en dehors de la ville.

C'est une nuit magnifique, avec de chics nuages à l'ouest qui participent au coucher de soleil doré le long de la baie ; tous les vents sont partis à l'étranger pour le week-end. Nous allons vers l'est et je me sens comme si je sortais tout juste de prison. Enfin, je vais pouvoir voir autre chose que Balatov et la ligne de bus n° 24, le grain de beauté d'Au-Lit et les meubles indiens. La route nous fait passer devant l'ancienne maison d'un auteur célèbre et mort. Apparemment, c'est la seule maison avec piscine en Islande. Ça faisait partie de son prix Nobel, m'explique Gun, bien qu'il ait dû fournir l'eau lui-même. C'est désormais un musée. On peut voir l'eau dans laquelle il nageait, tout en espérant apercevoir un de ses éclairs de génie, j'imagine. Elle me parle de l'endroit le plus célèbre du pays, Thing Vallée, l'emplacement du premier parlement en extérieurs au monde. A vrai dire, je ne crois pas qu'il y en ait eu d'autre.

Mais à mi-chemin, nous nous rendons compte que notre voiture, de fabrication tchèque, commence à manquer d'essence. Nous décidons de nous arrêter pour un petit pique-nique. Nous faisons quelques pas à travers le parc lunaire et nous asseyons sur un lit de mousse grise et sèche. Malheureusement, il n'y a ni arbre ni paravent pour dissimuler une belle partie de jambes en l'air de la circulation rare mais régulière, sans compter que la température conviendrait mieux à un match de hockey sur glace. Nous nous contentons d'un baiser et d'une gorgée de bière Kaldi, admirant notre petite voiture rouge garée sur le bord de la route, encadrée par une montagne bleu profond sous un nuage rose esseulé. Au-dessus, le ciel est presque blanc. Un oiseau au long bec vole-marche-puis-vole autour de nous, à une distance qu'il imagine sûre (à une bonne distance de tir, cependant), hurlant à pleins poumons. Apparemment, nous sommes sur son territoire. La conversation devient sérieuse – comme il se doit, j'imagine, lorsqu'on a suffisamment baisé.

— Alors, tu penses que tu peux vivre en Islande ? me demande-t-elle.

— Eh bien, je crois que je n'ai pas le choix.

Silence, ponctué de cris d'oiseau.

— C'est la seule raison ?

— Non. Je ne sais pas.

Elle me regarde. Ses yeux de Gatorade sont deux sources chaudes bleu-vert dans le champ rocailleux qui nous entoure, comme celles que j'ai vues en photo dans le magazine de l'avion qui m'a amené jusqu'ici. Elle me regarde toujours. Veut-elle vraiment gâcher sa vie avec un déchet Toxic ?

— Tu veux que je vive ici ?

— Je ne sais pas. Je ne fais que demander.

Elle sort une cigarette qui tombe de sa main tremblante. Elle la ramasse et la place entre ses lèvres sérieuses. L'allume.

— Je veux dire, je crois que je n'ai pas le choix. Pour le moment, dis-je.

— Pour le moment ?

Ses mots s'échappent dans un nuage de fumée. A vrai dire, l'odeur est plutôt agréable, dans l'air frais qui picote.

— Oui, je veux dire...

— Tu aimes ?

— L'Islande ? Oui, bien sûr. Je veux dire, comment ne pas aimer ça ?

Je tends mon bras vers le paysage, parfait pour une histoire d'amour lunaire.

— Mais tu ne voudrais pas vivre ici ?

— Pour de bon ?

Elle acquiesce. Mon appartement sur Wooster and Spring m'apparaît dans un flash : mon écran plat et les matchs du Hajduk, le grill en bas de la rue, et mon superbe Heckler & Koch noir que je cache sous un carreau mal fixé dans un coin de la salle de bains. Je me tords les mains en murmurant :

— Je ne sais pas. Je n'y ai pas vraiment songé.

Elle se lève, laissant la bouteille de bière à moitié vide couchée sur la mousse, et se dirige vers la voiture.

— Hé ! dis-je.

Je l'attrape, nos deux bières à la main, tandis qu'elle grimpe le talus. L'oiseau prend son envol et se précipite par-dessus une mare de l'autre côté de la route. Il a dû louer toute cette putain de zone.

— Hé, Gun. Que se passe-t-il ?

Ses yeux sont humides lorsqu'elle se retourne. Nous nous tenons sur le bord de la route, à côté de la voiture.

— Tu n'y as pas songé ? me demande-t-elle.

— Non, je veux dire, tu dois penser à ma situation. Je vis au jour le jour...

— Et MA SITUATION à moi ? s'écrie-t-elle d'un ton dur avant de prendre une bouffée de sa cigarette à demi consumée, les lèvres tremblantes.

Je n'ai rien à dire. Je ne savais pas que cette fille pouvait pleurer. L'oiseau est de retour, il nous hurle dessus. Me hurle dessus.

— Je suis désolé, Gun... Gunnhildur.

— Il s'agit de quoi, d'après toi ?

— Toi et moi ? Ça a été l'été le plus chaud de ma vie.

Mes épaules tremblent sous l'effet du froid.

— Vraiment ?

— Oui. Le meilleur été que j'aie...

— C'est quoi alors, le problème ? Tu n'es toujours pas sûr ?

— Ecoute, Gun. Tu es une fille sympa et je suis un...

— Tu es un type génial.

Vraiment ?

— T'es un type génial, putain. Et maintenant, tu me dis que...

Elle ne peut pas finir. Juste sa cigarette. Qu'elle jette avant de faire le tour du véhicule.

— Alors, tu veux... ?

— OUI ! hurle-t-elle.

Elle ouvre côté conducteur, entre dans l'habitacle et claque la portière.

Me voilà seul entre la voiture et l'Islande, deux bières à moitié vides entre les mains. Elle semble sérieuse à notre sujet.

Un type génial, vraiment ?

Un 4x4 flambant neuf approche depuis l'est. Il ralentit en passant devant nous. Je me retrouve face à face avec un couple de quinquagénaires à l'apparence talienne. Des amants aux cheveux gris et au teint très hâlé qui portent un coupe-vent bleu par-dessus un polo jaune. D'heureux connards. Ils sourient tellement qu'il y a de quoi suspecter que l'emplacement du premier parlement en extérieurs du monde accueille ce week-end un festival d'orgies pour troisième âge. La femme, côté passager, a même le bras passé autour des épaules de son partenaire qui, à y regarder de plus près, a un peu l'air d'un tueur à gages à la retraite.

29

# LES COLLÈGUES DE KAUNAS

**06-08-2006**

Le retour se fait en silence. Même la radio s'est tue. Je contemple le paysage par la fenêtre, songeant à mes valises new-yorkaises qui ont désormais fait le tour du tapis roulant à Zagreb pendant quatre-vingts jours. Le crépuscule de minuit est plus ou moins terminé, mais quelques nuages continuent de rougeoyer à l'horizon, planant comme un troupeau de zeppelins par-dessus le glacier à la pointe de la péninsule Sauna Fêle Nef, ou quelque chose comme ça. Non loin de là, Reykjavik s'étend devant nous comme une femme désespérée me suppliant de l'aimer. Elle n'est pas sans rappeler Los Angeles de nuit : plate, vaste et lumineuse. La tour de l'église au nom impossible, érigée sur la colline au milieu de la ville, est la seule chose qui point à l'horizon, un godemiché noir se détachant sur le ciel rose.

Gun pénètre dans mon quartier mort de magasins de meubles et de camps de réfugiés et arrête la voiture à un rond-point vide non loin de ma prison. Je lui dis que je la rappellerai. Elle me répond en faisant disparaître ses lèvres à l'intérieur de sa bouche. Comme ça, elle ressemble un peu à sa mère.

Il est environ 3 heures du matin lorsque j'arrive à l'hôtel. Les Sept-à-Onze dorment profondément, de même que leurs chaussures sales aux coques d'acier. Au bout du couloir, j'entends le faible murmure de la télévision. Balatov est attablé, vêtu seulement de son slip défraîchi et d'un maillot de corps encore blanc, ainsi que d'une paire de chaussettes noires. Il est aussi poilu qu'un gorille. Il est même assez difficile de dire où ses chaussettes s'arrêtent et où les poils de ses jambes commencent. Il aurait besoin d'une sacrée cargaison de « crème arrachée » pour une épilation intégrale. A l'écran, un crétin d'acteur tente de jouer les pros de la gâchette, tenant son flingue comme un amateur – j'ai l'impression de voir le pape avec une ventouse à chiottes.

— Merde à nuit blanche. Je veux noire, murmure la voix entre les deux épaules velues.

Pour la première fois depuis notre rencontre, je ne le déteste presque pas. J'attrape une bière dans le frigo et le rejoins à table. J'ai besoin d'un ami.

— Et les Islandaises ? Tu ne les aimes pas ?

— Pas Islandaise au Granny Club, me répond-il.

Mon nouvel ami est limité.

Nous regardons l'écran un moment. C'est un de ces films à la « Personne ne bouge ! ». J'imagine qu'un film sur deux produits sur cette planète a pour personnage principal un type comme moi, ou un héros qui passe la majeure partie du putain de film à courir après un type comme moi, et parvient toujours à le rattraper avant que le générique ne se déroule, comme un esprit qui s'échapperait de la tombe du criminel. Le tueur mafieux est un des héros les plus populaires de notre époque. Dans ce cas, pourquoi ne puis-je pas vivre comme l'acteur qui joue mon rôle, dans une villa à Hollywood avec une piscine Nobel entourée de palmiers ? Une poignée de domestiques qui se disputent en espagnol dans la cuisine et un groupe de petites célébrités à gros seins gémissant devant ma porte, assoiffées de sexe ? Putain. Je devrais posséder tout ça au lieu de tuer le temps ici, au milieu du néant arctique. Moi, un plongeur ressuscité avec un nom à coucher dehors et une petite amie hystérique, qui sirote une bière polonaise de contrebande et discute philosophie avec le petit-fils de King Kong.

— Qu'est-ce que tu penses de ces films de mafia écrits par des mauviettes défoncées au café au lait de soja ? Des gamins mal rasés tout juste sortis de leur campus qui n'ont jamais vu un flingue de leur vie !

— Quoi ça ?

— Laisse tomber.

Nous retournons au film et Balatov balance une nouvelle tournée d'injures bulgaros. Notre région est le véritable foyer des noms d'oiseau. La Croatie détient le record du monde des jurons. Je suis à deux mots de lui renvoyer à la figure : « T'as la gueule d'un type qui vient de niquer un porc-épic ! » Ou bien : « Je viens de baiser le cadavre pourri de ta mère, pile dans le trou où il y avait son nichon gauche ! »

— Ta fille est bonne, me lance soudain le connard.

— Ma fille ?

— Je vois toi et fille dans magasin, dit-il avec un sourire libidineux et les deux pouces velus en l'air. L'est bon.

— Tu veux dire… ?

— Je vois vous faire sexe dans magasin. Elle fille prêtre, oui ?

Et voilà. Il m'a espionné. Il travaille donc bien pour le Foutu Bureau des Impuissants.

— Et alors, pourquoi tu ne les appelles pas ? Pourquoi tu ne m'arrêtes pas ?

— Quoi ça ?

Non. Après un bref interrogatoire, je dois en conclure qu'il n'est pas un agent sous couverture. Il est d'une stupidité cent pour cent sincère. Mais alors, que fait-il ici ? Pourquoi reste-t-il dans cet horrible pays aux nuits ensoleillées et aux sous-titres sanscrits s'il le déteste tant que ça ?

— Je travaille construction immeubles. Je pas payé. J'attends argent.

Bien sûr, il est tout à fait possible que cet homme soit un génie qui joue les idiots et qu'il soit véritablement sous couverture. Mais dans ce cas, la couverture est si épaisse qu'il ne parviendra jamais à faire passer la moindre information au travers.

Le lendemain, la prière matinale et dominicale des Polonais nous réveille. Vin de messe et sermon sur l'esclavage moderne dans les sociétés occidentales. Mais la querelle alcoolisée est bientôt éclipsée par un tollé côté lituanien. Une dispute poids lourd éclate dans leur coin et dure une bonne heure avant que l'un d'eux ne sorte en furie, claquant des portes derrière lui. Tous les Lituaniens ont la même tête : des cheveux bruns plaqués sur le crâne et un visage pâle constellé de taches de naissance.

Sur le seuil de ma cellule, Balatov m'informe que nous avons un cadavre sur les bras. Le petit gars qui a rejoint notre communauté la semaine dernière nous a quittés. Après s'être envolé avec un kilo de cocaïne dans le ventre, il avait atterri constipé. Ça fait maintenant cinq jours qu'il est allongé dans la cellule au bout du couloir, m'annonce Barbe-Noire. Il n'arrivait pas à chier, pas même pour sauver sa peau.

— J'ai vu lui. Ventre comme ballon.

Balatov a proposé son aide, me dit-il, mais ils ont refusé. Pour quelque raison, il ne se prend pas pour de la merde quand il s'agit du fonctionnement interne du corps humain.

Les Polonais ont eu vent de la triste nouvelle et sont venus en escadrille depuis la cuisine comme des corbeaux bourrés. Ils veulent tout de suite contacter leur cher maître, God-nie. Certains veulent même appeler les Casquettes Blanches. Mais les Lituaniens ne veulent pas en entendre parler. C'est une scène assez cocasse, à vrai dire. Un match de fous en anglais entre la Pologne et la Lituanie.

— Pas appeler police !

— Non. Appelez, *please* !

La dispute s'achève soudainement lorsqu'un des Lits dégaine un flingue. C'est un petit modèle allemand, similaire à ceux que la *Polizei* de Hanovre utilise. Abasourdis, les Polaks la ferment immédiatement et retournent à leurs bouteilles de Wyborowa. Balatov joue les vieux sages et dit au flingueur de calmer ses ardeurs.

Voir le pistolet me réchauffe à l'intérieur. C'est comme croiser un ancien pote. Je reste là un instant, étourdi tant j'ai le mal de la gâchette, et le regarde repartir dans le couloir avant de battre en retraite dans ma cellule.

C'est un long dimanche. Je suis au lit, la bible ouverte sur « la Résurrection de Lazare », tandis que mon cœur joue le thème de *La Quatrième Dimension*. J'essaie d'appeler Gun à trois reprises. Elle ne répond pas. Je pourrais tenter de filer en douce et de me glisser dans le sous-sol de Torture, mais je crois qu'il vaut mieux garder la tête froide. Je pense que je dois me méfier de mes collègues lituaniens plus que des Casquettes Blanches. J'attrape le manteau de Tommy, cherche son passeport islandais et le met dans la poche de mon pantalon. Juste au cas où.

Toutes les demi-heures, j'entends les amis du mort aller et venir précipitamment dans le couloir et l'escalier, jacassant à fort volume au téléphone dans leur langue encore plus bizarre que l'islandais. A vrai dire, je ne savais pas que les téléphones Nokia pouvaient décrypter le lituanien. Je vais à la salle de bains et aperçois l'un des visages pâles qui disparaît dans la chambre du défunt. Dans la cuisine, la fête de la vodka a été remplacée par un match de première ligue islandaise. A distance, on pourrait presque croire que ce sont des femmes qui jouent. Le football islandais ressemble assez au football normal, sauf que les joueurs tournent aux sédatifs. A la minute où ils entrent sur un terrain, ces Islandais en accéléré passent au ralenti. Il faudrait des kilos de coke pour rendre ces matchs intéressants.

Lorsque le zéro-partout s'achève, nous sommes tous d'humeur à manger une pizza. On me demande, à moi, Tommy, si j'aurais l'amabilité de montrer mes talents en islandais en commandant cinq pepperoni et six litres de Coca. Je parviens à articuler dans le téléphone « Gouda damne » (bonjour) avant de quitter la cuisine et de tenir le reste en anglais murmuré dans le couloir. Quarante minutes plus tard, le livreur arrive. Il se révèle être serbo-croate et offre une tournée de *dobro veče* aux Polonais hilares. Puis, l'espace d'une seconde, il tourne son regard serbe vers moi et dégaine un sourire biscornu, comme s'il avait remarqué l'emblème national tatoué sur mon âme.

La pizza nous unit, et il s'agit probablement de la plus belle heure de ma vie à l'entrepôt. Même Balatov sourit, exhibant ses dents jaunes. Mais au beau milieu de notre joyeux repas, l'un des visages pâles demande à parler deux minutes avec le Bulgare. Nous observons en silence tandis qu'il essuie sa bouche d'un revers velu de sa main, se lève et suit le Lituanien dans le couloir. Quelques minutes plus tard, il revient dans la cuisine et lève la main comme un chirurgien s'adressant à ses infirmières :

— Couteau.

Je lui prête le mien, et l'odeur de pizza est bientôt remplacée par un fumet à vous évider les viscères. Et ce écrit par un homme qui a un jour dû ouvrir une fosse commune vieille de trois semaines au VDM parce que Javor avait perdu ses lunettes et m'avait ordonné de lui en trouver des nouvelles.

Ça a l'air fou, mais le Bulgare négrophile nous raconte qu'il a un « biplôme » de docteur d'une université à Sofia. J'imagine qu'un biplôme de médecine vous autorise seulement à opérer sur les morts. Nous le regardons partir dans le couloir, le couteau à la main, les jambes comme deux parenthèses, l'air d'un tueur plutôt que d'un médecin. Mais apparemment, il connaît son affaire. Il accomplit l'autopsie avec habileté : l'opération d'extraction de l'or est un succès. Les Lits cessent leur deuil à la minute où le Dr Balatov leur tend les capotes gluantes remplies d'or blanc. Ses honoraires : cent grammes. Pas vraiment fana de blanche, il me fait immédiatement une offre de vente, mais je dois dire non.

J'imagine que tout ça fait partie de ma thérapie. Torture continue de me tester. Sinon, il m'aurait installé dans le sous-sol de sa mère jonché de mobiles et de coucous plutôt que dans ce grenier rempli de sorties strip et de drogues fraîchement-cueillies-des-boyaux-du-dealer.

Après le dîner, les Polaks retournent boire. Dès que la vodka se met à faire son effet, ils commencent à entonner de lents airs funéraires des Carpates, ou d'un endroit dans le même genre. Je me bouche le nez et m'en vais côté lituanien récupérer mon couteau suisse. L'odeur est écrasante, mais je parviens à pousser la porte du défunt. Elle s'entrebâille rapidement, juste assez pour laisser passer le mot « couteau ». Et pourtant, je parviens à constater que la pièce est pleine d'outils tous plus excitants les uns que les autres tandis que j'attends mon instrument. Il me revient avec un avertissement. Deux têtes de Lits émergent pour m'assurer que la version Kaunas d'une certaine organisation me liquidera si je raconte le bain de sang à qui que ce soit. Je compte le nombre de taches de naissance sur leurs visages (autant que de capitales sur une carte de l'Europe) tandis que je me retiens de leur demander qui est leur tueur, combien il en a descendu, comment il me tuerait : bref, les détails qui importent.

A minuit, l'odeur envahit toujours l'étage comme un brouillard invisible. J'entends de lourdes respirations dans le couloir, accompagnées du bruit d'une valise pesante qu'on tire sur un sol poussiéreux et qui rebondit sur les marches de l'escalier. Je jette un œil par la fenêtre géante et vois mes collègues baltes la déposer dans le coffre d'un van blanc délabré et démarrer.

C'est à moi de jouer.

J'attends patiemment que le médecin à domicile aille aux toilettes et que les Sept-à-Onze soient endormis. Mon cœur battant la techno, je me précipite dans le couloir, accompagné du plus long morceau de bois de mon sommier. Je le place à côté de la porte du défunt, monte dessus et grimpe pardessus le mur. Tout se passe sans problème, bien que je m'emmêle les pieds dans une bannière de basket multicolore lors de ma descente. La cellule est remplie de sacs en plastique et de boîtes en carton pleines d'ordinateurs Apple. Cinq écrans plats vierges sont entreposés dans un coin. Je fouille tous les bons endroits et découvre, enveloppé dans un sac en plastique jaune de chez Bónus, le magasin d'alimentation, un petit pistolet militaire allemand, un Walther P99, similaire à celui que j'ai aperçu plus tôt aujourd'hui. Très bien. Je me sens enfin libre, tenant un flingue entre mes mains. Je suis redevenu Toxic, putain. Il est même chargé. Le chargeur contient douze balles. Je suis prêt pour deux packs de six.

Le bonheur doit m'aveugler, car je ne remarque même pas qu'une voiture de police se trouve sur le parking. Les Casquettes Blanches ont déjà pénétré dans l'immeuble. Je peux les entendre remonter le couloir dans ma direction.

# 30

# CHMAO-VÉGUICHE

**07-08-2006 – 08-08-2006**

Je suis Catman, accroupi au sommet de la cloison entre la cellule du défunt et celle d'à côté, accroché à l'épaisse poutre au-dessus de moi qui touche ma nuque. L'étage entier m'apparaît comme si j'étais une mouche au plafond. Six cabines de ce côté-ci et six autres en face. Un couloir étroit entre les deux. Tout au bout, la cuisine.

J'entends les policiers discuter dans le corridor. Ils parlent islandais entre eux et anglais à l'un des Polonais, qui a l'air à la fois bourré et à peine éveillé.

— Vous êtes *Polish* ?

— Non, vous êtes police !

Il y a deux cellules entre le mur sur lequel je suis tapi et mon espace à moi. La plus proche est vide. L'autre, je ne sais pas. Mon cœur passe du trash metal au speed metal lorsque j'entends les flics tenter d'ouvrir la porte du compartiment le plus proche.

Mais après avoir secoué la poignée un instant, j'entends le Polonais murmurer « non, non » et, bientôt, ils se trouvent devant la porte du défunt. J'espère juste que mon morceau de bois restera silencieux.

J'attends jusqu'à ce qu'ils se mettent à marteler bruyamment contre le battant et à s'y attaquer au pied-de-biche. Puis je me laisse doucement glisser contre le mur dans un mouvement digne de Catman vers le rebord de la fenêtre qui éclaire la cellule voisine de celle que je viens de cambrioler. Dehors, la voiture de police semble vide. Pas une casquette à l'horizon, bien que la nuit soit assez lumineuse pour lire le journal. Les flics poursuivent leur menuiserie et je grimpe le mur suivant, jetant un œil prudent vers la prochaine cellule. Elle appartient à l'un des Polonais, probablement le couineur, car le lit est vide et la porte ouverte.

J'éteins la musique de mon cœur avant de me laisser glisser du mur au rebord de la fenêtre que j'arpente sans un son, les yeux rivés sur l'ouverture. Personne ne me voit et, en un rien de temps, je suis de retour dans ma chambre. Le speed metal cède la place à une ballade rythmée. Ça me donnerait presque envie de chanter « With Arms Wide Open ». Mon titre préféré de Creed.

Je passe les quinze minutes suivantes à me demander où cacher le flingue – LE FLINGUE ! – et je ne me suis toujours pas décidé lorsque les Casquettes Blanches frappent à ma porte. Deux spécimens de boules de neige au nez-galet en uniforme ; soudain, je suis persuadé que ce sont les mêmes mecs qui ont brièvement discuté avec Tadeusz, le peintre polonais, la nuit fatidique du mois de mai. Quelques-uns des compatriotes de Tadeusz, assommés par la vodka, se tiennent derrière la flicaille et l'un d'eux leur explique que je suis du coin.

— Vous êtes Islandais ? me demande l'agent en islandais.

— Chmao-véguiche, dis-je, avec force hochements de tête et un sourire.

Ça signifie « un petit peu », un mot magique que Gun m'a appris cet été et qui va à présent me sauver les miches. Je sors ensuite mon passeport bleu montagne et mon cœur se met à jouer une version drum'n'bass de l'hymne national islandais tandis qu'ils observent l'impeccable produit. Ils lisent mon nom à voix haute, examinant mon visage slave d'un air sévère.

— Tómas Leifur Olafsson ?

— Iao. Tommy ! dis-je avec un sourire crétin, ordonnant à ma main droite de rester en dehors de ma putain de poche droite.

— Où travaillez-vous ? me demandent-ils dans leur langue froide.

Je passe à l'anglais (en expliquant que mon père était mi-américain et tout le tintouin) et leur réponds « Samver ». Leurs visages s'éclairent instantanément.

— Vous connaissez Sammy ?

Le nom du bon samaritain fait l'effet d'un sèche-cheveux sur la situation givrée, et nous discutons un peu du petit homme aux lunettes qui dansent. Les deux policiers le connaissent du boulot. L'un des types les plus drôles à arrêter, m'assurent-ils. Ils redeviennent sérieux et me demandent si j'ai quelque chose à voir avec les gars de Kaunas. Je leur réponds que non.

— Vous avez remarqué quelque chose de spacieux ici, aujourd'hui ?

— Vous voulez dire « suspicieux » ?

C'est moi qui ai la main, maintenant. Je peux me calmer.

— Oui, répondent-ils.

Sans réfléchir et sans un battement de cils, je décide d'être beau joueur, oubliant au passage les menaces lituaniennes. Ça doit être le flingue. Ou une preuve tardive de gratitude envers les Casquettes Blanches pour m'avoir offert le meilleur été de ma vie.

— Oui. Je les ai vus emmener le corps du mort dehors, il y a tout juste vingt minutes. J'y ai assisté depuis ma fenêtre, dis-je, les invitant à l'intérieur de ma cellule. Il était dans une grande valise, le corps. Ça avait l'air assez lourd. Ils l'ont mis à l'arrière d'une camionnette blanche et sont partis.

— Vous avez vu le numéro ?

— D'immatriculation ? Oui. C'était SV sept-quatre-un.

Je ne plaisante pas. Je me souviens de ce putain de numéro d'immatriculation. Les deux flics me regardent comme s'ils voulaient m'inviter à une croisière dans les Caraïbes. En première classe. L'été prochain. Rien que nous trois. Puis ils se ressaisissent.

— Et où se trouvait la voiture ?

— Juste… là, en bas. Devant l'entrée.

Nous nous tenons près de la fenêtre et l'un d'eux se penche de mon côté pour avoir une meilleure vue. Par cette action, il effleure accidentellement de sa hanche gauche la petite chose dure dans ma poche. Le policier se tourne automatiquement vers moi et me dit, le plus poliment du monde :

— *Afsaki.*

C'est de l'islandais, et ça signifie : « Désolé, je ne voulais pas toucher votre pistolet. »

Le lendemain, lorsque je reviens du boulot, je vois trois voitures de police blanches garées devant notre hôtel adoré. Un ruban jaune claque dans la brise estivale glaciale, et une Casquette Blanche garde l'entrée. Je passe devant l'immeuble à bonne distance, de nouveau dans le rôle du rare passant sur les trottoirs vides d'Islande.

Une heure plus tard, je sonne chez Gunnhildur. Elle ouvre la porte et nous voilà bientôt dans sa cuisine bordélique, échangeant un baiser comme un couple d'amants désespérés. Je me laisse emporter et la serre un peu trop fort : elle sent la chose dure dans mon pantalon.

— C'est quoi, ça ?

— L'acier allemand.

# 31

# ROCK GIVRÉ

**08-08-2006 – 08-09-2006**

Torture parle, Tomo part.

Le grand homme me ramène à l'hôtel Turbin afin de récupérer mes affaires et échange deux trois mots avec la police, usant de son pouvoir de persuasion et de son inestimable *télébrité* afin d'expliquer ma situation. Tommy Olafs est son protégé, un type hyper sensible qui voulait connaître son pays d'origine, rien de plus, mais ne peut supporter de vivre avec de cruels criminels invétérés. Je fais mes adieux à mes potes polonais et, à ma grande surprise, je me penche vers la joue de Balatov pour une rapide embrassade.

Je passe la nuit dans la chambre Ancien Testament de chez Torture et Hanna. Au travail, le lendemain, j'ai une conversation cruciale avec Au-Lit et, le soir, il nous accueille, Torture et moi, sur le seuil de son appartement, au troisième étage d'un vieil immeuble de béton non loin de chez Gun. Harpa est partie travailler de nuit au solarium et Au-Lit et moi jouons une scène écrite à l'intention de notre bien-aimé Torture : nous prétendons que je loue une chambre chez lui. Apparemment, l'homme à la Bible connaît l'homme à la viande par Sammy, et tous deux échangent leurs opinions sur le rôle sous-estimé de la violence dans l'enseignement des Evangiles tandis que j'examine la fabuleuse collection de couteaux de cuisine qui pendent au-dessus de la gazinière ultrachic d'Au-Lit. Bien qu'il soit conscient du passé tumultueux du chef cuistot, Torture a parfaitement foi en lui dans le rôle de mon propriétaire.

— Du moment que tu paies le loyer, il ne te tuera pas, me dit-il dans la voiture avec un bon rire franc.

Quelques minutes après que le prédicateur a mis les voiles à bord de son saint SUV, j'arrive chez Gun et lui demande où je dois déposer mes affaires. Elle a l'air nerveuse, emporte sa cigarette dans sa chambre (chose qu'elle ne fait pas, normalement) et pointe d'un doigt tremblant deux étagères vides dans son imposante penderie.

— Quelque chose ne va pas ?

— Non. Pourquoi ?

— Tu penses peut-être qu'on n'est pas prêts à vivre ensemble.

— Non, non. C'est juste...

— Je croyais que tu en avais envie. C'est Tristeur ?

Un lourd soupir, puis :

— Oui.

— Tu as peur qu'il parle de nous à tes parents ?

— Non, c'est pas ça. Je m'en fiche.

C'est pas ça. C'est autre chose. Mais elle ne me dit pas quoi. Je lui propose de dormir à l'étage, dans le grenier, mais elle refuse, et bientôt nous voilà dans son lit, à essayer de nous remonter le moral avec une amorale partie de jambes en l'air, sans beaucoup de succès. Puis elle décroche son téléphone et a une conversation longue et visiblement difficile avec son frère, qui n'a pas l'air en joie à l'idée de vivre avec un tueur à gages. Peu avant minuit, il arrive, pâle et lugubre. Sans même un « salut », il se retire dans sa chambrette près de l'entrée et passe du rock givré à fond jusqu'à 2 heures du matin. Gunnhildur est bouleversée et fume un paquet entier avant de se brosser les dents pendant vingt minutes.

Nous demeurons allongés au lit, pétrifiés, enfermés dans une étreinte silencieuse comme d'antiques amants dans un musée. Ce n'est pas ce que je préfère, rester allongé comme ça, mais je ne fais pas la fine bouche en cette occasion spéciale : ma première nuit à vivre avec quelqu'un avec qui j'ai fait l'amour, sans compter que nous ne pouvons pas dormir à cause du rock givré qui tambourine à travers le mur. Balatov me manque déjà. Trente minutes supplémentaires de torture musicale et son nom a acquis la distinction d'un célèbre compositeur classique. Puis le pauvre frérot met la même chanson en boucle pendant encore une demi-heure. Le chanteur hurle comme s'il était prisonnier au fond d'un canyon glaciaire avec une fracture du fémur.

— Qu'est-ce qu'il chante ?

— *Sódóma*, me répond-elle d'une voix faible.

— Ça veut dire quoi ?

— Juste... tu vois... sodom...

— Comme dans Sodome et Gomorrhe ?

— Ouais. Ça doit être ça.

La lecture de la Bible porte enfin ses fruits. Et le fils du pasteur de l'autre côté du mur sait faire passer son message. Gunnhildur s'agrippe à moi comme une souris mourante. Enfin, Tristeur a épuisé sa jalousie fraternelle, et les deux sodomites peuvent trouver le sommeil.

Par chance, la grue cendrée passe moins de temps à la maison de nos jours qu'au printemps, lorsque votre serviteur était un fugitif débutant et que tout était un peu plus excitant. Je m'adapte lentement au quotidien islandais. Je passe la matinée sur Internet, à rechercher mes différents noms accolés aux termes « FBI », « David Friendly » ou « mafia lituanienne » sans grand succès ; à envoyer des mails à des gens qui sauraient peut-être m'indiquer où se trouve ma bonne vieille Senka ; ou à écrire à ma mère des lettres que l'amie de Gunnhildur emmène avec elle à Londres et envoie depuis quelque poste royale. A midi, je me retrouve de nouveau au milieu du parc central à attendre le bus n° 6 avec les timbrés du coin. Le mois d'août s'achève sur un coucher de soleil plus ponctuel. J'accueille l'obscurité à bras ouverts.

La thérapie de Torture s'amenuise pour ne plus laisser que quelques check-up téléphoniques du maître ainsi que des visites régulières aux messes folles de son église moite. Lors de ma première apparition, il m'accueille avec bravade et présente Tommy à sa foule désespérée de voyageurs en bus dans ces termes : « Un bon Islandais et un cher ami ! Un homme qui a passé la majeure partie de sa vie à l'hôtel de l'Enfer mais l'a désormais quitté et loue une chambre au paradis, Dieu bénisse son âme ! Alléluia ! »

La congrégation se lève (à vrai dire, elle n'est quasiment jamais assise) et les dames poilues agitent leurs mains dans les airs, répétant l'alléluia de Torture. On se croirait à Harlem, sans la choré. En un rien de temps, je me retrouve à serrer dans mes bras un handicapé tout maigre aux joues froides. « *Velkominn* », me dit-il d'une voix faible. Puis le prédicateur retourne à l'islandais et, à ma grande surprise, je comprends presque tout.

— Vous devez connaître vos ennemis ! Vous devez savoir que le péché est votre pire ennemi ! Et vous ne devez jamais inviter le péché chez vous ! N'invitez jamais le péché à dîner ! VOUS NE DEVEZ MÊME PAS OFFRIR UN CAFÉ AU PÉCHÉ ! hurle-t-il de sa voix virile de baryton, rappelant davantage un motard des Hell's Angels qu'un porte-parole divin. Car le péché vous demandera du lait dans son café. Et le péché vous demandera du sucre. Et le péché vous demandera du WHISKY dans son café. Et en un rien de temps, le péché boira un IRISH COFFEE ! Et bientôt, VOUS boirez avec lui. Vous boirez avec le péché, vous chanterez avec le péché, vous danserez avec le péché, au rythme de ses chansons préférées ! Alors, laissez-moi vous le dire encore une fois : N'OFFREZ JAMAIS UN CAFÉ AU PÉCHÉ ! ALLÉLUIA !

Je m'entends répéter le dernier mot, à l'unisson avec la foule, tandis que je sens la forme de mon vieux flingue tout neuf sous le talon de mon pied droit. Le petit engin rentre parfaitement dans ma chaussure taille 46. Je me suis acheté une paire de baskets, celles aux semelles les plus épaisses, et j'ai opéré une jolie chirurgie sur la droite, retirant autant de couches que possible pour y faire entrer mon P99.

A présent, donc, je « parcours la voie de Dieu », selon l'expression de God-mon-dur, avec un flingue dans ma chaussure. Ça n'est pas très confortable, mais je serai fin prêt le moment venu.

De toute façon, je ne pense pas que les portes du paradis aient un détecteur de métal.

Ma Gun n'est pas au courant pour mon gun. Ce n'est pas son problème ; on en a assez comme ça. Ne vous méprenez pas. Gunnhildur est géniale. Le vrai problème, c'est moi. Je n'ai pas partagé d'appartement depuis ma coloc avec Niko à Hanovre. Vivre avec lui m'avait donné un master en tolérance, mais la fumée constante de Gunnhildur ainsi que son habitude de jeter jeans, pulls, sous-vêtements, bouteilles vides, cendriers et cartons de pizzas un peu partout dans la maison commencent à me taper sur les nerfs. Je suis peut-être sociopathe, mais j'aime que tout soit à sa place.

« Putain, je ne comprends pas comment tu peux être la fille de tes parents. Je veux dire, leur maison ressemble à la Maison-Blanche, et la tienne à la Maison Fange.

— OK, dans ce cas, engageons une femme de ménage.

— On en a déjà parlé. On n'en a pas les moyens.

— C'est pas grave. Tu n'auras qu'à la tuer après son premier passage. Puis on en engagera une autre, et tu la tueras, elle aussi. Je veux dire, tu es un professionnel, oui ou merde ? »

C'est ainsi que toutes nos disputes s'achèvent. Mon ex-job est toujours là, comme une ex-petite amie psychopathe. Quand on a tué plus de cent personnes, on n'a pas le droit de se plaindre d'un sol sale ou d'une chambre en désordre. C'est comme ça, c'est tout. Elle a presque fait de ce raisonnement un art. Chaque fois qu'elle se retrouve à court d'arguments, elle explose avec une réplique du genre « T'as probablement plus l'habitude de t'occuper de gens morts, n'est-ce pas ? » ou « Tu ne supportes pas les gens qui ont des activités normales comme *respirer* ou *parler*, n'est-ce pas ? » ou tout simplement « T'as qu'à me tuer, puisque c'est ça ! ».

Sinon, ça ne va pas trop mal.

Nous allons chacun à notre boulot et nous faisons équipe pour le dîner avant que je la traîne voir le dernier *Spiderman* ou la laisse me traîner à l'un des innombrables concerts que cette petite ville offre. Je dois vraiment avoir le béguin pour elle, car ça ne me dérange pas de rester deux heures debout à secouer la tête au rythme de groupes indés-débiles comme Boules Quiès ou Les Somnifères, tandis que Creed joue dans ma tête la B.O. de l'invasion de Knin par les flammes.

Le seul point déprimant, c'est Tristeur, qui n'a même pas l'air de *chercher* un endroit où vivre. Sa présence silencieuse peut aisément réduire votre nouveau moi au néant et autoriser l'ancien à renaître de ses cendres. Pendant les deux premières semaines, il n'a utilisé que deux putains de mots. « Salut » et « bye ». Quand je lui tends son putain de dîner, un goulasch du feu de Dieu que j'ai tenu sur mes genoux pendant vingt minutes dans un bus rempli de consanguins et de victimes de viol, il ne m'accorde même pas un simple « *takk* ». Par chance, il est au boulot la plupart du temps. L'un des Sept-à-Onze a récemment travaillé avec lui sur un chantier. Apparemment, l'oiseau muet est une star du monde bétonné.

« Il est génie avec grue. A cent mètres, il peut ramasser petite pièce, avec beaucoup vent. »

Eh bien, tant mieux pour lui. Si seulement il pouvait utiliser sa grue pour ramasser des nanas...

Je parviens à laisser mes démons à la porte mais, la nuit, ils se glissent par la fenêtre de notre chambre. Gunnhildur aime la garder ouverte.

Dès que je m'endors, les chars serbes se mettent en route, leurs chenilles faites de têtes qui hurlent – des têtes de villageois croates ensanglantées et couvertes de boue, des vieillards, des femmes et des enfants. Les panzers des Tchetniks détruisent ma ligne de défense endormie, se précipitant à travers les champs obscurs de mon âme comme des rhinocéros excités, suivis d'un peloton de soixante-six hommes d'affaires américains armés de téléphones portables et de mallettes et acclamés par autant de veuves qui crient des forêts profondes et bleues du New Jersey aux toits plats et chauds des prairies du Manitoba, tous encouragés par la bénédiction d'un prêtre chauve à l'accent du sud des Etats-Unis, vêtu d'une tenue de karaté blanche avec une ceinture noire bulgare sur laquelle est inscrit : *YO BÂTARD !*

Ils nous attaquent de toutes parts. Nous sommes cernés, mon père, Dario et moi.

Nos doigts s'acharnent sur les mitrailleuses, transformant notre mini-fort en véritable sprinkler, mais sans résultat. Nous sommes anéantis. Bientôt, nous entendons les cris insupportables de nos femmes et de nos enfants, tout comme les chenilles des chars qui approchent à toute vitesse, par-dessus le tumulte assourdissant des fusils.

Soudain, je sens que mon père est blessé. Il a été touché à l'épaule droite. Je jette un œil derrière moi et je le regarde se tourner lentement dans ma direction. Mais je ne peux rien faire, car je dois affronter l'ennemi et continuer de tirer. Une seconde plus tard, je sens ses mains sur mon cou, autour de mon cou. Ses dix doigts s'enfoncent dans ma chair. Je sens qu'il est sur le point de m'étrangler lorsque je me réveille et j'aperçois le visage rouge de Tristeur dans la lumière bleue du matin qui remplit la pièce.

Tristeur est en train d'essayer de m'étrangler. L'enfoiré. J'attrape ses bras et tente de le contrer, mais il est fort et furieux comme un bœuf bourguignon. Gunnhildur se réveille et se met à hurler son nom, ce qui l'affaiblit suffisamment pour que je puisse défaire son étreinte, et nous nous retrouvons bientôt à nous battre sur le sol près du lit, créant par là même un tourbillon de magazines, de boucles d'oreilles, de préservatifs et d'une lampe. La lutte ne dure cependant pas longtemps. Le soldat croate et le tueur de Manhattan, remontés par la parole de Dieu, mettent rapidement en échec le fils du prédicateur.

Qui se révèle ne *pas* être le fils du prédicateur. Tristeur n'est pas le frère de Gunnhildur. C'est, ou plutôt, *c'était* son PETIT AMI.

En voilà une nouvelle.

Durant trois mois complets, j'ai cru qu'il s'agissait de son frère, du fils de God-mon-dur et de Chicridule. A vrai dire, c'est ce qu'ils m'ont dit, au tout début, lorsque je jouais les Friendly et que tout était plus compliqué de manière moins compliquée. Au lieu de me parler de leur gendre, ils ne cessaient de se targuer de leur « beau-fils ». Je trouvais ça étrange, à l'époque, d'accoler cet adjectif à leur enfant, mais je comprends mieux, à présent.

Et je vois maintenant que la fille des glaces l'a trompé avec moi. Dans le grenier. J'ai été le briseur de leur ménage. Peu de temps après, ils ont dû rompre, mais le pauvre gars n'a même pas déménagé, pas même après que j'ai emménagé ! Le mâle islandais doit être l'animal le plus indulgent de la planète. Mais bien sûr, le sang bouillonnait sous le couvercle du silence. Il fallait qu'il s'échappe, à un moment ou à un autre.

Et bien sûr, il fallait qu'il débarrasse le plancher, à un moment ou à un autre. Le moment est venu.

# 32
# DÉSINTOXICATION

**10-09-2006**

— Comment as-tu pu ne pas remarquer qu'il était mon petit ami ? Enfin ! On vivait ensemble, on dormait dans le même lit !

Nous nous dirigeons vers l'impasse du Silence. Cette histoire de beau-fils doit être réglée. Il me faut faire face aux sauveurs de mon âme et leur dire qu'en plus de tout ce qu'ils m'ont offert je vais prendre la main de leur fille. Mais j'imagine que son père n'en aura que faire. On « vit les derniers jours », après tout.

Comme toujours, c'est elle qui conduit. Tommy a un passeport mais pas de permis. Nous passons devant l'aéroport domestique en ville. La pluie bat le pare-brise. La radio passe Shakira. « Hips don't Lie. » Munita et moi l'avions vue un jour entrer dans un resto chic dans Theatre Row, lors d'un de nos nombreux dîners pré-préliminaires. Nos yeux s'étaient rivés sur son superbe cul colombien et, une fois hors de vue, Munita le déclara trop gros. Je ne voulus pas dire à ma Bonita qu'il avait l'air plutôt menu comparé à son temple aztèque, aussi ajoutai-je rapidement le troisième trésor latino à la conversation : le sacré culot de J-Lo, concluant ainsi que l'Amérique du Sud avait du derrière à revendre, dans tous les sens du terme. Cela la fit rire jusque dans mon lit.

Il me faut une fichue force mentale pour parvenir à faire lever et à virer les trois augustes séants de mon esprit et enregistrer le fait que je suis assis à côté de ma nouvelle petite amie blonde dans une voiture en Islande.

— Pardon. Qu'est-ce que tu disais ?

— Comment as-tu pu songer une seule seconde que nous étions frère et sœur ?

— Je ne pensais pas que c'était ton frère. Je pensais que c'était ton chien.

Elle conduit un moment en silence. C'est un dimanche pluvieux à Reykjavik. Il y a du mouvement partout. Et rien que des voitures. On échange des saluts à coups d'essuie-glaces. Nous passons devant la Perle, le restaurant qui surplombe la ville. C'est un dôme de verre et d'acier construit sur des citernes d'eau volcanique. Je l'y emmènerais bien si mon travail rimait avec salaire.

— On est restés trop longtemps ensemble, dit-elle.

— Combien de temps ?

— Depuis le lycée. Mais avec, tu vois, de bonnes pauses.

Très bonnes, en effet. Avec quatre équipes de football (gardiens de but sur la touche).

— OK. Et quand avez-vous rompu ?

— C'est-à-dire ?

— Quand lui as-tu dit, pour nous deux ?

— Ben, tu vois, quand ça a commencé à devenir sérieux.

— Et c'était quand, ça ?

— Quand tu as emménagé, par exemple.

Elle a l'air énervée. Et nom de Dieu, je le suis aussi.

— Quand j'ai emménagé ? Tu ne lui as dit qu'à ce moment-là ?!

— Oui, à peu près.

— Donc, pendant un mois, il était... Toutes nos nuits dans le magasin de meubles... il croyait que vous étiez toujours ensemble ?

— Eh bien, j'imagine qu'il avait des soupçons.

— Donc tu lui as menti, et tu m'as menti à moi ?

— Je ne t'ai pas menti. Tu n'as jamais rien demandé.

— Je n'ai jamais rien demandé ? Comment aurais-je pu ? Je croyais qu'on était ensemble ! Je ne savais pas que tu avais *un petit ami* !

— Et moi, je ne savais pas que tu en avais une !

— Elle est morte !

— Elle ne l'était pas la première fois que...

— Non, je sais. Ce n'était pas bien. C'est pour ça que je suis parti.

— Foutaises. Tu es parti parce que tu as appris qu'elle était morte et que tu étais en état de choc.

— Tu peux arrêter la voiture ?

— Quoi ?

— Je veux sortir. C'est fini.

— C'est fini ? Pourquoi ?

— Je dois pouvoir te faire entièrement confiance.

— Tu peux me faire confiance !

— Non. Tu m'as menti.

— Je n'ai pas menti ! Tu ne m'as jamais rien demandé !

— Tu lui as menti et tu me mentiras. Jamais je ne pourrai te faire confiance.

— Merde, Tod. Pourquoi tu ne me flingues pas ? Là, tu l'auras, ta confiance !

Silence. Elle appuie sur l'accélérateur, j'appuie sur le pistolet. Dans ma chaussure. Nous regardons droit devant nous. A travers la pluie brumeuse, on peut distinguer le cul aux lumières rouges d'un Nissan Pathfinder blanc. Les essuie-glaces travaillent le pare-brise, de mon côté au sien, de son côté au mien.

— Je suis enceinte.

Evidemment, c'est elle qui parle. Et je ne peux que répéter, comme le fit le premier imbécile de l'humanité lorsqu'il apprit que sa femme était en cloque :

— Enceinte ?

— Oui.

— Waouh. Et tu le sais depuis quand ?

— Depuis ce matin.

— Et... ?

— Et... ?

— Il est de moi ?

— MAIS BIEN SÛR QU'IL EST DE TOI ! POUR QUI TU ME PRENDS ? OUI, IL EST DE TOI, PUTAIN ! JE SUIS ENCEINTE DE TON PUTAIN DE BÉBÉ !!!

Elle se met à pleurer. Larmes à l'extérieur, larmes à l'intérieur. Conditions de conduite difficiles. Elle s'arrête à la station-service la plus proche. J'essaie de lui dire combien je suis désolé. Combien il est merveilleux qu'elle soit enceinte de mon enfant. MON ENFANT ! Ce doit être la meilleure nouvelle depuis que Suker a dégagé les Allemands en France en 98. Je lui offre mes bras et elle détache sa ceinture avant de s'effondrer sur mes genoux. Elle pleure un moment. Je crois qu'une bonne partie de ces larmes vient de la grossesse. Munita m'avait dit un jour que les femmes enceintes pleuraient beaucoup. Quelque chose à voir avec l'eau qui s'accumule dans le ventre et qui s'ajoute à la production normale, créant des inondations occasionnelles. Je regarde dehors, à travers le pare-brise. La toute nouvelle station-service offre aussi un coin fast-food. J'observe un jeune père qui passe sous le panneau KFC d'un rouge brillant, tenant la main de son petit garçon. Elle pleure encore un peu. Mon entrejambe est mouillé. C'est la précipitation qui retourne à la source. Le cycle de la vie.

Nos accès d'émotion font naître de la buée sur les vitres, transformant la voiture en une sorte de cocon. Elle se redresse enfin, le visage ravagé de larmes. Je répète mes excuses.

— Je suis désolé. Je ne voulais pas te bouleverser. Je suis très heureux.

— Vraiment ?

— Oui. Bien sûr. Je suis aux anges.

— Alors, tu crois que tu peux... tu vois... me faire confiance ?

— Et toi ?

Je sens la texture du pistolet sous mon talon.

— Oui.

— Mais tu sais qui je suis, Gunnhildur. Tu sais ce que j'ai fait. Je ne comprends pas. Comment peux-tu me faire confiance ? Comment peux-tu fonder une famille avec quelqu'un comme moi ?

— Je t'aime.

— Moi... moi, pareil.

Ce n'est peut-être pas grammaticalement parfait, mais elle voit ce que je veux dire, et nous nous embrassons. J'en ai parcouru, du chemin. Depuis le jour où j'ai retiré mon flingue du rectum d'un type au quarante-cinquième étage d'un hôtel de Manhattan jusqu'au moment où je me retrouve dans les bras d'une blonde beurre, dans une Skoda rouge Croix-Rouge sur le parking d'une station à essence dans une banlieue merdique islandaise, à lui dire que je l'aime. Et je ne mens pas. Je crois.

C'est sacrément agréable.

Histoire de replacer les choses dans leur contexte, d'une manière absolue, le DJ à la radio décide que c'est le moment idéal pour passer « Toxic », de Britney Spears. C'est assez incroyable. A New York, c'était « ma chanson », bien sûr. Les gars me charriaient. Je l'aimais bien, à vrai dire, et j'avais même fini par acheter le foutu CD que je passais à fond lorsque j'étais en chemin pour un contrat. Ça me donnait du courage, du cœur à l'ouvrage pour une jolie tuerie. Le fait de l'entendre à présent ne peut que plaire au vieux moi, que le nouveau moi a avalé : l'ancien pas plus gros qu'une balle, le nouveau aussi gros que l'amour.

Je suis désintoxiqué.

Gunnhildur ne fait pas attention à la chanson, et après un moment prolongé de bonheur hardcore, nous poursuivons notre route. L'autoroute à deux voies nous emmène sous un tunnel, sur une descente puis une montée, puis sur un pont routier. Des 4x4 du tonnerre filent devant nous, agitant des nuages de poussière aquatique. Elle tourne vers Garðabær, la ville assoupie où demeurent ses parents. Puis, sans prévenir, elle lance :

— Alors, tu veux vivre en Islande ?

— Oui. Mais seulement si tu es vivante. Dès que tu meurs, je me casse.

— Alors, tu vas probablement me tuer, non ?

— Pas si tu m'épouses.

— C'est une demande ?

— Non, une menace.

Elle me regarde avec un sourire pour lequel je pourrais tuer. Non, pardon. Avec un sourire pour lequel je pourrais me laisser tuer.

Nous sommes deux heureux hamsters attendant le troisième tandis que nous nous garons devant la maison de ses parents. Je lui jette un regard rapide et sérieux et lui demande :

— Est-ce qu'on leur dit, pour le bébé ?

Son visage est presque revenu à la normale, bien que ses yeux soient encore un peu rouges.

— Non, pas tout de suite. Je ne suis pas sûre de vouloir le garder.

— Quoi ? Gunnhildur ! Non !

Elle m'observe un instant, cultivant un sourire sur ses lèvres juteuses.

— Relax. C'était juste un test.

# 33

# L'HEURE DE LA VENGEANCE

**12-05-2007**

Nous sommes en mai 2007. Un an a passé depuis mon arrivée accidentelle en Islande. Depuis ma retraite anticipée de l'industrie du crime. Un hiver chargé de jours peu éclairés et de nuits enneigées a pénétré mon âme. Et voilà que la lumière a refait son apparition. Le printemps est là, toujours aussi froid, avec son jour éternel et son Eurovision, orgie annuelle de femmes splendides et d'homos.

C'est ce soir.

Nous nous rendons chez les parents de Gunnhildur pour la traditionnelle *fjölskylduboð* (réunion de famille). Le gros bébé croate dans son utérus peut naître d'un moment à l'autre, et elle a l'air d'un serpent ayant avalé un ballon de basket. Gun dit que je lui caresse le ventre comme si je m'attendais à y trouver un million de dollars plutôt qu'un enfant. Chicridule nous accueille avec un baiser sur la joue de sa fille et de son « beau-fils » – pour ce dernier, c'est d'ailleurs la première fois. Il aura fallu toute une saison de ténèbres pour qu'elle accepte que la chair de sa chair attende un futur gangster.

« Je tiens juste à ce que tu saches que si tu nous déçois, je file appeler l'ambassade américaine sur-le-champ », m'a-t-elle dit au réveillon de Noël, lorsque nous nous sommes par hasard retrouvés seuls à la cuisine.

Désormais familier des coutumes islandaises, je retire mes baskets et les place dans un coin. Gunnhildur a le droit de garder aux pieds ses presque Prada. (Selon le règlement domestique islandais, on peut garder ses chaussures à l'intérieur du moment que celles-ci coûtent plus de deux cents dollars.) Elle traverse le salon en direction de la véranda, où elle embrasse son père. God-mon-dur est en train de faire joujou avec son gril à gaz, fierté de tout foyer islandais, un quadrupède noir au pis jaune vif qui endure en silence l'interminable hiver, musardant dans le jardin gelé comme un mammifère arctique. S'il fut originellement créé pour des barbecues texans, j'ai vu les Aiselandais essuyer la neige de son dos avant de l'embraser. Parfois, le steak bien cuit arrive dans nos assiettes à demi congelé par la tempête extérieure. Ces gens sont des maîtres du trompe-l'œil.

Le frère de Gunnhildur, Ari, est le prochain à faire son apparition. Il revient quelques semaines, marquant une pause dans ses études de machins-trucs informatiques à Boston. Un type blond à joues rouges et à lunettes – il a l'air d'une version mise à jour de son père. Nous nous rencontrons pour la première fois.

— Salut, je m'appelle Tómas.

— Salut.

— On l'appelle Tommy ! s'écrie God-mon-dur d'un ton joyeux depuis la véranda, un gant de cuisine sur une main et une pince à gril dans l'autre.

Parfois, je l'appelle Gondy.

Je discute avec Ari de l'hôtel Westin Copley Place, à Boston, où il a récemment assisté aux trente ans d'un ami (et où j'ai bossé sur mon contrat n° 30 il y a quelques années). Puis je regarde Gunnhildur ouvrir la porte d'entrée à Au-Lit et Harpa, qui la saluent avec un sourire, une bouteille et un bouquet de fleurs. Ils me font un peu l'effet d'un couple interracial : la fille-luth est bronzée à mort et l'homme à la viande est aussi blanc qu'une toque de chef.

Peu après, Torture et Hanna arrivent avec leurs enfants muets. Comme d'habitude, sa poignée de main à lui sort tout droit de la Bible et son haleine naturelle à elle demeure épargnée par le fluor ou le bain de bouche. Ils sont venus avec leur propre viande, probablement un morceau de l'agneau que Torture a abattu lui-même dans son garage. Il l'apporte à God-mon-dur, et les deux hommes discutent un moment auprès du barbecue fumant, l'air de chefs tribaux.

— Comment ça se passe avec la lettre ? demande Hanna.

— Pas trop mal.

Elle fait référence au courrier pour Friendly.

— Ça fait plaisir à entendre. Est-ce que tu vas l'envoyer ?

— Je ne sais pas. Peut-être.

Nous dînons tôt, car l'émission, en direct, commence à 19 heures de ce côté-ci du monde. God-mondur a jeté sa cravate rose par-dessus son épaule tandis qu'il apporte la viande chaude depuis la véranda froide. Ari me pose des questions sur mon travail. On dirait bien qu'ils ne l'ont pas informé de mon passé sanglant. Alors, je lui parle de mes emplois, au pluriel, car je respecte désormais la tradition nationale qui veut qu'on en ait deux. Le matin, je bosse à la cafétéria de la Bibliothèque nationale et, quatre fois par semaine, je suis ouvreur, assistant, ou quel que soit le nom qu'on y donne, à l'église de Torture. Cela inclut nettoyer la sueur prophétique du sol et réconforter l'occasionnelle femme seule qui reste pour parler des gens qu'elle a perdus. Entre deux, je prends des cours d'islandais et travaille à ma lettre. Cette dernière requiert des recherches que j'exécute en général à la bibliothèque sur le vieil ordinateur portable de la fille de Hanna, une brique de broque du vingtième siècle dépourvue des moindres gâteries contemporaines. De temps en temps, je prends aussi des leçons de karaté avec Torture dans la pièce aux matelas.

Au-Lit et Harpa sont un peu timides en compagnie des célébrités. Au-Lit se concentre sur son assiette, sa petite boucle d'oreille dansant contre sa mâchoire, comme les lunettes de Sammy, tandis qu'il mâche sans relâche l'agneau divin ; Harpa, elle, avale à peine une bouchée. Torture observe la bouteille de rouge comme si elle contenait le sang de Satan. Au-Lit m'en propose un peu mais je refuse en silence. Un bref moment de suspense a lieu lorsque Gunnhildur me demande de lui passer la sauce et m'interpelle d'un « Tod ». Elle se mord la lèvre, mais Au-Lit et Harpa sont trop nerveux pour remarquer quoi que ce soit, et Ari est occupé à bavarder avec Hanna.

La conversation dévie sur la guerre en Irak et la participation de l'Islande dans le conflit. Il semblerait que la nation sans armée ait réussi à se trouver un soldat et à l'envoyer à Bagdad pour donner un coup de main au grand bordel. A présent, on est en train de le renvoyer chez lui. Il a fallu tout un escadron d'Américains pour protéger le pauvre crétin.

— Ils n'ont pas voulu risquer d'anéantir l'armée islandaise tout entière, dit Ari en anglais avec son accent américain.

Il éclate d'un rire de geek que je n'ai pas entendu depuis le resto universitaire à Hanovre. Le frère de Niko était étudiant en informatique et ses amis riaient tous comme ça. Des garçons intelligents qui se moquaient de la stupidité des autres, les « autres » incluant tout le monde sur cette planète sauf ceux qui étudiaient l'informatique à l'université de Hanovre.

Au-Lit se joint à son rire et Torture les regarde tous deux de sous ses sourcils sévères, comme s'il réfléchissait à armer sa congrégation entière et à l'envoyer en Irak pour apprendre à ces musulmans comment circoncire leur cœur. Mais au lieu de le dire, le boutefeu biblique se tourne vers moi et m'affirme que c'est la première fois qu'il va regarder l'Eurovision. Il le fait pour moi, ajoute-t-il.

— Et tu as face à toi un homme qui jurait à ses congénères que consacrer son temps à ce festival de fous n'était qu'une forme de vénération satanique. Ha, ha. C'était l'année où nous avions envoyé un sodomite habillé en Lucifer. Non. Ce n'est rien que vanité et vexation de l'esprit. Mais je vais ravaler ma langue pour ce soir. Ha, ha.

De quoi lui rester en travers de la gorge. Puisque les monstres finlandais ont gagné l'année dernière, la compétition a lieu à Helsinki. L'émission commence par la chanson gagnante de l'année passée, « Hard Rock Hallelujah ». C'est tout sauf de la torture que de voir la réaction de Torture. Et pourtant, je soupçonne qu'il admire un peu ces rockeurs religieux. C'est son style de prédication poussé au max du heavy metal.

La chanson islandaise est cinquième sur la liste. Un rockeur rouquin au cuir aussi tanné que celui de sa tenue pleure sa Valentine perdue. Gunnhildur l'aime bien, alors moi aussi. Je la regarde, assise à côté de son frère sur le canapé, étirant ses longues jambes blanches sur le sol, ce qui fait remonter sa courte robe noire sur son estomac arrondi. Mon amour du point du jour. Lèvres rouges, et cuisses qui ont gagné un demi-décimètre depuis l'année dernière. Son derrière est désormais presque latin et sa poitrine se montre à la hauteur de la situation. Dans l'ensemble, sa silhouette est bien plus juteuse, en dehors du ventre en ballon de basket. C'est à cause de la rétention d'eau. Je ne lui ai pas donné la moindre raison de pleurer cet hiver.

J'observe aussi Torture. Mon nouveau boss. Le Dikan islandais. S'il avait un petit faible pour les monstres à l'alléluia, le revoilà dur comme le rock. Les flammes brillantes et vibrantes de la « vanité et vexation de l'esprit » se reflètent dans ses lunettes, tandis que son mépris s'exprime sur ses lèvres qui ondulent dans sa barbe comme deux vers entre des brins d'herbe. Il est bien plus divertissant de le regarder en train de zieuter la compétition que de mater la compétition elle-même. Il me rappelle Dikan, lorsqu'il voyait son bon vieux Dynamo Zagreb se faire battre par mon Hajduk.

Tout comme l'Islande, la Croatie a misé sur un vieux de la vieille cette année. C'est le seul, l'unique Dado Topić qui joue avec des gamins que je n'ai jamais vus auparavant. Dado est le roi du rock croate. Il a écrit la bande originale de ma jeunesse. Il était même présent la nuit où j'ai perdu ma virginité.

A présent, il interprète « *Vjerujem u ljubav* » (« J'ai foi en l'amour ») de sa voix profonde et éraillée, avec ses cheveux longs et ses bottes de cow-boy. La chanson est plutôt bonne, d'ailleurs, même si Torture dit que la fille à côté de lui chante faux. Ravale ta langue, mec.

Avant que s'achève le morceau, la sonnette retentit. God-mon-dur va répondre. Il revient en disant que c'est pour moi. Je jette un rapide coup d'œil à la mère de mon enfant et me rends dans l'entrée. La porte est à demi ouverte – l'incroyable fraîcheur du printemps islandais souffle sur mon visage comme un gaz sans odeur qui vous glace le sang – mais je ne vois personne dehors. Je pose le pied sur le fameux seuil doré et regarde devant moi. Quelqu'un s'empare de mon bras et je sens le canon d'un pistolet me perforer le côté gauche. Mon cerveau a peut-être été lavé dans le Jourdain, mais mon système nerveux demeure celui d'un soldat. Quand je sens un flingue, je le sens.

C'est Niko.

De tous les types au monde qui auraient pu débarquer, il faut que ce soit cet enfoiré de Niko.

Mon cœur manque instantanément un battement avant que le saphir n'atterrisse sur « Toxic », de Britney. En un instant, ma nouvelle vie est flinguée par l'ancienne.

— Heureux de te revoir, dit-il en croate, avec un sourire de circonstance.

Il me demande de l'accompagner pour faire un tour, pointant du doigt une Audi noire qui patiente dans la rue.

— Je crois que nous devons discuter.

Il est agréable d'entendre la langue de ma mère.

Je lui réponds que je dois me chausser. De toute évidence, il n'était pas préparé à cette réplique, et se retrouve pris au dépourvu tandis que je retourne à l'intérieur de la maison.

Mes pompes se trouvent derrière la porte. Je devrais probablement hurler à Au-Lit de se précipiter dans la cuisine et d'attraper un couteau tranchant ou bien demander à Torture de dérouler sa langue de feu. Mais je me contente de me pencher sur mes baskets aux semelles épaisses, sentant le regard intense de Niko qui me poignarde dans le dos et écoutant les derniers accords de la chanson de Dado qui résonnent depuis les entrailles de la maison, suivis des applaudissements endiablés de la foule. J'enfile mes chaussures et me relève. Tandis que je tends le bras pour attraper ma veste de cuir noir, Niko secoue la tête.

— Mais putain, il caille ! dis-je.

— Il n'y en a pas pour longtemps.

Gunnhildur crie quelque chose depuis le salon et j'hésite un instant, le regard planté dans celui de mon vieil ami, avant de refermer la porte derrière moi.

Une fois dehors, il me fouille rapidement, à la recherche d'un fusil automatique sous mes aisselles, dans mes poches ou à l'entrejambe. Je porte un pull fin noir par-dessus un tee-shirt blanc et une paire de jeans sympas que Gun m'a aidé à choisir. Alors que je pénètre dans la voiture, je crois remarquer un mouvement à la fenêtre du salon de ma belle-famille. Comme si quelqu'un nous avait vus. Je ne devrais pas m'inquiéter, à vrai dire. Les saints hommes enverront leur propre SWAT angélique à mon secours.

Pour la deuxième année consécutive, voilà donc qu'on m'empêche de regarder l'Eurovision en entier. J'avais vraiment hâte de voir la chanson serbe. La rumeur dit qu'ils ont envoyé une naine lesbienne qui ressemble à la fille illégitime de Milošević et qui prie pour l'amour, la paix et un morceau de notre terre, ou quelque chose comme ça.

Niko n'a pas changé. Il n'y a que son bouc qui a grisonné un peu, et sa peau qui montre des signes du froid. Mais le nez long et les yeux noirs et durs sont bien là – ce regard qui dit clairement : « Joue pas au con, espèce de connard ! » Il se jette sur la banquette à côté de moi et le chauffeur file. La voiture sent le cuir et le luxe. Elle a l'air d'être vieille de deux heures.

Je reconnais le conducteur. La nuque new-yorkaise. Le bon vieux Radovan. Le crâne rasé. Il va jusqu'à porter les mêmes lunettes que celles qu'il avait sur le nez lors de mon dernier jour en Amérique.

Donc, c'est l'heure des retrouvailles. *Ponovni susret.* Nous nous dirigeons probablement vers un resto chic où Don Dikan patiente au bout d'une table, entouré de sosies de Gun et suçant le gros havane qu'il a passé les trente dernières années à essayer d'allumer.

Niko a le regard fixé sur moi et son flingue fait PPB, bien que toujours pointé dans ma direction. C'est un Desert Eagle, un semi-automatique noir anthracite fabriqué en Israël. Je me rappelle lorsqu'il l'a reçu. Il rougissait comme un gamin. Il lui en avait fallu un après avoir vu le premier *Matrix*. Typique de Niko. Ses yeux noirs ressemblent à l'ouverture du canon. Trois trous noirs m'observent. « Joue pas au con, espèce de connard ! » C'est donc ainsi que mes victimes ont dû se sentir lorsqu'elles ont fait face au pistolet chargé et au doigt décidé. Sauf que Dieu est de mon côté. *« Les yeux de l'Eternel sont en tout lieu, observant les méchants et les bons » (Proverbes 15,3)*

Radovan a l'air d'avoir passé la semaine à Reykjavik. Il conduit déjà comme un gars du coin, avec assurance et à grande vitesse. Les rues sont désertes. Tout le monde regarde la lesbienne serbe.

— Donc, vous attendiez le bon moment ?

— Nous avons attendu ce moment, répond Niko.

— Moi aussi, dis-je. Ça vous a pris plus longtemps que ce que je croyais.

— Tu croyais peut-être nous échapper, « Tomaš Leivur » ?

Je me dois d'admirer son travail d'enquête.

— C'est qui, ton indic ? Tristeur ?

— Tristeur ? Qui c'est ?

— Laisse tomber. Quoi de neuf à New York ?

— T'as merdé, Toxic.

Radovan conduit sur la route déserte. Il semble se diriger vers l'aéroport. Ils sont en train de me ramener. La seule question, c'est de savoir si je vais voyager en classe affaires ou en soute.

— Qu'est-ce qui s'est passé ?

Pas de réponse. J'essaie encore :

— Comment ai-je pu merder ? J'ai suivi les ordres. Je n'ai fait que ce que Dikan m'a demandé de faire.

— T'as merdé, Toxic. Ivo est mort. Zoran est mort. Branko Brown est mort. Et Branko Karlovać aussi.

— Et Dikan ?

— Le patron, ça va.

Radovan s'invite dans la conversation, souriant sur son siège conducteur et s'adressant au rétroviseur :

— Dikan m'a dit de t'embrasser. Quand tu seras mort ! Ha, ha.

— Ferme-la et conduis ! s'écrie Niko.

C'est donc la soute qui m'attend. Mon dernier quart d'heure est désormais compté. Mon cœur zappe de la pop Britney à une fugue funèbre. L'Audi noire passe devant la longue usine d'aluminium à la sortie de la ville. L'autoradio nous livre Louis Armstrong, à bas volume, soufflant dans sa trompette l'air de « Cheek to Cheek » et nous racontant qu'il est au paradis.

— Qui les a tués ? Les Feds ? demandé-je, ramenant l'air de rien mon pied gauche derrière le droit.

Pouvoir parler ma langue si près de la fin me fait le même effet qu'un ancien gros fumeur à qui on offre une dernière clope avant le feu d'artifice final. Les mots croates s'échappent de ma bouche comme des ronds de fumée lascifs. A vrai dire, revoir le visage de Niko me donne envie d'allumer une cigarette.

— Tu les as tués, Toxic.

Je les ai tués. Le coup de la décharge a dû provoquer une série de missions-vengeance. Mais les Feds ne flinguent pas les gens. Du moins, pas avant de les avoir entendus raconter l'histoire de leur vie d'une voix étouffée par le slip sale placé sur leur visage, encouragés par le chien policier enragé qui gueule sur leurs parties génitales. Je ne comprends pas. Je n'étais qu'un tueur à gages. Je ne voulais faire de mal à personne. Et maintenant, c'est de ma faute ? Je me concentre sur des questions plus simples. Je ne dois pas m'arrêter de parler.

— Tu as tué Munita ? demandé-je à mon vieil ami et ancien coloc, tandis que je pousse discrètement la pointe de ma chaussure gauche contre le talon de la droite.

— Munita ? répète Niko avec un sourire et un bref reniflement.

— Elle avait un corps du tonnerre, dit Radovan. Mais une sale tête.

Niko rit. Niko rit et le moment est venu. Je pousse très fort le fond de mon talon droit avec mon orteil gauche jusqu'à ce que la semelle se détache, je lève le pied et le secoue un peu, le petit pistolet s'échappe doucement du trou. Le voilà par terre. Je pose mon pied gauche dessus. Je l'ai fait cent fois. Je me suis entraîné tout l'hiver. Niko ne remarque rien. Il est toujours en train de rire.

— Une sale tête, répète la tronche de cake.

Il quitte la route principale et se met à rouler sur un chemin non goudronné en direction des montagnes. Les congères ont presque disparu. La mousse sur les champs de lave est verte. Le néant autour de nous est absolu. Pas un arbre, pas un oiseau, rien du tout. Juste des cailloux sales et des flaques de mousse çà et là. Ce paysage lunaire est très éloigné des falaises blanches décorées de cyprès et d'oliviers qu'on aperçoit depuis les collines qui entourent Split. Même si j'apprécie désormais le désert de glace, je dois bien admettre que le printemps adriatique me manque toujours. Soudain, je me mets à fredonner *Lijepa naša*, l'hymne national croate :

*Coule Save, Drave coule...*
*Danube, ne perds pas de ta vigueur !*

Niko tend l'oreille, mais il ne peut discerner ni la mélodie ni les paroles. Je fredonne un peu plus fort. Mes yeux brillent. Chaque fois qu'on entend cette chanson, quelque vingt mille Croates apparaissent sous nos yeux, tous vêtus de notre maillot national rouge et blanc, rugissant dans les gradins et hurlant à pleins poumons avant notre dernier match en France en 98.

*Mer azurée, va dire au monde...*
*Qu'un croate aime sa terre*

— FERME-LA ! hurle Niko. FERME TA PUTAIN DE GUEULE !

— OK. Je peux avoir une cigarette avant que tu me tues ?

— Tu as recommencé à fumer ? me demande-t-il.

— T'inquiète. Ça ne va pas me tuer.

Il me regarde comme s'il voulait me flinguer sur-le-champ. C'est d'ailleurs probablement ce qu'il ferait, si l'Audi avait plus de deux heures d'âge.

# 34

# BOK

**12-05-2007**

Radovan gare la voiture sur un parking caillouteux au bord de la route et le silence de la terre envahit les lieux. J'essaie de garder mon sang-froid tandis que Niko sort en laissant la portière ouverte. Il nous fait un rapide numéro de danse contemporaine, montrant à son super-flingue les alentours. Ouais, mec. Tu ferais bien de garder un œil sur les Casquettes Blanches. Je me penche en avant, l'air de rien, et parviens à récupérer le petit pistolet sur le sol sans que le chauffeur remarque quoi que ce soit. J'ai l'intention de le refroidir sur-le-champ, mais lorsque Niko me hurle de sortir de cette putain de voiture, j'ai une foutue hésitation. Discrètement, j'enfourne l'objet dans ma poche et sors tandis que mon cœur passe toutes sortes de musiques, comme une radio détraquée.

Je suis foutu.

La nuit claire de printemps est glaciale. Niko m'ordonne de marcher devant lui, nous éloignant de la route, puis hurle quelque chose à Radovan, qui est resté dans la voiture. Je me fraie un chemin sur la surface dure et accidentée du champ de lave. Çà et là poussent des carrés de mousse vert pâle et gris, et nous devons enjamber des ouvertures rectangulaires et étroites sur le sol magmatique, qui font penser à une version miniaturisée du Grand Canyon. Des fossettes, pourrait-on dire. Je fais mon possible pour marcher avec naturel tandis que j'essaie de dissimuler la semelle lâche de ma chaussure droite. J'entends Radovan sortir de la voiture. La portière claque et remplit mes oreilles de son. La dernière porte de mon existence. Je pourrais tout aussi bien me retourner tout de suite, attraper le flingue, et les refroidir dans un flash.

Non. Ça ne marchera pas. Niko est trop rapide.

Enfin, il me dit de m'arrêter. Je comprends. Ils ont vraiment bien fait leur boulot. Nous nous immobilisons au bord d'une fossette magmatique assez large pour me servir de cercueil. L'Islande va m'avaler comme si j'étais un touriste malchanceux.

Je me retourne pour faire face à mes amis et bourreaux. Nous grelottons tous de froid. Il doit faire environ deux degrés. Pas une voiture, pas un oiseau, pas un avion à portée de tympan, et l'air est parfaitement immobile. Le silence absolu. Je pense à Gunnhildur. Elle doit être au volant de sa bagnole, à présent, à conduire sans but, sans espoir. Ou peut-être sont-ils toujours à la maison, maintenus en otage sur le canapé par la chanson ukrainienne, songeant que je suis sorti avec un vieux camarade de l'Ecole des mafieux.

Niko ordonne à Radovan de me donner une cigarette. A vrai dire, j'avais presque oublié. Le débile profond sort un paquet et me jette une clope. C'est une Pall Mall. Il n'y a absolument aucune limite à l'étrangeté de ce type. Il a beau avoir l'air d'un Hulk blanc en costume, son artiste préférée, c'est Céline Dion. Il m'a dit un jour avoir vu *Titanic* trente fois. Je réclame du feu et le crâne rasé se met à fouiller dans ses poches, sans succès. Niko a toujours son Desert Eagle pointé sur moi. Je garde les yeux collés au canon tandis qu'il utilise sa main libre pour pêcher un briquet dans son pantalon. Il me le lance. Je prétends l'attraper et le laisse échapper. Il atterrit sur le sol de lave. Je murmure une excuse avant de me pencher pour m'en emparer. Il vient du Zagreb Samovar. J'hésite un instant avant de le ramasser, jetant un rapide coup d'œil à Niko. Il est aussi tendu qu'un aigle en captivité. « Joue pas au con, espèce de connard ! » De toute évidence, il n'a qu'une hâte : bombarder ma face d'une balle tirée de son gros flingue noir. Et pourtant, il a promis que je pourrais m'en fumer une dernière. En l'honneur du bon vieux temps.

Ce pourrait être le moment, me dis-je tandis que j'attrape le briquet. Mais non. J'hésite encore. Je me relève et allume la cigarette. Elle tremble dans ma bouche comme la boîte de vitesses d'un tracteur. Mon cœur répète le même rythme, encore et encore, avec le bruit d'un CD bloqué sur une rayure.

Je retire la cigarette de mes lèvres et le regarde, j'observe ces huit centimètres de papier et de tabac. Je suis à huit centimètres de la tombe. J'ai huit centimètres pour agir. Sept virgule neuf, à présent, pour être exact.

J'ai commencé à fumer durant la guerre. Pendant ces jours fous, chaque cigarette que l'on pouvait poser sur nos lèvres représentait sept minutes de cessez-le-feu, un petit bout de paradis au cœur de l'enfer. Après la guerre, ce fut l'inverse : chaque cigarette ramenait à la mémoire sept minutes de fusillades et de bombardements. C'est alors que j'ai arrêté. Cette clope-ci ne peut évoquer que des souvenirs éparpillés : ma mère qui jure dans la cuisine, la putain de gare centrale de Hanovre, le type de Winnipeg et son portefeuille ensanglanté, Gunnhildur et son sourire au rouge à lèvres. Je la fume aussi lentement que possible.

— Mais pourquoi me tuer ? Dans quel but ?

— La ferme.

— J'ai démissionné. Je ne voyage même plus. Je suis juste...

— Ferme ta gueule !

— Désolé. Laisse-moi juste finir et après, tu pourras...

Comme tout à l'heure, nous parlons croate. Suffit d'imaginer des sous-titres bien blancs qui clignotent sur nos torses noirs.

Encore une fois, j'inhale, les yeux rivés sur les montagnes bleues et basses devant moi. Elles doivent déjà avoir été témoins d'une scène similaire. Le ciel est vide. Pas un nuage, pas un avion. Quelque part derrière moi, Reykjavik s'étale au loin, la quatrième ville de ma vie ; plus loin encore, au large, le crépuscule clair du printemps doit s'assoupir. Adieu le monde. *Doviđenja svijete.* Je crache la fumée et jette un œil au mégot. Il me reste à peu près une bouffée ; moins de deux centimètres de vie. Mes deux visiteurs commencent à s'agiter. Je lève le bout de cigarette jusqu'à mes lèvres et j'aspire.

Et voilà.

Je me penche, prétendant écraser le mégot dans la mousse dure avec ma main gauche tandis que je dirige la droite vers ma poche. Niko se met à gueuler et fait un pas en avant, pointant son flingue vers le bas, vers ma tête. Aussi rapide qu'un renard en rut, je plonge sur ma droite, roule sur le sol accidenté de lave alors qu'il tire. La balle qui ricoche contre le magma séché résonne dans nos tympans. Avant même qu'il se rende compte que je tiens un revolver entre mes mains, il a maintenant un trou dans son avant-bras droit. Son cri est étouffé. Radovan attrape son flingue, mais reçoit un pruneau dans le poignet droit. Il hurle. Tandis que Niko fait passer son arme dans sa main gauche, je suis de nouveau sur pied, pointant le pistolet sur eux et criant :

— LÂCHE-LE ! LÂCHE TON PUTAIN DE GUN !

Niko me regarde avec des yeux incrédules. « Qu'est-ce que c'est que ce bordel ? »

— J'AI DIT : LÂCHE-LE !

Le sang s'écoule de leurs bras blessés. Radovan porte toujours ses lunettes de soleil, l'air ridicule d'un apprenti mafieux dans un film russe de série B.

— LÂCHE TON PUTAIN DE GUN !

Pour quelque raison mystique, j'utilise le mot anglais *gun* plutôt que le croate *pistolj*. Il me rappelle Gunnhildur. La pensée me distrait et Niko la Canaille, en expert, renifle ma faiblesse. En un rien de temps, il a levé son pétard dans ma direction. Nous tirons simultanément, comme les jumeaux de cœur que nous étions. Ma balle se loge dans son bras gauche, le bras du pistolet. Son cri est moins étouffé. J'essaie de ravaler le mien. Un filet d'une chaleur étrange s'échappe de l'aine en direction de ma cuisse gauche. La chaleur se transforme en feu. C'est comme gratter une allumette. D'abord, il y a le frottement, ensuite il y a la flamme.

Résultat typique d'un droitier contrarié. Il a visé le cœur mais a atteint la vessie. Moi, j'ai fait mouche. Maintenant, c'est comme si j'avais un manchot face à moi. Idem pour Radovan, après un nouveau coup du P99. Soudain, mon tableau de chasse, ce sont les bras. J'ai tiré quatre putains de balles et personne n'est encore mort.

Les visages de mes amis sont tordus de douleur, tout comme le mien sûrement. Leurs mains pendent, sans vie, le long de leurs flancs, deux porcelets fraîchement abattus, le sang s'écoulant de leurs sabots. Mon petit calibre vise à présent leurs têtes et après quelques nouvelles imprécations Niko lâche son Desert Eagle. Je lui ordonne de l'écarter du pied et me penche rapidement pour l'attraper. Il me faut une éternité pour parvenir à me redresser. La douleur à l'aine prend les proportions d'une révolution. Putain de merde.

J'enfourne le flingue de Niko dans ma poche.

Je gueule à Radovan d'approcher et d'ouvrir sa veste, ce qu'il ne peut faire, bien évidemment, avec ses mains blessées. Je m'avance prudemment, mes yeux oscillant entre lui et Niko toutes les deux secondes, puis ouvre sa veste Armani noire de ma main gauche. Son arme repose dans la poche intérieure. Un Smith & Wesson argenté. Mais tandis que je l'attrape, Hulk l'imbécile essaie de m'éloigner d'un coup de coude. Niko saisit cette opportunité pour se jeter sur moi la tête la première, comme un bélier fou sans cornes. Je l'assomme d'un simple « coup d'aile », geste que j'ai perfectionné grâce à l'entraînement de Torture cet hiver. Niko à terre, Radovan ne prend plus le moindre risque, et j'ai bientôt deux joujoux en poche et un troisième entre les mains.

Je repêche la clé de la voiture dans la veste de Radovan puis attends en silence que Niko reprenne conscience. Je leur ordonne ensuite de ramper vers le mini-canyon. Cela leur prend un peu de temps. Ses lunettes de soleil toujours sur le nez, Radovan a l'air de plus en plus ridicule tandis qu'il se dirige vers une mort comique. Je leur dis de s'allonger, face contre terre, et me mords la lèvre de douleur. Quelque chose est en train de goutter le long de ma cuisse gauche. Comme si j'étais en train de pisser avec mes couilles.

Nous revoilà en temps de guerre. A gueuler en croate avec un pétard dans la main et une jambe qui fuit. Le torse massif du chauffeur prend toute la place dans le cercueil de lave. A côté de lui, Niko a l'air d'une épouse vierge et maigrichonne qu'on s'apprête à enterrer avec son mari, et dont les yeux supplient : « S'il vous plaît, baisez-moi plutôt ! »

— FACE CONTRE TERRE, PUTAIN ! hurlé-je, un peu trop nerveux.

Je baisse mon flingue. J'ai deux culs face à moi. Deux rectums qui appellent le plomb. Il n'y a rien d'autre à faire. Les tueurs de Munita devront affronter le frigo. Sur l'île du putain de Frigo. Je m'apprête à appuyer sur la gâchette lorsqu'une brise soudaine m'assaille dans la nuit printanière autrement calme. Je jette un rapide coup d'œil aux environs mais je ne vois rien. Rien qui vienne, rien qui parte. Juste cette brise soudaine qui souffle à travers le champ de lave lunaire, poussant la porte d'un God bien dur.

Amen.

J'observe longuement mes anciens amis, dont le visage repose contre la fossette, comme deux gentlemen trop bien habillés pour une fosse commune. Je secoue la tête à plusieurs reprises avant de les saluer d'un simple petit mot croate :

— *Bok.*

Je me retourne et boite en direction de la voiture. Mon aine hurle, mon cœur tremble, mais mon âme crie « Alléluia ! ».

# 35

# LA CHANSON SERBE

**12-05-2007**

On devrait être heureux au volant d'une Audi. La récompense du succès, ce sont des sièges confortables en cuir souple et un tableau de bord digne d'un pilote de ligne. Heureusement, c'est une automatique, vu que je suis en train de perdre toute sensation dans la jambe gauche, de même que dans la partie inférieure de mon torse. Mon pantalon est gorgé de sang, d'urine ou d'un autre liquide interne qui va bientôt remplir ma chaussure gauche. Je me demande si la balle est toujours à l'intérieur. J'ai l'impression qu'elle gît au fond de ma vessie, agissant comme le bouchon d'une baignoire.

Alors que je m'étais éloigné d'une vingtaine de mètres des deux idiots, je me suis retourné et je les ai observés. Ils me scrutaient depuis leur tombe de lave, l'air incrédules, comme deux moutons prisonniers d'un trou. *Pourquoi ne nous as-tu pas tués ?* J'ai même senti une pointe de déception dans leur regard. Je leur ai tourné le dos et j'ai continué à marcher en direction de la voiture. J'ai jeté leurs pistolets dans le coffre, glissé le mien dans ma poche et réussi à asseoir ma douleur sur le siège du conducteur.

Je parcours la même route que tout à l'heure, en sens inverse. Je peux déjà apercevoir l'usine d'aluminium sur la côte. Quelques voitures passent devant, sur l'autoroute entre Reykjavik et Keflavik. Le concours de la chanson doit être terminé.

Senka était serbe, une Serbe bien trop belle, un fait que j'ai caché à mes parents. Son vrai nom était Dragana, l'équivalent serbe de Chic-ridule, alors nous nous étions mis d'accord sur Senka, qui indiquait des origines bosniaques voire musulmanes. Nous sommes sortis ensemble pendant plus d'un an. Mais la guerre a éclaté et elle a dû déménager avec sa famille.

Après nous être emparés de Knin, nous nous sommes concentrés sur la région alentour, et on m'a ordonné de fouiller des maisons d'allure allemande. Le toit de l'une d'elles avait été bombardé, les fenêtres brisées, les murs brûlés. C'était une énorme demeure à trois étages ; j'ai promené mon fusil de pièce en pièce. Elles étaient toutes vides, mais lorsque je suis descendu au sous-sol, j'ai entendu du bruit. Je me suis précipité dans une dépendance, hurlant sur le soldat serbe qui se cachait sous un vieux lit hideux. Après que j'ai répandu une salve de balles aux quatre coins de la pièce, il est sorti en rampant. Sauf que le « il » était une « elle ». Senka. Dragana Avramovič. Elle était toujours bien trop belle. Plus, même, dans cet horrible uniforme. Ses cheveux avaient été coupés plus court, lui donnant encore davantage l'air d'un adolescent. Mais le grain de beauté était là, et les lèvres tentatrices, et les yeux pleins de poésie... Je voulais caresser sa joue dure de l'index. Nous étions tous deux frappés de stupeur. Je remarquai une vilaine cicatrice sur son cou.

« Senka ?

— Tomo ? »

Avant même d'en être vraiment conscients, nous échangions un baiser. Deux soldats en uniformes ennemis. Mais elle cessa soudain son étreinte et fit un pas en arrière, le fusil à la main, un Zastava de fabrication serbe, le pointant sur moi avec un regard grave. Ne me faisait-elle pas confiance ? Je tentai de garder mon sang-froid, mon AK-47 en bandoulière, pendant dans mon dos.

« Tu veux me tirer dessus ? lui demandai-je avec beaucoup de calme.

— Je l'ai toujours voulu.

— Pourquoi ?

— Parce que t'es un sacré connard.

— Je t'aimais.

— Menteur.

— Non. Vraiment, je t'aimais.

— Tu m'as manqué, dit-elle, les lèvres tremblantes.

— Tu m'as manqué aussi.

— Tu n'as jamais répondu à ma lettre.

— Si. Tu ne l'as pas reçue ? Je t'ai écrit à Belgrade. Chez ta tante.

— Menteur.

— Senka... dis-je avec un sourire. Tu es toujours aussi folle. Je me souviens... Tu disais toujours que tu voulais me tuer.

— Oui. Et maintenant, je peux. »

J'eus tout à coup la sensation que nous étions de nouveau ensemble, à nous chamailler dans le sous-sol biscornu de son beau-père au cœur de Split, et, sans y penser, je tendis le bras et touchai son fusil avec mon index. J'enfonçai mon doigt dans le canon, aussi profond que possible, tout en lui disant de ma voix la plus détendue qu'embrasser, c'était mieux que tuer. Je continuai de jouer avec son flingue, faisant le signe international du slogan « faites l'amour, pas la guerre » (mon doigt entrant et sortant du canon à plusieurs reprises) jusqu'à ce que ses lèvres juteuses donnent naissance au sourire qui m'avait manqué pendant cinq longues années.

Et bientôt, nous nous embrassions à nouveau. Moi et ma folle de copine. Moi et ma Serbe de copine.

Peu de temps après, nous étions sur le lit, nos mains affamées tentant de se frayer un chemin entre cinq années perdues et deux uniformes encombrants. Des bombes explosèrent dehors. La maison tout entière se mit à trembler comme sous l'effet d'un bulldozer et on entendit un bris de verre. Cela ne fit que jeter de l'huile sur notre feu. Rien ne rend l'amour plus excitant que la guerre. Nous inspirions et expirions profondément et mes doigts encerclaient sa ferme poitrine militaire lorsque deux de mes camarades apparurent soudain à l'intérieur de la pièce, riant et m'encourageant. Cela eut l'effet inverse. Ils le remarquèrent et me poussèrent sur le côté, forçant leurs mains sales sur la bouche de Senka.

Je dus les regarder. Je tentai de fermer les yeux, mais c'était pire. Je dus les regarder faire, putain. Je ne voulais pas la tuer, alors je dus attendre qu'ils aient fini.

On peut avoir deux MPH.

Pendant des années, j'ai essayé de la contacter. Pendant tout mon séjour à New York, j'ai googlisé son nom mensuellement et écrit à sa famille et ses amis, sans grand succès. L'une de ses amies de Split qui se trouvait en Italie me répondit qu'elle avait reçu une carte postale de Senka quelques années auparavant, envoyée depuis Belgrade. En dehors de ça, rien. Nos magnifiques registres de cimetière ne contenaient pas son nom. Juste celui de son beau-père. Il avait été enterré à Novi Sad en 2002. Elle vivait probablement hors des sentiers du Net, dans un village de montagne ou dans quelque lointain pays. Cela faisait plus de trois mois que je n'avais pas tapé son nom sur mon ordinateur lorsque je l'ai croisée, l'hiver dernier.

A Reykjavik.

C'était bien le dernier endroit au monde où je m'attendais à la rencontrer. Je l'ai aperçue au centre commercial Kringlan, juste devant la librairie Penninn, à côté du magasin dément de souvenirs. C'était juste avant Noël. L'endroit bourdonnait d'Aiselandais hyperstressés, et nous nous sommes rentrés dedans, littéralement. Aucun doute, c'était bien elle. J'identifierais cette tache de naissance dans n'importe quelle fosse commune. Il lui fallut quelques secondes pour me reconnaître. Les gens se précipitaient à nos côtés alors que nous nous tenions là, tétanisés, nous regardant sans un mot. J'étais allé au centre commercial à la recherche d'un cadeau pour Gunnhildur et j'avais trouvé Senka. Elle cachait sa grosse cicatrice avec une écharpe. Ses joues étaient toujours un peu dures et ses lèvres semblaient douces et juteuses, mais sa beauté avait fané. Elle avait aussi un peu grossi. Il était évident qu'elle pensait la même chose de moi. Nous nous installâmes dans un café, et elle saupoudra son *latte* de quelques larmes.

« Tu aurais dû me tuer, dans ce sous-sol, dis-je dans notre langue bien aimée.

— Non. Tes amis m'auraient abattue ensuite.

— Ils m'ont presque fusillé pour t'avoir laissée filer.

— J'imagine qu'on est tous un peu morts dans cette guerre. Comme ma mère disait toujours : la guerre tue tout le monde, même les survivants. »

Toutes les deux vivaient en Islande depuis plus de trois ans. Elles avaient atterri ici après une décennie de vagabondages, notamment dans un camp de réfugiés de la Croix-Rouge pendant plus d'un an, où le beau-père de Senka, le poète, était décédé. Sa sœur était morte pendant la guerre, de même que le reste de sa famille. Elles avaient finalement décidé de rejoindre un groupe de trente Serbes et de commencer une nouvelle vie dans un nouveau pays. Au début de l'année 2003, le groupe s'était installé dans un village à l'ouest de l'Islande. Mère et fille y étaient demeurées pendant deux ans dans un appartement tout neuf, meublé par les habitants de la région.

« Les gens sont vraiment gentils, là-bas. Mais c'était comme vivre dans un placard, avec ces montagnes bleues et abruptes partout autour. L'hiver, on ne voit pas le soleil pendant presque trois mois. »

Sa mère restait à la maison, observant l'océan par la fenêtre – « On pouvait voir aussi loin que le Groenland ! » – tandis que Senka travaillait à la conserverie de poisson. « Le boulot le plus ennuyeux de ma vie. » Mais lorsque la vieille femme avait eu besoin de soins, elles avaient emménagé en ville, au sud. Au début, elle avait bossé comme caissière dans une supérette Bónus, mais tout récemment elle avait concrétisé le rêve de son existence et obtenu un poste de machiniste au théâtre municipal.

Complètement dingue, n'est-ce pas ? De toutes les villes du monde, il a fallu que nous atterrissions tous deux ici.

A présent, la vieille est sénile, m'a raconté Senka.

« Elle ne parle plus de rien d'autre que du Groenland. Elle dit qu'elle doit s'y rendre. »

Sa mère a trouvé le meilleur moyen de faire face à ses deuils, à travers la maladie d'Alzheimer. Senka et moi avons usé d'une méthode différente.

Elle attend mon bébé.

Je sais. Mon diplôme de l'Ecole de Torture ne m'a pas été attribué avec un certificat en sainteté.

Je pénètre dans Garðabær. L'Audi noire semble retrouver son chemin toute seule. Je la gare enfin devant la maison de mes beaux-parents islandais.

La balle a fait gonfler ma vessie à la taille d'un œuf d'aigle du désert. Il me faut environ quatre minutes pour sortir de la voiture. Pourquoi suis-je venu là, au juste ? J'aurais dû filer directement à la morgue. J'aurais fait gagner du temps et de l'argent à pas mal de gens. Je voulais juste donner le numéro de Senka à Gunnhildur afin que mes bébés puissent se rencontrer.

La douleur à l'aine s'intensifie à chaque pas tandis que je chemine vers la porte d'entrée, laissant derrière moi une traînée de sang. Au son de cloches d'église silencieuses, j'ouvre la porte et franchis le seuil doré. Je suis accueilli par de la musique, des flûtes et autres qui viennent du salon. Tandis que j'entre (en chaussures), je vois que tout le monde est toujours là, réuni autour de la bruyante télévision : God-mon-dur et Chic-ridule, Torture et Hanna, Ari et Gunnhildur, Au-Lit et Harpa. Ils semblent surpris de me voir, me scrutent avec de grands yeux, un petit nez et une bouche béante. Huit jolies boules de neige face à un homme en feu. Avant de m'écrouler sur le sol, je parviens à dire :

— Je ne les... je ne les ai pas tués.

Ils se précipitent vers moi pour m'aider. Le petit anneau doré d'Au-Lit s'agite sous mes yeux comme une auréole que l'on m'aurait lancée depuis les hauteurs. La figure brique de Torture se penche sur moi tandis que ses lunettes se transforment en deux demi-lunes. Le visage lumineux de Gunnhildur plane au-dessus comme un énorme soleil sur une terre troublée. Elle dit quelque chose, mais je ne peux pas l'entendre. D'autres visages apparaissent. Hanna, Harpa, Chic-ridule... Ils disent tous quelque chose, mais je ne peux pas les entendre, car la pièce est remplie de musique. Je ne reconnais pas l'air, mais je parviens à distinguer quelques mots.

*Al Bogu ne mogu...*

— C'est quoi, cette chanson ? dis-je dans un murmure.

— C'est la gagnante. Celle de la Serbie. C'est la Serbie qui a gagné, répond Gunnhildur.

— Ah oui ? Ils ont gagné ? Tant mieux pour eux.

Après ça, je ne suis pas sûr de ce qui se passe.

MIXTE
Papier issu de
sources responsables
FSC® C003309

Composition et mise en pages
Nord Compo à Villeneuve-d'Ascq

Cet ouvrage a été imprimé en France par

CPI
FIRMIN-DIDOT

à Mesnil-sur-l'Estrée (Eure)
en septembre 2014

N° d'impression : 123170
Dépôt légal : octobre 2014